THE ANNOTATED PHANTOM TOLLBOOTH

神奇的收费亭 典藏版

[美]诺顿·贾斯特 著 [美]朱尔斯·费弗 绘
[美]伦纳德·S.马库斯 编注 张加楠 译

新星出版社 NEW STAR PRESS

新经典文化股份有限公司
www.readinglife.com
出　品

以爱之名，献给一个名叫雅各布的"米洛"

——伦纳德·S. 马库斯

Contents
目录

马可·波罗一块石头一块石头地描述一座桥。

"可到底是哪一块石头支撑着桥？"忽必烈问。

"支撑桥的不是这块或那块石头，"马可·波罗回答，"而是石头形成的拱。"

忽必烈沉思了一会儿，追问道："那你为什么要提到这些石头呢？在我看来，只有拱最重要。"

马可·波罗答道："没有石头，就没有桥拱。"

——伊塔洛·卡尔维诺《看不见的城市》

除了狗之外，书也是人类最好的朋友；

但要像读书那样读懂狗的内心却很难。

——格劳乔·马克斯

前言

一九六〇年春天，三十一岁的纽约建筑师诺顿·贾斯特获得了福特基金会的拨款，用于创作一本关于城市规划和设计的儿童读物。小读者对这种主题显然不感兴趣。但正如贾斯特在他那激情澎湃的资助申请书中提到的，美国城市的未来还存在着许多未知，而这些未知很快就将取决于在婴儿潮中出生的这代人。他们大部分都住在郊区，却将掌握日趋老化的城市中心区的命运。一本鼓励小读者近距离观察城市的书可能会起到至关重要的作用。贾斯特承诺，他将展现"城市生活中的视觉享受和乐趣、人们正在创造或已经创造的美丽与丑陋，以及人类活动反映其参与者的生活方式和价值观念的方式"。最重要的是，他会"刺激和提升孩子的视觉感知力，帮助他们关注和欣赏周围的世界，激发并增强他们对环境的兴趣，因为这是他们终将参与改造的环境"。

Mr. Norton Juster
153 State Street
Brooklyn 1, New York

Dear Mr. Juster:

I am pleased to advise you that The Ford Foundation has granted you a Humanities and the Arts program fellowship of $7,000 over a period of one year beginning in July, 1960. This is to enable you to carry out the plans outlined in your application received in this office on April 27, 1960, as amended in later discussion, under the Program for Studies in the Creative Arts.

No public announcement of this fellowship should be made until Monday, June 20, 1960, when the Foundation will formally announce awards made under this program.

Will you kindly complete the enclosed financial payment schedule and return it to the Foundation in duplicate, together with a covering letter stating your acceptance of this fellowship.

On behalf of The Ford Foundation, may I express to you our congratulations and convey our best wishes for your success in this undertaking.

Sincerely yours,

Secretary

Enclosures (3 financial schedules for fellowship winners)
(1 excerpt from US tax law)

MaFi:jd (6/8/60)
Records Center
Sect. 19827
Comptroller
Secretary
Office of Reports
Marcia Thompson (2)

这封信是一九六〇年六月十三日福特基金会部长小约瑟夫·M. 麦克丹尼尔写给诺顿·贾斯特的，通知他获得了基金会最新设立的"创新艺术研究项目"的拨款。

贾斯特不仅构想出一套拯救美国城市的方案，还

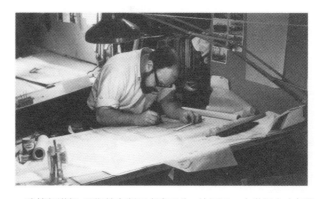

建筑师诺顿·贾斯特在制图桌旁工作，拍摄于二十世纪六十年代。

偶然发现了一个快速开启他自己的建筑事业的绝妙计划。获得这项拨款不仅让他声名远播，还把他从制图桌边的苦差事里解放了出来——在得知自己获得这项拨款后，贾斯特再次孤注一掷，他没有向当时就职的雷蒙德＆拉多公司请假，而是直接选择辞职，这导致这家曼哈顿小公司陷入了停滞状态。

贾斯特尽情地享受着这段新获得的闲暇，并仔细琢磨起他那些关于城市设计和人类感知的想法，这一直是他的兴趣所在。然而没过多久，他体会到了要完成他所期待的杰作是一项多么艰巨的任务，那成堆的用于记录调研成果的卡片便显得面目可憎起来。他惊恐地感到自己仿佛一下子回到了小学，马上就要被堆积如山的事实案例淹没到窒息。

他决定给自己放个"假中假"，于是动身去了位于纽约长岛南岸的度假胜地火烧岛，漫步沙滩或是探访朋友。权当消遣，他记下了几天前在布鲁克林一家餐馆里发生的趣事，想着把它写成一个小故事。

当时，一个大约十岁的男孩坐在他旁边，和他天马行空地聊起了数学，小男孩兴致勃勃地问："最大的数字是多少呢？"贾斯特后来回忆时说道："这难不倒我——如果有小孩问你问题，你就用另一个问题回答他。所以我就说：'你觉得最大的数字是多少呢？'我记得他的回答好像是十亿兆。我就说：'好吧，那把十亿兆加一呢？'然后我们就这样一来一回，很快谈到了无穷大。"（《趣谈》，伦纳德·S.马库斯编撰，马萨诸塞州萨默维尔：烛芯出版社，2009年，129-130页）

度完假，贾斯特神清气爽地回到布鲁克林。他有了一个全新的目标——暂且不想福特基金会拨款的事，先把这个脑子里装着十万个为什么的小男孩的故事写完。在餐馆的这次经历勾起了他一连串的童年回忆，他需要赶紧把它们写下来。

这个创作出米洛的男人一九二九年六月二日出生于纽约布鲁克林。他出生后几个月，大萧条就开始了。他后来说："现在仍然有好多人把这个灾难事件直接怪

萨缪尔·贾斯特，诺顿·贾斯特的父亲，拍摄于一九四七年左右。

罪到我头上。"(《神奇的收费亭（现代经典版）》，诺顿·贾斯特著，伦敦：哈珀－柯林斯出版集团，2008年）他的父亲萨缪尔·贾斯特是一个出生于罗马尼亚的犹太人，很小的时候就和母亲两个人移民到了美国。萨缪尔十八岁时，母亲就去世了，留下他自力更生。刚刚读完一年高中的萨缪尔把目光放在了建筑业上。他四下寻访，想找一份学徒的工作，却发现建筑师在美国是"绅士的职业"，也就是说，通往建筑业的大门是不对犹太人开放的。然而，萨缪尔没有放弃他的梦想，最终通过函授课程取得了职业许可证。他与纽约著名的建筑师卡斯·吉尔伯特的前合作伙伴安东尼·J. 德佩斯一同成立了一个小公司——德佩斯 & 贾斯特建筑公司，在教堂和学校设计领域做得蒸蒸日上。公司库存的硬木和大理石样本成了儿子诺顿的积木。

诺顿的母亲明妮·西尔伯曼同样出身平凡。她来自一个贫穷的波兰犹太家庭，一家人挤在布鲁克林的一间小公寓里，全家人的生活来源就是在餐桌边做的一些零活，比如卷雪茄。

还是个小女孩的时候，明妮的能干和灵巧便展露无遗。多年后，她的才能再次得到发挥，无论是丈夫的建筑工作室还是一家四口的吃穿用度，都被她打理

明妮·西尔伯曼，诺顿·贾斯特的母亲，拍摄于一九五五年左右。

得井井有条。贾斯特家有两个孩子，诺顿和比他大四岁半的哥哥霍华德。监督两个孩子做功课、打印学校报告和给孩子们做衣裳的都是明妮，而且，她还要为保护自己的孩子时刻处于戒备状态。在贾斯特夫妇的努力下，一家人成功从一间旧公寓搬进了一栋整洁的两户型砖房。这栋房子位于布鲁克林的富人区弗拉特布什，在

大约九岁的诺顿·贾斯特上学时的穿着。

当时极不稳定的社会环境中（虽然不至于完全充满敌意），他们这来之不易的社会地位始终岌岌可危。哪怕孩子们只是出门玩耍，明妮也会让他们穿上漂亮的衣服，免得哪个长舌的邻居发现他们穿得不体面就随便下结论，从而导致贾斯特家的名誉一落千丈，再无挽回之地。

萨缪尔·贾斯特是一个安静严谨的人。他有个小癖好，就是偏爱双关语，会时不时出其不意地一改常态，发出好莱坞喜剧明星组合马克斯兄弟式的狂热欢呼，来逗他的小儿子开心："啊哈！看你来得挺早。你以前总是落后，这次终于成第一了①。"诺顿后来回忆说："我看着他，完全不知道他在说什么。"但其实萨缪尔这么做的意图再明显不过——"纯粹的快乐……对周围事物的美妙感知"（《趣谈》，124 页）。萨缪尔·贾斯特非常喜欢激进派喜剧演员格劳乔·马克斯，尤其喜欢他对美国社会势利风气的尖刻嘲讽。因为萨缪尔深知，那势利风气遮盖下的，是根深蒂固的宗教偏见。

贾斯特家的两个男孩在整个学生时代一直共用一

贾斯特一家到纽约北部游泳。霍华德·贾斯特（最左）远远高过他的弟弟。

间卧室。对诺顿来说，他与哥哥之间的年龄差距意味着哥哥霍华德"完全可以痛扁我，而我不可能找他算账，想都别想"（《趣谈》，120 页）。霍华德是个宠儿，英俊、健壮、聪明，他在弗拉特布什和布鲁克林那些公立学校里凯旋般的走路姿态，让他年幼的弟弟望尘莫及。最初几年里，诺顿似乎从未试着去超越这位卓越的哥哥，反而做了战略性退让，躲进了霍华德光环后的阴影里。他由此得到充分的掩护，可以不受打扰地按自己独特的方式生活。由于既容易无聊又容易分心，诺顿设计了一套精细的独处规则，常常令他的父

---

① 原文为"but now you're first at last"，含双关。——本书注释均为编者注，不再一一标明。

母迷惑不已。他只要在家里说话，通常就是问奇怪的问题。

他的父母无法想象，家对于这个难以捉摸的小男孩来说是个多么可怕的地方。正如诺顿后来描述的，家就是一个世界，这个世界里"没有无生命的东西，鞋、椅子、银器、蔬菜、盘子、牙刷，每个东西都有生命，都有自己独特的个性，每个东西都应该被独特对待。有些东西和蔼可亲、善解人意，比如餐桌；有些东西严厉苛刻、充满敌意，比如那些蓝色的大理石。它们之中有敌人也有盟友，有令人感动的忠诚，也有

年幼的诺顿·贾斯特在布鲁克林公园大踏步地走着。

卑鄙的背叛。当然，还有些东西完全不值得信赖，只要稍有机会，它们就会使坏。这是一个庞大、复杂的世界，充满了隐秘微妙、错综复杂的关系"（《如何写童书，以及为什么这么写》，诺顿·贾斯特未发表的演讲稿，儿童文学写作技巧专题讨论会，纽约长岛大学，1967 年 2 月 15 日，1 页）。

瑞士儿童心理学家让·皮亚杰很早以前就说过，所有孩子都会经历"万物有灵"的阶段，即坚信世界上的一切东西都有生命，都有感觉、意愿和情感。这个年龄段一般在二到六岁之间，之后，随着对现实的认识加深，孩子能更成熟地理解并认同"无生命"和"有生命"之间的区别时，就会放弃之前的想法。但是，也有一些孩子不会很快摆脱这种将真人的特征赋予无生命物体的倾向。诺顿·贾斯特（还有绝大部分科幻作家）就属于后者。后来他发现，这种四处都能看见活物——特别是魔鬼——的倾向似乎让"所谓的'现实生活'简单了很多……和老师、普通人这样的寻常生物打交道并不是多么难的事情，面对怒气冲冲的父母也远没有知道前门有一个歹毒的衣帽架在等着吓唬我更可怕"（《如何写童书，以及为什么这么写》，1 页）。

贾斯特刚开始学习数学时困难重重，这是他思维

方式不同寻常的另一个表现。有一段时间，数字在贾斯特的脑袋里就是一团糨糊，连最基本的运算法则他都没法掌握，无论老师们说什么或做什么，对他都没有丝毫作用。后来，在极度沮丧中，他终于找到了一个办法，才在这个难题上取得进展。他发现，当把0到9这十个数字与不同的颜色联系起来时，一切都迎刃而解了。现在神经现象学专业的学生可以马上发现这种方法就是通感。有了自己的颜色编码系统，贾斯特成功地用彩色铅笔解出了一道数学题——他总算能应付加减法了。但取得这个突破的过程太痛苦了，他从中得出一个结论：童年是一项令人扫兴、毫无成就感的差事。他渴望简单的、无忧无虑的成年生活。（《如何写童书，以及为什么这么写》，1页）

当然，童年还是有很多能让贾斯特感兴趣和沉浸其中的事情，比如阅读。他有一套《绿野仙踪》，那是他获得的一份珍贵的节日礼物。他还假装在读父母书架上的翻译过来的意第绪语文学作品，但那辞藻华丽的散文本身就像门外语。这样似读非读的阅读方式让他发明了一个小游戏，就是不断地重复一个词或短语，直到它脱离原本的含义，成为咒语般的嗡嗡声。这个时候，这个带有魔力的声音就不再属于英语、意第绪

莱曼·弗兰克·鲍姆著《绿野仙踪》第一版封面。这是贾斯特最喜欢的童书之一。

语或任何其他语言，而只属于他了。

肯尼思·格雷厄姆的《柳林风声》也对贾斯特有着特殊的吸引力，因为这部幻想作品中有"大量华丽炫目的辞藻"。很多年后他才知道，教育家们认为这些辞藻"大大超出了孩子的理解范围"。但是初次读格雷厄姆的书时学到的东西深深扎根在了小贾斯特的脑海里，当他自己开始着手为孩子写作时也秉持着同样的信念：童书的词汇水平"并不是重点，重点是一本书要有一个统一的节奏，这个节奏可以让你忽略掉你所

不理解的词汇"(《纽约先驱论坛报》，1961 年 11 月 22 日，23 页）。

贾斯特在家读的书里最让他沉迷也最让他沮丧的是多达二十卷的《百科全书》。他如痴如醉、浑然忘我地读着，同时又深深地感到读这类书是在做无用功。它们让他掌握了"空洞事实的最大宝库"（《趣谈》，122 页），同时也让他对这些知识在现实世界的意义变得一无所知。暗自怀疑最终成了确信的事实：百科学习与真正的知识之间竟然毫无关系。他越这么想，就越感到这些纸上知识所引发的问题要远远多于它们所解决的问题。就像他笔下的主人公米洛一样，他开始质疑学习的意义。

随着对知识的渴望加深，贾斯特变得爱说话了。他经常在课堂上提问，其中好多都是刨根问底、招人厌烦的无解问题。他在家里做好了准备，兴致勃勃地开始了人生的第一个伟大任务——成为"老师们的眼中钉"（与作者的谈话，未著录，2009 年）。

每天放学后，贾斯特会听他喜欢的广播剧《杰克·阿姆斯特朗》《美国男孩》和《海军唐·温斯洛》，或者钻进地下室。出于对大萧条时期那些不幸者的同情，父亲萨缪尔同意一个流浪的手艺人在那里使用他

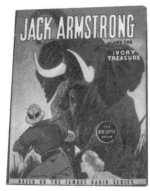

生活在二十世纪三十年代美国的孩子如果在广播台没听够《杰克·阿姆斯特朗》和《美国男孩》的话，可以花十美分买一本同样情节火爆的书来看。作为纯粹逃避现实的文学，《杰克·阿姆斯特朗和象牙宝藏》（惠特曼，1937 年）和《杰克·阿姆斯特朗和铁钥匙的秘密》（惠特曼，1939 年）采用木浆纸印刷成口袋大小，在那些不赞成孩子读这类书的家长面前更容易藏起来。

的工作台和工具。这个人名叫布里克曼，是个无处营生的木匠。他沉默寡言却和蔼亲切，会时不时地停下手头的工作，给贾斯特讲解木工技巧，或是把工具放到这个不谙世事的孩子手里，让他感受其重量。贾斯特在这里不仅学到了工艺技巧，还有处世哲学。从那以后，贾斯特坚信，任何工作都不是轻而易举就可以做好的（《趣谈》，134 页），在工作中展现的那份专注和手艺本身就是回报。

后来，这些在地下室的隐遁和独处对贾斯特来说变得不那么重要了。在十岁左右的一次野外露营活动

中，他甚至还参加了演出。当他担任《我的客户科里》（一部关于一个玩杂耍的男孩和他会跳舞的毛毛虫的怪谈喜剧）的主角时，他发现自己爱上了观众雷鸣般的掌声。这个以前挑食的男孩还慢慢发现了食物带来的乐趣。等升入布鲁克林的詹姆斯·麦迪逊中学时，诺顿·贾斯特已不再是那个腼腆害羞、爱发牢骚、矮小瘦弱、让父母困惑不已的怪胎，而变成了一个声音沉稳洪亮、眼睛明亮有神、爱好冒险又善于社交的少年。他加入了田径队，投身于足球比赛的混战中，还争取到了导演毕业公演的机会，对数学等以前不擅长的科目也变得精通起来。他高分考入宾夕法尼亚大学美术学院，成为该校一九五二级的一名学生。此前，哥哥霍华德已经跟随父亲的步伐投身建筑领域，现在，诺顿也踏上了相同的道路。他说，对于未来，自己从没考虑过其他可能性，但同时也决心活出自己的精彩。

父亲萨缪尔的德佩斯 & 贾斯特建筑公司以其尊重传统又设计精湛的作品闻名，头部客户涵盖了纽约、布里奇波特和哈特福德的大主教管区。他们的作品与弗兰克·劳埃德·赖特和勒·柯布西耶等建筑革新者那种吸引眼球、令人眼花缭乱的新奇作品有着天壤之别。

贾斯特家的小儿子带着年轻人的傲慢走进了大学，一心想着在现代建筑领域崭露头角，超越父亲。宾夕法尼亚正是一个可以满足这种过度膨胀的野心的地方。在贾斯特上大学的四年间，魅力超凡、颇有远见的路易斯·卡恩曾去他们学校做过讲座，弗兰克·劳埃德·赖特也在得到一个很有声望的奖项后完成了彻底的转型。但对于贾斯特来说，在大学里最重要的收获是跟随美国城市历史和设计领域的顶尖权威、《纽约客》的建筑批评家路易斯·芒福德学习。

芒福德是一位善于启发学生灵感的老师，他提倡大胆创新的城市规划，并坚信建筑师在社会文明的进程中扮演着极为重要的角色。这位被马尔科姆·考利称为"最后一位伟大的人道主义者"的饱学之士，最令贾斯特印象深刻的是他的脚踏实地和自学成才。此外，芒福德还是一位优雅的作家，在谈话中会讲点无伤大雅的荤段子。而在校园里漫步时，他会像在晚会上玩杂耍一样，尽情施展他无与伦比的观察力。

学生和老师成了一生的朋友。毕业时，除了建筑学士学位，贾斯特还将众多学术奖项收入囊中，并在芒福德的支持下获得富布赖特奖学金，将前往英格兰利物浦大学建筑学院城市设计系进修一年。

受多年战争空袭的影响，二十世纪五十年代前期的英格兰经济萎靡不振，基本物资极为匮乏，是一个希望渺茫的地方。但是对于英国的建筑师和城市规划师来说，战争的结束给他们带来了前所未有的机会。他们能够重新规划这个历史悠久的国家的城市和小镇，有些时候是真的要从零开始。

对于一个来自美国的初访者，特别是一个在亚瑟·兰塞姆和伊迪丝·内斯比特的小说里做着白日梦长大的人来说，英格兰这部古书有许多值得游览和观赏的地方。贾斯特正好有一辆属于自己的摩托车，并拥有探索伦敦市区各个角落及远郊的渴望。在空气潮湿、

诺顿·贾斯特骑着他的运动型摩托车，英格兰，拍摄于一九五二年。

微风轻拂的夜晚，与一群志同道合的朋友喝酒、乘渡轮前往爱尔兰被提上了日程。就在一次这样的短途旅行中，贾斯特遇到了一位很有前途的爱尔兰青年演员，米洛·奥西。两人后来再也没有见过，但是"米洛"这个名字却扎根在了贾斯特的记忆中。一九五二年贾斯特入学当年，在古老的德比大厅举行的学院圣诞晚宴上，他还光荣地作为学生代表进行了致辞。世界对他敞开了大门。

贾斯特在英国的学习即将结束，他面临着回国服兵役的义务。朝鲜战争已接近尾声，但是征兵制仍在执行。贾斯特知道他要么等着被征召去服两年的兵役，要么加入三年期的预备役，以便更好地掌控自己的命运。他选择了后者，于一九五四年加入了美国海军预备役工程兵团，并一路做到了海军中尉。

最初，贾斯特很幸运，被派驻到阳光普照的摩洛哥。但是海军接下来的计划改变了一切，贾斯特被改派到纽芬兰岛的阿真舍。他后来回忆那里时说那儿"是一个可怕的地方，拉布拉多洋流和墨西哥湾流在这里交汇，形成了大量浓雾，导致了很多不幸的发生"（《趣谈》，128 页）。驻扎在兵船上，无聊成了主要的敌人。贾斯特在这个时候学会了四面墙手球，还一时

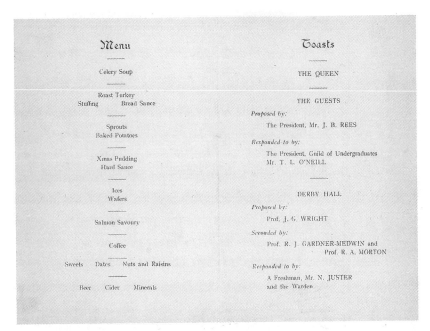

一九五二年圣诞晚宴的纪念节目单和菜单，贾斯特以利物浦大学富布赖特奖学金获得者的身份参加了这场晚宴。

的军事化生活，它都无疑与贾斯特童年时深深着迷的讲故事的声音有关。这不会是他最后一次写故事，尤其是当他需要慰藉、分散注意力或逃避什么事的时候。

贾斯特的最后一次派驻是在纽约布鲁克林的海军工厂，这次也是轻松的差事。他还挣到了一小笔住房补贴，并用这笔钱在附近的布鲁克林高地租了一座花园公寓。每天一结束无聊的办公室工作，贾斯特便恢复了精神，开始发挥自身的表演才兴起，开始创作起儿童故事。每次用水彩画完故事里的插画，他就把它们挂在走廊里晾干。不久指挥官就把他叫过去，告诉他身为海军不应该画画或是写儿童故事，让他立即停止这种行为，以免对船上的士气造成更大的影响。但贾斯特还是想方设法完成了一篇讽刺童话《欧文的途经之路》，讲的是一只神话里的怪兽由于身份认知混乱，相信自己是真实存在的。无论其灵感来源于北方的不毛之地、刺骨的寒冷还是超现实

精神抖擞的海军预备役军人诺顿·贾斯特在罗得岛州纽波特的候补军官学校，拍摄于一九五四年。

诺顿·贾斯特为自己未出版的寓言图画书《欧文的途经之路》画的钢笔水彩画。在冰天雪地的纽芬兰岛服兵役时，为了分散自己的注意力，贾斯特创作了这个故事。

能，享受起在这座大城市里的生活，将自己活成了马克斯兄弟一样的人。他先是杜撰出一本完全不存在的军队出版物《海军新闻播报》，并借此要求采访那些他每天早上在《纽约时报》的戏剧专栏里看到的魅力四射的女人。他发现，只要他的请求听起来合理，很少有人会拒绝一个军人。这让贾斯特从来不缺少约会对

象。很快，他的一个邻居就请求作为他的助手跟他一同出行。

后来，受华盛顿广场公园的一个雕像启发，贾斯特将他的下一个冒险活动命名为"加里波第纵队行动"。从某种意义上说，该活动的唯一目标就是拒绝任何愚蠢到想要加入它的人加入。贾斯特甚至煞费苦心地设计了一个引人注目的徽标，同时准备了一份精致的申请表和一封扎心的拒绝信。这使他不至于被军队里那单调乏味又没完没了的文书工作压垮。

纵然有军队的工作和业余时间的恶作剧，贾斯特还是有大把的空闲时间，至少某天他倒垃圾时碰到的一位邻居是这么认为的。

这位邻居就是朱尔斯·费弗，他独自住在一间单人房里，就在贾斯特那稍微整洁一点的花园公寓楼之上两层。尽管年龄只差几个月，但两人并肩站在一起时一点也不像兄弟，倒是很容易被错认为一个喜剧组合，比如犹太版"劳雷尔和哈代"或"艾伯特与卡斯特罗"。贾斯特是那种矮个头、好斗又自作聪明的家伙，而费弗就是那种个子较高、表情羞涩、骨瘦如柴、总是一脸困惑的配角。贾斯特怎么看都不像是一个军人，费弗则开始称呼他这位好玩乐的朋友

"Nortie[①]"。当贾斯特穿着他整洁挺括的海军军服在附近阔步前行时，在费弗这位漫画家看来就更有趣了。

费弗曾住在纽约曼哈顿下城区的廉价公寓里，而贾斯特长大的城区也远谈不上繁华，所以两人都对如今能在富裕的布鲁克林高地落脚感到幸运。曼哈顿人可能觉得这里远离他们高楼密布的城区，但事实上它离市中心非常近，乘地铁或出租车很快就可以到达，而且有着丰富的历史。它位于一片山区，其间密布着狭窄的林荫小路、历史悠久的教堂和用赤褐色砂石、砖头建造的隔板房，其中很多可以追溯到亚伯拉罕·林肯时代，山脚下就是布鲁克林大桥和沃尔特·惠特曼每天早上为了去曼哈顿坐渡轮的码头。二十世纪五十年代，这块曾经宏伟壮丽、现今破败萧条的飞地吸引了大批艺术家、作家和知识分子，近期乃至现在曾在这里居住的人包括威廉·佐拉奇、杜鲁门·卡波特、阿瑟·米勒、艾伦·阿金、诺曼·梅勒、W. H. 奥登和 W. E. B. 杜波依斯等。《霍帕隆－弗洛伊德及其他现代文学人物》的作者艾拉·沃勒克曾故作严肃地对《纽约世界电讯报－太阳报》的记者说："我们有这

么多人……在文化领域工作，哪怕最随意的谈话都是极有质量的。"（《艺术内容的重量》，伯纳德·克里舍，1957 年 1 月 23 日）正如克里舍这篇文章所暗示的，布鲁克林高地很快成了纽约的第二个格林威治村，一个传奇艺术家的聚居之地，却不像后者那样充斥着吵吵嚷嚷、络绎不绝的游客或是假装出来的玩世不恭之风。

作为战后抽象表现主义的诞生地，纽约一跃超过了巴黎，宣告自己才是无可争议的世界艺术之都。而纽约西区的格林威治村再次证明它是纽约的艺术家活动中心、新晋抽象派艺术家偏爱的聚集地（或饮酒地）。在杰克逊·波洛克的带领下，在一众超凡脱俗、独断自信的批评家的拥护下，这里的艺术家一夜成名，照片频频登上《生活》杂志。

但是对于二十世纪四五十年代那些选择坚决反抗这股潮流的具象派画家来说，格林威治村无异于一块外星领地。为了寻求安全感，这些艺术家中的一些人躲进了布鲁克林高地。

这群艺术流亡者的核心人物之一是一个名叫大卫·勒文的年轻肖像画家，后来他很快作为《纽约书评》的常驻政治漫画家闻名遐迩。勒文永远不会忘记

---

① "诺顿"英文为"Norton"，"Nortie"发音与"naughty（淘气的）"相似。

克莱门特·格林伯格——这个城市的批评家里最飞扬跋扈的一个——是如何对像他这样的艺术家轻蔑以待的。格林伯格认为勒文他们的艺术不过是对外界事物的照搬照抄，只为迎合顾主的喜好，而他自己的绘画则是粗犷的涂绘风格。他将所有的具象派艺术都看作"解说性的"，而像朱尔斯·费弗这样画连载漫画的根本就不在他的排序等级里。

费弗能在高地寻得一席之地多亏了他的一个艺术家朋友，哈维·迪纳斯坦。等他认识了勒文、伯顿·西尔弗曼、阿龙·席克乐等其他住在高地的画家后，这个本来习惯独处的人也开始享受和大家在一起的时光了。这是他首次结交到能称之为朋友的艺术家。这些人都对左翼政治抱有兴趣，也热衷于就宏大的思想展开辩论。朱尔斯·费弗同他们一样，很高兴能从格林威治村竞争激烈的艺术旋涡里平安抽身。

在东河的另一边，费弗开始了自己的新生活，做着为他量身打造的工作。他开始在《村声》杂志上连载一部讽刺漫画《病人、病人、病人》（后来很快更名为《费弗》），每周一更，这表明他身上的反讽精神丝毫不减。自一九五六年十月二十四日问世后，短短几周，这部漫画就成了纽约嬉皮士和整个出版业的必读

朱尔斯·费弗在检查他第一本书《病人、病人、病人》（1958年）的校样。

之作。《村声》的编辑给予费弗最大的创作自由，费弗也想尽办法采用不同的绘画风格来填满正篇漫画开始前的几栏空白。尽管对自己的努力很不满意——他满意过吗？但他仍像历史学家及出版人加里·格罗思所说的那样，"不遗余力地反抗着他这一代人所特有的社会、心理、私人和公共问题。这一代正是被奥登称为生活在焦虑年代的战后一代"（《解说者：〈村声〉连载漫画全集（1956–1966年）》，朱尔斯·费弗著，加里·格罗思作序，西雅图：幻图出版社，2008年，6页）。

《村声》没有给费弗任何报酬，但费弗有自己的小算盘：在这样一个显眼的平台展示自己的作品，迟早会得到可观的回报。名声和全国范围内的发行的确很快就接踵而至，而且费弗完全有理由对自己的付出所带来的效应感到骄傲：人们能够从大众的角度来探讨美国的社会规范和性观念，能够分辨故弄玄虚的政府言论，能够理解每个人发出的含糊不清的信息——不管是来自自我厌恶的广告人还是表面开放内心却战战兢兢的约会中的情侣。

此前，费弗对于诸事不顺已经相当习惯了。当在《村声》发表作品的机会到来时，他正在失业的边缘，拼尽全力想要保住自己在漫画界的一席之地。而在他过往的生命里，充斥着各种挫败和失望，偶尔才有一点点希望的微光。

费弗出生于纽约市布朗克斯区一个贫穷而且运气不佳的犹太人家庭。还是个小男孩的时候，费弗就一头栽进了超级英雄漫画书所描述的光怪陆离的世界里，每周都会和同学们如饥似渴地阅读这些英雄冒险故事。由于父亲的工作一直不稳定，费弗很小的时候就认定，没有什么日子能比成为用漫画的魔力震撼人心的职业艺术家更好了。五岁时，费弗就在一个艺术比赛中获得了金奖，之后很快就开始画自己的漫画作品了。他的技法惊人地娴熟，作品标价可达八至九美分，只比职业画家的便宜一两分。

但在学校里，情况可就完全不同了，他只是一个普通的学生。在被纽约大学艺术系和普瑞特艺术学院拒收之后，费弗努力克服了自己性格中与生俱来的羞涩，凭借一席话进入《闪灵侠》的创造者、漫画大师威尔·艾斯纳的漫画工作室，成了一名助理画手。作为一位慷慨的导师，艾斯纳给予费弗极大的信任，把

九岁的朱尔斯·费弗。

系列里整集的创作都交给了他，后来还把每周连载的《闪灵侠》的最后一页留给他发表自己的单页条漫《克利福德》。两人的师徒关系持续了三年。后来，当费弗被焦躁不安和痛苦的自责折磨，且意识到自己很快会被征召入伍时，还不到二十岁的他和一位朋友开启了长达一个月的环美公路旅行。

几个月后，费弗成为驻扎在新泽西州的二等兵（一九五一至一九五三年间，费弗在美军通讯兵团服役）。他有了画画的时间，创作了一部讽刺军队生活的漫画书《芒罗》，讲述了一个四岁男孩的不幸遭遇：由于愚蠢的官僚主义，这个男孩被错征入伍，但是军队却拒绝放他走。费弗希望这本小书会是他作为一名插画家通往成功的入场券。但是当他退伍回家后，四处奔走也没有找到一个愿意发表这部作品的出版商。部分原因是这本四十五页的漫画书跨越了传统出版的分类界限，它看起来像是一本童书，读起来却是愤世嫉俗的成人讽刺作品。

费弗由此明白了漫画界根深蒂固的冷酷，也清楚地意识到了一开始没意识到的自己作品所具有的独创性。出版商们是不可能愿意冒险发表一个不知名的天才的作品的。接下来，费弗把全部精力都放在了如何

"写给大人的童书"《芒罗》中的一页。美国陆军二等兵朱尔斯·费弗在新泽西州驻扎时创作。

"出名"这件事上。他心目中的两位偶像，威廉·斯泰格和索尔·斯坦伯格都在为《纽约客》创作，但他承认自己还没有达到能在这份杂志上发表作品的水平。他一面憎恶《纽约客》漫不经心透露出的金钱至上的自大，一面又对其精湛绝伦的艺术水准崇拜不已。

为了找到突破口，他带着自己的作品集拜访了纽约哈珀兄弟的主编厄休拉·诺德斯特姆，想先在青少年读物市场试试水。交谈中，这位传奇编辑拿出了她明日之星名单里的一位——莫里斯·桑达克的作品。只看了一眼《洞是用来挖的》（作者是露丝·克劳斯，

她的丈夫是费弗的另外一个偶像漫画家克罗格特·约翰逊），费弗就明白，这个领域的冠军之席已经有主了，他得去别处寻找他的荣光。

有了这段被拒绝的经历，当《村声》同意给他这个机会时，费弗简直以为自己是在做梦。那天，他没有预约就来到这家杂志社，向编辑们介绍自己。编辑们传看着他的作品集，对《芒罗》里的笑点以及他新创作的关于墨守成规行为的《病人、病人、病人》的样稿发出了赞赏的笑声。编辑们经过内部的简短讨论后告诉费弗，他们很愿意发表他想投稿的任何作品。从进门到出门，费弗总共花了不到半小时。当他回到

《病人、病人、病人》的第一部分。这部发表在《村声》上的讽刺连载漫画很快更名为《费弗》。

街上重新迈开他那细长的双腿时，他感到狂喜、头脑发晕和命中注定，仿佛他作品里那个吓蒙了的伯纳德在他身上活了过来。

同一时期，诺顿·贾斯特也顺风顺水。遇见费弗后六个月，他的退役申请得到批准，他用军装换了一件夹克和一条领带，还在曼哈顿的一所建筑公司找了份工作。他感到浑身有使不完的劲儿，于是又接受了普瑞特艺术学院的一份教学兼职，偶尔还给《纽约先驱论坛报》和《村声》投稿关于建筑的小文章。同时，费弗在《村声》上发表的漫画也越来越火，更大的职业目标也正在实现。一九五八年，由《村声》发表的连载漫画汇编而成的第一本书《病人、病人、病人：不自信生活指南》成了畅销书。第二年，这本书更名为《费弗》在全国范围内发行。

贾斯特和费弗的租约到期后，他们和另外一个朋友一起凑钱，在州街153号装有蓝色百叶窗的连栋楼房里租了一套复式公寓。

贾斯特占据了厨房所在的整个四层，并承诺大部分饭由他来做。费弗和在女皇学院教比较教育学的英国人马克斯·埃克斯坦一起住在三楼。

纽约市布鲁克林区州街153号。就是在布鲁克林高地这精致迷人的连排房屋顶层，诺顿·贾斯特完成了他的《神奇的收费亭》。而在他楼下，朱尔斯·费弗画出了大量草图。

贾斯特牢牢掌控着厨房大权，这为他的恶作剧提供了得天独厚的条件。他观察到他的漫画家朋友有一个习惯，就是每天早上会上楼来煮两个鸡蛋，然后就回自己的房间，等鸡蛋熟了后再上楼吃早饭。某天早上，漫画家像往常一样上楼来煮鸡蛋，贾斯特则躺在床上静待时机，在费弗快要返回厨房前，他冲向炉子，把其中一个在水里欢快翻滚的鸡蛋换成了生的。那天早上，当这位容易紧张的艺术家坐下吃早饭的时候，发现自己遇到了一件让人不安的神秘事件：他同时放进锅里煮的两个鸡蛋，一个煮得刚刚好，另外一个却完全是生的。

贾斯特很久以前就认识了费弗的艺术家朋友们。其中几位（包括诺曼·梅勒）在布鲁克林高地边的一栋老旧的高层公寓里租了一间工作室。他有时会顺路过去和这间被称为奥文顿工作室里的艺术家聊天。其中有一位埃米尔·戈德弗斯比较特别，他不仅年纪偏大不少，而且比起画画，他似乎更擅长修理电梯。贾斯特认为他是一位和蔼亲切的长者，费弗则认为他"在某种程度上是个无能的人"：一事无成，靠给"自以为是……固执己见"又喜欢夸夸其谈的人当个好的倾听者来寻得一席之地。（《后退前进》，朱尔斯·费弗著，225页）之后的一天晚上，在从曼哈顿回家的路上，一个报纸头版大标题——《苏联顶级间谍扮作布鲁克林的艺术家》吸引了费弗的注意。标题下有一张警方拍摄的埃米尔·戈德弗斯的正面照，新闻内容让费弗震惊不已——原来这位时常与他闲聊的文质彬彬的无能之辈，真实身份是鲁道夫·阿贝尔上校，苏联的一个顶级间谍。FBI跟踪了他多年，很可能对他在奥文顿工作室的一举一动也了若指掌。当费弗回到家，看见贾斯特正四仰八叉地躺在沙发上惬意地打盹儿时，便把报纸丢在他身上弄醒了他。贾斯特看到这则新闻也大为震惊,但费弗受到的震动更大。他后来回忆说:"我本来对自己的分析能力和看人的本事挺自信的,这是我的强项——读懂言外之意和掌握潜台词,也是我在创作时所关注的。然而我现在开始怀疑一切。如果说埃米尔不是埃米尔,而是一个叫阿贝尔的俄国人;他是个间谍,而我却从没起过疑心,那么还有多少事情是我想错了的呢?"(《后退前进》,228 页)

一到晚上,贾斯特就会焦躁不安地在房间里踱来踱去,发出响声。费弗就一晚晚听着头顶激动的脚步声,气恼地寻思着贾斯特为什么这么躁动不安。终于有一天,他决定一探究竟。费弗知道贾斯特获得福特基金会拨款的事情,以为他肯定是在为那本中标作品努力工作。结果他只不过是在写一本幻想小说,费弗为此大跌眼镜。大体来说,这本小说惊人地同时拥有《绿野仙踪》和《在路上》的影子,还添了些马克斯兄弟式的喧闹氛围和文字游戏。

秘密泄露以后,贾斯特不再隐瞒,递给费弗一捆纸,里面有他迄今所写的所有章节和对话片段,但还未成一体。费弗读了以后说他很喜欢。受到鼓励之后,

贾斯特每次写了新的内容都会拿给费弗看。虽然没多说什么,但是费弗开始为这些文字配图。费弗为《神奇的收费亭》画插画这件事从来都不是一个正式的决议,也不是一件非做不可的事。"Nortie 负责做饭,"他后来解释说,"我想吃,就得拿画来交换。"(与绘者的访谈,2009 年 4 月 24 日)

大概就是在这个时候,费弗遇到了魅力四射的年轻编辑朱迪·谢夫特尔。一九六一年,两人喜结连理。谢夫特尔在《美国遗产》杂志工作,擅长社交,是个

朱迪·谢夫特尔·费弗,玛丽·艾伦·马克拍摄,拍摄日期不明。(经摄影师同意后复印)

优秀的"联络员"。她认识所有在出版界工作的人，而且爱好牵线搭桥。就是她劝说玛雅·安吉洛把自己成长期的创伤史写成了《我知道笼中鸟为何歌唱》，也是她哄着琼·克劳馥的女儿发表了典型的好莱坞秘闻录《最亲爱的妈妈》。一天，谢夫特尔正走在哥伦布大道上时，遇到了出版界的一位朋友，兰登书屋的首席编辑、在图书界颇有影响力的贾森·爱泼斯坦。谢夫特尔张开手臂向他打招呼，接着巧妙地为萦绕在她心头的一部作品唱起了赞歌："我这儿有一本令人惊叹的童书，你一定得出版它！"（与绘者的访谈，2008年12月16日）毕竟是朋友的著名漫画家男友为这部作品绘制插画，爱泼斯坦答应看一下手稿，便离开了。

这是一次幸运的邂逅。那时的美国童书编辑们对幻想小说毫无兴趣，除了那些来自英国的无懈可击的经典作品，比如玛丽·诺顿的"借东西的小人系列"和露西·M. 波士顿的"格林诺威系列"，畅销以及获奖的都是现实主义题材的作品，获纽伯瑞儿童文学大奖的不是历史小说就是以异国他乡为背景的写实主义小说，年年如此。贾斯顿的作品不但是幻想的，还有另外一个与该奖项喜好的评奖标准背道而驰的地方：战后，教育界通过限制词汇量来减轻小读者阅读的挫败感，而贾斯特这本书中的词汇量却很大。

但以贾森·爱泼斯坦的地位，可以不考虑这些狭隘的担忧。他非常自豪于自己特立独行的出版方针，以及多次被证实的独具慧眼的天赋。而且，不同于那些把出版儿童读物的部门看作死水一潭并不屑一顾的出版界同行（这个部门却意外地盈利颇丰），他是真心关心为小读者们所写的作品。不久前，他刚刚成立了自己的小公司，以实惠的价格重新发行经典童书作品。谢夫特尔在开始她的"推销"时就清楚，爱泼斯坦＆卡罗尔出版社在还没有得到原稿的情况下就答应这笔交易是冒着风险的。但她也知道，爱泼斯坦从来不会轻易放过任何可能性。

当贾斯特还在宾夕法尼亚大学和课业做斗争，费弗正准备迎接他的军旅生活时，贾森·爱泼斯坦就已经作为双日出版社的一名实习生，冲劲十足地在纽约开辟自己的战场了。仅仅一年的时间，爱泼斯坦就单枪匹马地为"船锚书系"打好了基础。作为双日出版社的高级平装本产品线，"船锚书系"有着开创性的意义，满足了战后预算紧张的美国大学生和研究生的阅读需求，由此开辟了一个相当有利可图的市场。这一巨大成功使得爱泼斯坦成为出版界一颗冉冉升起的

贾森·爱泼斯坦在兰登书屋的办公室，拍摄于二十世纪六十年代。

新星。

一九五八年，双日出版社拒绝出版爱泼斯坦强力推荐的一部有争议的小说——纳博科夫的《洛丽塔》，于是这位年轻的编辑打包起他的蓝铅笔来到了兰登书屋。兰登书屋的贝内特·瑟夫给了他一份条件优渥的工作：只要不和已有的产品线冲突，他可以自由地实践自己的出版构想，如果瑟夫喜欢他的构想，他还能得到全公司的支持。不久，爱泼斯坦就和他之前在双日出版社的同事克莱利亚·卡罗尔制订了一个"儿童船锚书系"计划，叫作"窥镜图书馆"。兰登书屋同意打造这条产品线，并把老维拉德大厦的顶楼给他们当办公室。这座位于麦迪逊大街的大厦正是兰登书屋的总部所在，对面就是圣帕特里克大教堂。

当爱泼斯坦在兰登书屋的编辑办公室工作时，卡罗尔就在顶楼负责"窥镜图书馆"的业务。协助卡罗尔的是一位秘书以及另外一位前双日出版社员工，以美编身份入行的爱德华·戈里。在他们同一层的走廊尽头处，是一九五八年第二个新启动的项目"小孩学读书"的骨干成员的办公室。这个项目由泰德·盖泽尔，即苏斯博士和他的业务伙伴菲利丝·瑟夫（贝内特·瑟夫的妻子）共同领导，主要是想凭借盖泽尔一年前出版的《戴高帽的猫》的巨大成功，将盖泽尔自己的趣味启蒙读物与其他作家、插画家的精选作品打造成一条完整的桥梁书产品线。首部作品《戴高帽的猫回来了》宣告着这个系列声势浩大的登场。

等孩子们再长大一些，就可以在"窥镜图书馆"里挖掘宝藏了。"窥镜图书馆"创立于一九五九年秋，甫一问世就带来了九部备受欢迎的经典作品，包括内斯比特的《五个孩子和一个怪物》、阿瑟·柯南·道尔

这本珍贵的"窥镜图书馆"图书（1961年）由哈特·戴·莱维特编纂。他是安多弗市菲利普斯学院的一名很受欢迎的英语老师。乔治·H.W.布什和杰克·莱蒙都是他的学生。

爵士的《失落的世界》，还有可以作为"餐后甜点"的《闹鬼的镜子》，由爱德华·戈里将各种民间鬼故事汇编而成。

爱泼斯坦开创这个新项目时满心以为他在双日出版社的经历会对他大有帮助。但事实上，"船锚模式"已不再适用于他现在的工作。不管是从务实还是务虚的角度考虑，二十世纪五六十年代，作为美国青少年书籍主要市场的学校和公共图书馆都拒绝购买平装本图书。人们觉得平装本不像精装本那么结实，还给人价廉物次的感觉，让人想起那些老派机构不屑一顾的廉价小说和低俗文学。

爱泼斯坦和卡罗尔只能改变方案，选择了一种有别于传统精装书的装帧——用纸代替布覆在结实的纸板上，更为精致同时成本较低。为了提升这些书在儿童文学守卫者心目中的可靠度，这对合作伙伴还争取到了他们著名的作家朋友组成的咨询委员会的帮助，成员包括W. H. 奥登、埃德蒙·威尔逊和菲利丝·麦金利。

诺曼·波德霍雷茨也曾在该咨询委员会工作过一段时间，后来他因为在一次为图书馆研究而做的短途旅行中感染了水痘，认为这份工作具有危险性就退出了。在剩下的三名委员会成员中，菲利丝·麦金利是一名儿童文学作家，她具有最适合的资质。而据爱泼斯坦所说，埃德蒙·威尔逊很关心儿童文学，他对自己童年时代的《圣尼古拉斯》杂志的手抄本极为珍视。而奥登本身就是个孩子。他在《纽约时报书评》上发表的一篇名为《今日的"仙境"需要爱丽丝》的文章中，充分论述了儿童文学是一种合法正规的文学类型。在为纪念《爱丽丝漫游奇境》诞生一百周年的一篇文章中，奥登写道："有些好书是只给成人看的，因为理解这些作品需要有成人的生活经历。但是还没有专门给儿童写的优秀作品。"(《爱丽丝面面观：批评家眼中的刘易斯·卡罗尔梦中的孩童》，罗伯特·菲利普斯编，纽约：复古出版社，1977年，11页）

就在这些筹备工作紧锣密鼓进行的同时，爱泼斯坦还在忙着管理兰登书屋一条高风险的复古平装书产品线，这是公司为了应对"船锚"项目而创立的。由于分身乏术，爱泼斯坦有段时间没怎么关注"窥镜图书馆"项目，结果，前十本书的纸张质量下降，有些排版非常拥挤的合订本也被送去印刷了。所以，当至关重要的首发评论毁誉参半，销售额也没有达到预期时，爱泼斯坦并不意外。

到了一九六〇年秋，爱泼斯坦 & 卡罗尔出版社很明显处于保守状态，他们的出版书目缩减到八本新书，并把统一零售价从 1.5 美元上调至 1.95 美元。对于一个以"物美价廉"定位的项目来说，第二项举措尤其令人担忧。大概就是在这个时候，爱泼斯坦和谢夫特尔在拥挤的城市街道上偶遇了。不管是出于友谊、好奇，还是为了让陷于困境的公司重焕生机，爱泼斯坦答应读一下手稿，尽管这个故事不属于他和合作伙伴那时想出版的作品类型。

其实，谢夫特尔如此费力推销的手稿此时尚未成型，贾斯特只产出了前七章修改过的草稿，小说整体还谈不上什么情节，篇幅也没有确定。谢夫特尔倒泰然自若，她告诉费弗和贾斯特，多亏她脑筋转得快，大大的好运才降临到他们身上。她还自告奋勇要亲自把手稿送到兰登书屋。她说，贾斯特应该先把小说剩余部分的大纲准备一下，再添加些细节，只要让爱泼斯坦认为作者知道自己在干什么就行了。事实上，贾斯特对他的故事的发展走向只有非常模糊的概念，但他还是草草写了三页看起来像是故事概要的东西，让他的母亲打印了一份誊清稿，然后就让谢夫特尔交稿了。大约三个星期后，他接到一个电话，邀请他和爱泼斯坦见个面。让他大为吃惊的是，爱泼斯坦 & 卡罗尔出版社决定出版他的作品。

贾斯特很快意识到这个好消息带来的负面效应：突然之间，他所有开心的消遣都变成了"工作"。后来他回忆说："我不是它的主人，它才是我的主人。"（《当前的演讲——变化万端》，诺顿·贾斯特未发表的演讲笔记 23，日期不明，N. J. 作品集）主人公男孩米洛在第二章开头驾驶他的玩具车上路时也差不多是这种反应，他叹了口气说："这个游戏比我想象的真实多

了。"(《神奇收费亭》，8页)

贾斯特交给贾森·爱泼斯坦的打印稿开头是这样写的：

米洛不知道他自己要做什么——不是有些时候，而是一直如此。

当他身在学校时，他想要出去；等他出了学校，他又想回去。在路上他想着回家去，回了家他又想出门。不管他在哪里，他都渴望自己是在另外一个地方，等他到了那个地方，他又想自己为何费事来这里。

什么也提不起他的兴趣——尤其是那些理所当然的事。

有一天他沮丧地从学校往家走的时候说道："对我来说，几乎所有的事情都是在浪费时间。"（莉莉图书馆，第3档案盒23号文件夹）

除了至关重要的首句在各个阶段都会微调之外，这一段文本和最终版本几乎没什么区别了。还有些细节需要添加：除了"'哪个'婆婆讲的故事"之外，样稿的章节都没有标题；标点和分段有些混乱；少许的

诺顿·贾斯特在匆忙中写下、交给贾森·爱泼斯坦的《神奇的收费亭》故事梗概第一页。

用词和对话还需要进一步推敲。但不管怎么说，贾斯特的这个开头虽然谈不上令人捧腹，却也让人印象深刻。他还写了谢夫特尔坚持要求的故事梗概。他把这个任务看作一个机会，进一步构思可能的情节转折和未出场的人物。比如"韵律"和"理性"这一对名字带有寓意的公主，她们被绑架和获救的情节（也是全

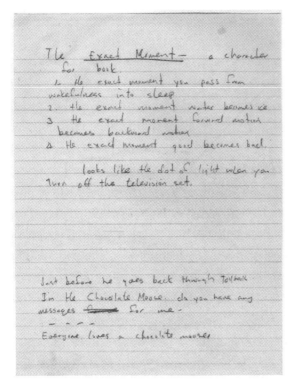

The Exact Moment — a character for book
1 the exact moment you pass from wakefulness into sleep
2 the exact moment water becomes ice
3 the exact moment forward motion becomes backward motion
4 the exact moment good becomes bad

looks like the dot of light when you turn off the television set.

Just before he goes back through textbook
In the Chocolate Moose, do you have any messages ~~from~~ for me.

Everyone loves a chocolate moose.

诺顿·贾斯特关于两个人物形象的笔记。最终，他决定不把他们写进书里。

书的高潮）最终给迷路的米洛指明了方向，也构成了整个故事的框架。

工作时贾斯特除了踱步，还喜欢用一根 2 号铅笔在学生用的宽行写作纸上写写画画。他喜欢在这个过程中付出的体力劳动，尽管有些枯燥乏味。写作时，他会全神贯注地聆听字句的声音和韵律，一遍又一遍地修改、重抄每一个章节，直到语言和韵律都恰到好处。当改到第三遍甚至更多遍时，他的母亲会帮忙重新打印这页手稿，方便他看得更清楚，如果哪里还需要重写就用红笔修改。

草稿纸上记满了正在创作部分的笔记。比如，在一张顶端标注着"视觉"的纸上，贾斯特草草写下了六个与这一主题相关的想法，前三个是：

1. 色彩风琴——由色彩大师弹奏。这是一架带有一排排音符的庞大机器，上方有各个尺寸的音管，下面有无数个踏板，用来控制颜色、提供微风和亮光。

2. 视觉之城可以是看不见的。

3. 你有先生——你有注意到人行道上有多少裂缝吗？讲述许多人们不曾注意到的东西，比如夕阳、树木、鲜花、潮湿的街道。（莉莉图书馆，第 5 档案盒 42 号文件夹）

另外还有很多同义词、角色名字、习惯用语和幽默元素等的清单，比如"没有噪音才好呢""小孩子想吃东西时会大哭，一条河想要水时会干枯"；以及其他需要进一步思考的问题，比如颜色长什么样。

还有写给自己的备忘录，例如"往往只有通过正确的错误才能找到韵律和理性"，还有关于对白的想法，像米洛说的："真是令人诧异，很多完全没有意义的事情却是非常有逻辑的。"（莉莉图书馆，第5盒档案34号文件夹）许多笔记最后都被弃之不用了，但它们无一不是作者坚持不懈地努力的结果——那是想要从模糊混乱的日常思考、感知和拥有狡猾本质的语言里提取出喜剧火花的努力。

在《神奇的收费亭》现存最早一版的草稿开头，是由一个看门人送来一个神奇的包裹。这个包裹不仅让故事的主人公，一个名叫托尼的小男孩惊奇不已，连他的父母也很好奇里面到底是什么：

> 没人知道它是从哪里来的，也肯定没人订过这个包裹，那天也没人过生日，圣诞节还在两个月之后。但是那个大盒子的确就在门厅放着。盒子上布满了不同寻常的图案，上面没有写姓名、地址、号码，也没有任何标签，甚至连"小心易碎"和"此面朝上"的标识也没有。
>
> "嗯，我想我们应该看看里面有什么。"爸爸

弗兰德斯先生是个务实的人，所以觉得从逻辑上来讲，他们需要这么做。但其实他心里也有些不安。这个包裹是在家里没人时寄到的。据看门人说，一个目露凶光的小个子男人一边把它搬到大厅，一边上气不接下气地重复着："就是这里，就是这里。"还没等问他问题，那个人就消失在了街

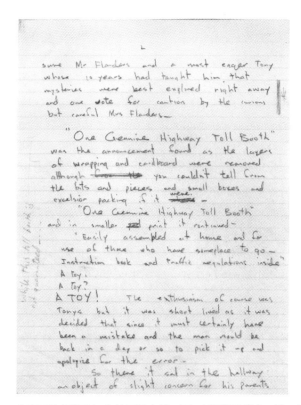

故事开头部分已知的最早版本第二页。（莉莉图书馆，第5档案盒37号文件夹）

道尽头，只留下一句话："这是给弗兰德斯的，你知道的。"

性格谨慎的弗兰德斯夫人认为这个包裹肯定是寄错了，建议不要打开。但投票表决的时候，丈夫和儿子二比一占了上风。接着是一段关于包装材料相当细致的描写。然后弗兰德斯一家发现了一份声明，上面写着："一个真正的高速公路收费亭……在家即可轻松组装，操作简易……服务于那些想去某个地方的人……内附说明书和交通规则。"（莉莉图书馆，第5档案盒37号文件夹）

贾斯特一直想找到一个可信的方式将读者引入神奇的冒险世界里。作为理性主义者，他纠结于要不要把这个幻想场景的形成过程说清楚，比如这个神秘的收费亭为什么会出现以及它是怎么出现的。后来贾斯特终于想通了，他意识到读者们从枯燥的日常中逃离的渴望会自动驱使他们追求幻想。正如 J. R. R. 托尔金在文章《论童话》（1947年）中提到的："童话关心的并不是可能性，而是愿望。"（《托尔金读本》，J. R. R. 托尔金著，纽约：巴兰坦出版社，1966年，63页）

贾斯特潦草的第一稿上有很多细节后来都被弃

用了。比如那个神秘的包裹里有一张地图，上面本来有一个地名写的是"Numeropolis ①"，但是在后来的草稿中，这个名字被改为读起来更轻松明快的"Digitoplis ②"。自然，"托尼"也改成了"米洛"，而男孩的父母和看门人被抹去了，没有再出现或被提及。（莉莉图书馆，标有"弃用"的手稿，第5档案盒37号文件夹）贾斯特还在主人公的年龄上费了一番心思。在后来的几版手稿中，他明确说明小男孩是八九岁。再后来，贾斯特终于认识到，把主人公的年龄交代得那么清楚不仅没必要而且不明智，有些读者在知道米洛的年龄后，会认为自己比主人公大多了，不再想要了解他的冒险经历。

除了送交给爱泼斯坦的样章外，之后的两份几乎完整的打印稿也保留了下来，包括所谓的"最终打印版草稿"，爱泼斯坦 & 卡罗尔出版社正是根据这个版本设定了最初的排版毛样。在这份草稿中，第一章的第一句这样写道："从前有一个叫米洛的小男孩，他不知道自己想做什么，不是有时不知道，而是一直不知道。"读排版毛样时，贾斯特一笔划掉了"小"字。

①②即"数字国"。

也是在这个后期阶段，不知是爱泼斯坦还是贾斯特，决定将中间的几个章节重新编排一次。第九章到第十三章，也就是色彩大师的部分，全部被调换了。在出版的版本中，米洛离开词语国后很快遇到了阿列克·宾斯，接着遇到了色彩大师和噪音医生。而在这份草稿中，米洛和伙伴离开词语国后先去了医生家里，然后到了寂静山谷，继而遇到阿列克、色彩大师，接着抵达了结论岛。可以说，米洛是从阿列克那里学会了相信自己的观点是多么重要，而色彩大师又教会了他天真地认定一个人可以解决所有问题会带来多么大的危害。这些经验教训让米洛之后的探险受益匪浅，所以重新安排章节是很有必要的，尽管贾斯特（或是他的编辑）想到这一点时已经很晚了。

贾斯特完成文稿时，朱尔斯·费弗却陷入了高度的恐慌，他完全不相信自己能胜任绘者的工作，不仅仅是因为他以前从来没有给童书画过插画。尽管他刊载在《村声》上的漫画取得了巨大的成功，他还是相信自己的写作能力要比绘画能力强得多。这本书里的关键元素无疑暴露了他技术上的短板，比如他不会画狗。后来，费弗回忆说他将闹钟狗看作是"一种四肢

着地的卡通人物"（与绘者的访谈，2009 年 4 月 24 日）。因为觉得自己画不好马，他试图劝说贾斯特让智慧国的军队骑着猫去打仗，但这是徒劳的。更让费弗头疼的是，贾斯特的书是以充满活力的正统英式幻想为基调的，很明显这就要求书中的插画也要像约翰·坦尼尔爵士为刘易斯·卡罗尔的"爱丽丝系列"所绘的插画那么好才行（费弗告诫自己，那需要很高的才能），或者另一位拥有过人才华的英系艺术家，当代先驱爱德华·阿迪宗。当然，这不是全部的原因。更重要的原因是费弗以前的作品大都是有对抗性的，比如尖锐地抨击道德伪善者、政府渎职者以及人类的愚蠢。因此他怀疑自己是否适合为童书画插画。尽管其中的内容不乏嘲讽，它讲述的总归是生活中美好的一面。

因为囊中羞涩，也因为知道自己在创作过程中会犯很多错误，费弗没有选择昂贵耐用的纸（比如法布里亚诺牌），而是选择了便宜的描图纸。几年以后，当原手稿慢慢碎裂，他非常懊悔当初做的这个决定。但是在当时，采用便宜的纸是很有必要的，这使费弗的创作变得自由，他可以随意地画，不满意就丢掉。尽管如此，当完成这项工作时，费弗对自己的评价仍然很消极。他完全不觉得自己创作了一流的作品，反而

告诉自己"终于解脱了"。在他看来，只有少数几幅是完全成功的，其中之一就是横跨两页的恶魔集结图。

这份工作让费弗焦虑不已，但他还是给自己找了不少乐子。有一次，他和贾斯特都觉得这次合作是他们俩那逍遥自在的友谊的延伸，可以借此机会来捉弄对方：费弗把贾斯特画进画里，还想方设法避开不画那些他不想画的角色；而贾斯特则专门创作让漫画家感到头疼的人物和场景。对费弗来说，这次经历也让他有了惊奇的发现，这一发现最后改变了他的职业生涯：他意识到，作为童书插画家画画时，他"享受到更多乐趣，有时甚至可以犯蠢"，而他"很喜欢自己的这一面"（与绘者的访谈，2009 年 4 月 24 日）。

在修改手稿的六个月里，贾斯特和爱泼斯坦会时不时碰上一面。爱泼斯坦总是一副热情洋溢又似乎带着心事的样子，而且从不闲聊。如果贾斯特到得比约定时间早，他不会直接去爱泼斯坦的办公室，而会先去拜访一下贝内特·瑟夫。这位公司总裁也喜欢使用双关语。他会把他的彩色电视机调到棒球比赛频道，并且非常擅长和别人来一场双关语的极速对决。书中有一处情节是米洛遇到了一个神奇的交响乐队，他们通过演奏音乐给世界带来色彩。爱泼斯坦和贾斯特就这一部分产生了分歧：爱泼斯坦认为这个神奇的场景与书中其他部分轻松的氛围格格不入，并敦促贾斯特把这个部分去掉。贾斯特拒绝了。爱泼斯坦只好妥协，但同时发表了免责声明："好吧，这是你的书，你想怎么来就怎么来。"对于贾斯特这个新手作家来说，这句话听起来很不吉利，仿佛预示着某种灾难。

在这本书出版的关键阶段，似乎总有一双看不见的手在操控。当负责审校书稿细节的文字编辑向贾斯特返稿，并提出许多问题和修改建议时，贾斯特吃惊地发现这位编辑完全忽略了情节里的幽默点。比如ABC 国王的顾问们说出了一连串同义词那里：

"当然。"
"没错。"
"丝毫不差。"
"确实如此。"
"是的。"
他们挨个儿回答道。

"作者不觉得他完全没必要把对话写得这么烦冗

吗？"这位文字编辑还删除了好几处类似的重复。幸好，贾斯特还有时间和机会进行弥补。出版日期临近时，他收到了爱德华·戈里设计的页面版式，他觉得插画安排得既复杂又混乱，简直让人一头雾水。作为一名建筑师，他认为，为了找到解决问题的最佳方案，撕了同事的作品没什么大不了的，就像他对自己的作品所做的那样。他同时也意识到，很有必要把这本书从头到尾再设计一遍。贾斯特重新设计后的《神奇的收费亭》就是读者们所见到的版本。

爱泼斯坦＆卡罗尔出版社于一九六一年九月出版了《神奇的收费亭》。同在这一年出版的还有罗尔德·达尔的《詹姆斯与大仙桃》（克诺夫出版社）、埃德温·图尼斯的历史主义小说《边境生活》（世界出版公司），以及伊丽莎白·乔治·斯皮尔以圣经时代为故事背景的《青铜弓》（霍顿·米夫林出版公司），而伊丽莎白·乔治·斯皮尔也凭借此书在三年里第二次赢得了纽伯瑞奖。

就像许多新手作家一样，贾斯特也渴望看到自己的作品摆上书店的书架。当这个愿望没有在第一时间实现时，他便觉得自己的书"已在夜深人静的时候被扔到了毫无标记的纸箱里，然后被搬到书店的地下室，再也无法重见天日"。（《当前的演讲——变化万端》，笔记 36）贾斯特的母亲明妮不放过任何可能性，她积极地行动起来，频频光顾纽约的各家书店。带着母亲对儿子的保护欲和对儿子成就的自豪感，她几乎把书店的店员"吓到"了。（《趣谈》，125 页）

接着，佳评一个接一个涌现。埃米莉·马克斯韦尔在《纽约客》写了一篇热情洋溢的文章，直言她很喜欢这本书。马克斯韦尔从一九五七年开始担任《纽约客》的童书评论员，她的丈夫是该杂志小说版块的编辑。她赞扬《神奇的收费亭》是一本"非同寻常的好书"。她满怀惊喜地写道："我刚打开这本书时，并没有什么特别的期待。渐渐地，我意识到手中捧着的是一部新问世的经典之作，它就像一只刚刚破茧而出的蝴蝶。我还是第一次有这样的感觉。"详细介绍过情节后，马克斯韦尔总结道："如果说《天路历程》讲述的是如何唤醒懒惰的灵魂，那么《神奇的收费亭》讲述的就是如何唤醒懒惰的大脑。这本书还会让我们想到《爱丽丝漫游奇境》，詹姆斯·瑟伯的奇幻故事就更不用说了……但这本书还是有属于它自己独特的优点：易懂、幽默、温暖和真正的创造力。"文章结尾处她还对这位如此有魔力的新人作家表达了赞赏之情："贾斯特先生是一位三十二岁的职业建筑师。从封面信息可知，他获得了福特基金会的拨款，正在筹划一本关于城市美学的书。我对他笔下的城市满怀期待。"

《纽约先驱论坛报》和《纽约时报》也相继刊登了充满赞美之辞的评论文章。约翰·克罗斯比在《纽约

刊登在一九六一年十二月三日《纽约时报书评》上的一则广告。

先驱论坛报》刊登的贾斯特采访稿开场白中写道："在这个看起来有点疯狂的世界中，花点时间读一本童书会让我们感到耳目一新。比如这本《神奇的收费亭》，里面有一个叫'芬特丽·默卡伯'的巫婆，但她其实并没有那么可怕。作者是长着胡子的精灵诺顿·贾斯特。绘者是朱尔斯·费弗，他是在资本主义意识形态对人性的新一轮异化下患有'神经症人格'的一代中最聪明的一位。"他接着赞扬该书可与《爱丽丝漫游奇境》和《格列佛游记》媲美。当其他评论家都将此书与"爱丽丝系列"做比较时，《纽约时报》的评论家安·麦戈文提到了《绿野仙踪》。评论家们似乎在罗列与贾斯特的奇书最相近的经典作品上较起了劲。麦戈文还认为："好多自称老少皆宜的书最后都被证明并非如此，但是每一个能够体味寓言智慧的人都可以在贾斯特这个精彩的幻想故事中找到一些经典的东西。"

《村声》也不甘落后，由简·雅各布斯于十二月写了一篇好评。雅各布斯是城市设计评论家和社区活动积极分子，她刚出版了《美国大城市的死与生》这部影响深远的作品。作为贾斯特的朋友，她对他的书的看法更加敏锐独到。她评论说，《神奇的收费亭》之所以具有独特的魅力是因为它融合了"最大胆惊人的

幻想"和"紧迫生动的现实感"。对于绘者,她写道:"费弗是一位能将想法付诸笔端的艺术家。"

仅有的表达了负面意见的两本杂志的主要读者群是图书管理员和教育从业者。这也从侧面反映了在童书领域,奇幻题材的作品并不被看重。《童书中心快报》称《神奇的收费亭》是"一个彻头彻尾的幻想故事,满是矫揉造作的情节和不切实际的想法"(1962年3月第7期,总第十五期,112页)。对于受人敬重的《号角》杂志来说,遗漏是常有的事,所以它只是单纯地忽略了这本书。

第二年秋天,柯林斯出版集团出版了这本书的英国版。令人吃惊的是,这本书从严苛犀利的英国评论家那里收获了另一轮祝贺与盛赞。更值得赞扬的是,当一位美国作者无畏地扎入英国式奇幻写作的洪流中,并出版了这样一部和卡罗尔、格雷厄姆的作品一样受欢迎的杰作时,英国的评论家并没有排外,而是从容面对。《卫报》评论家安德鲁·莱斯利写道:"对于那些不管是欣然接受还是勉强忍耐地每天坚持给孩子读睡前故事的家长(而且时常希望不会读太久),我推荐他们立刻去买诺顿·贾斯特的《神奇的收费亭》……这个故事新奇迷人,朱尔斯·费弗的插画完美地捕捉到了作品的灵魂。我想,在一些家庭中,它会成为一本让人忍不住时时翻阅的经典藏书。"(1962年11月16日)

一九六三年,在作为作家出道并获得巨大成功之后,贾斯特又出版了《点与线:初级数学的浪漫故事》,这是一个关于现代三角恋的新潮寓言。而且这一次,贾斯特有了更高的要求,要自己画插画。他机智地把笔绘和拼贴的形式结合在一起,在一堆从美术史中找来的图片上加上直线、波浪线和圆形。贾森·爱泼斯坦再次出版了贾斯特的作品,这次却是以兰登书屋的名义,因为当时他和卡罗尔已经解除了合作关系。《点与线》是一本新颖的书。至于它的受众,作者在他特意准备的折盖本中狡黠地称这本书"适合从中世纪到黑暗时代的所有读者",与《费弗》的读者群完全一致。《神奇的收费亭》的书迷们一直都迫切期待贾斯特能出一本类似《爱丽丝镜中奇遇》那样的续集作品,这本新书不免让他们有点失望。但贾斯特从来就不是一个原地踏步的人。人们常将《点与线》作为礼物赠予他人,特别是情人节前后,因此这本书销量极为可观。

一九六五年，贾斯特又出版了《智者阿尔伯里克》，再次让他的书迷们大吃一惊。该书汇集了三个带有中世纪色彩的浪漫故事，每个故事探索一个人生的重大问题，分别是智慧、快乐和真理。

后来，贾斯特将大部分时间和精力放在了建筑事业上。尽管并不如他在学生时代想象得那么美好，但整体境况还是在稳步上升。和他的父亲一样，他也与人合伙开了一家小公司。他们的业务很广，包括设计私人住宅、学校和博物馆。他的兼职教学工作也还在继续，先是在普瑞特艺术学院，一九七〇年和妻子搬到马萨诸塞州后，他又去了汉普郡学院当教员。这是一所刚刚成立的小型文科学院，位于马萨诸塞州阿默

诺顿·贾斯特和珍妮·贾斯特，拍摄于一九七〇年左右。

斯特市树木繁茂的郊区。以反文化的时代精神为特色，这所大学为积极上进、独立自主的学生提供了不落俗套、独特另类的教育体验。它是可以让像米洛一样的孩子自己着手开辟道路的地方，大人们只是偶尔给他们一些指导。不出所料，贾斯特在这里感到十分自在。当被问到三份兼职工作中他最喜欢哪个时，贾斯特总是给出一个米洛式的回答："三者中最有吸引力的就是我当时没在做的那两个。"（《当前的演讲——变化万端》，笔记43）

时不时地，贾斯特会出一本新书，一方面是为了让书迷开心，另一方面是要让那些还期待着他创作续集的人感到迷惑。他后来出版过一个文字游戏书合集，其中第一本是《一丝不挂：文字游戏之旅》（1969年），但不是写给孩子的。其他作品还有《胡言乱语》（1982年）和《比如：过量的明喻》（1989年）。《劳动的喜悦》（1979年出版，后来更名为《女性的地位：美国乡村女性的过往》）是最让人吃惊的一本书，因为这是一部关于地域史的学术著作。从纽约搬到马萨诸塞州一个古老的西部农场之后，贾斯特又开始重新反思起循规蹈矩的生活，但这次他面对的是十九世纪美国乡村的社会行为和信仰体系，而不是现代都市的。

七十多岁当了爷爷后，贾斯特又开始写绘本故事。他创作的第一本绘本《神奇的窗子》（2005 年）凭借绘者克里斯·拉希卡的出色发挥获得了凯迪克金奖。他一直没有完成福特基金会拨款的项目，但也没有排除完成的可能性。他有一次说："等我想逃避某些事情的时候，可能就会去做这个项目了。"（《神奇的收费亭（现代经典版）》，作者寄语，伦敦：哈珀－柯林斯现代必读经典文库，2008 年）

令人吃惊的是，《神奇的收费亭》的成功在短期内对朱尔斯·费弗的职业生涯没有产生任何影响。按常人所想，在这样的成功之后，找费弗约稿的出版商会多到打爆他的电话。但是他没有接到任何邀约，这使他更加怀疑自己的绘画水平。不过他倒并没有默默无闻。到一九六一年，全国已有四家报纸刊载了他在《村声》上发表的漫画。同年早些时候，他凭借《费弗》获得了乔治·波尔克奖。同时，根据他多年无人问津的作品《芒罗》改编的动画电影获得了奥斯卡最佳动画短片奖。二十世纪六十年代，出版一部费弗新书几乎成了年度大事（不管是《村声》的连载漫画合集还是新作），这让他日渐庞大的粉丝团欣喜若狂。一九六七年，费弗出版了《小型谋杀案》，之后他开始

朱尔斯·费弗在曼哈顿的一个公交车站，站牌上贴着由他绘制的纽约历史社会回顾展海报，拍摄于二〇〇三年。

涉足舞台剧写作。作为《猎爱的人》（1971年）和《大力水手》（1980年）的编剧，他的职业生涯里又添上了"电影编剧"这一笔。

费弗的脑海中不断涌现出新的创意，他似乎早已将《神奇的收费亭》抛在了脑后。在《圣剑与玫瑰》（收录在《费弗合集》中的一个短篇童话故事，纽约：兰登书屋，1963 年）中，他尝试以他早期作品中夸张的喜剧风格创作一个属于自己的童话。在回顾这段创作经历的时候，他第一次发现，他的故事文本只起到了

过渡衔接的作用，而在为这些文字绘制的画面中他终于拥有了娴熟的技术和成熟的视野，这是他之前在《神奇的收费亭》中一直渴望却只实现了一部分的。

一九九〇年六月，由费弗创作、迈克·尼科尔斯导演的外百老汇戏剧《艾略特的爱》以一流的阵容拉开了序幕，但仅仅几周后就因为《纽约时报》的批评家弗兰克·里奇的恶评结束了演出。这让费弗开始厌恶剧本创作。这段经历使他极为痛苦，也促使他重新思考：这样一个可以如此轻率地否决一个人全部努力的领域是否真的适合自己。也就是在那时，他回想起了为《神奇的收费亭》创作插画的经历。那时的他虽然满怀疑虑，却感受到了实实在在的快乐。

这时碰巧发生了一件事。费弗的一个艺术家朋友爱德华·索雷尔请他写一个给孩子看的故事，索雷尔自己将为故事画插画。然而后来，索雷尔改变了主意，自己写出了这个故事，却没有告诉费弗。盛怒的费弗开始了他堂吉诃德式的报复。他一头扎进了童书世界里，一心想着要给索雷尔添堵。经过一番爆发式的创作，他自写自画完成了小说《天花板里的男人》（1993年），主角是一个梦想成为漫画家的小男孩。紧接着，他又出版了两本小说以及他的第一本绘本，之后他又出版了很多本绘本。一九九八年，六十四岁的费弗停止了在《村声》上连载了四十二年的漫画，开启了一段全新的职业生涯。而这份新事业对他越来越重要。他的合作者包括他的大女儿，同样是作家的凯特·费弗、弗洛伦斯·帕里·海德和洛伊丝·劳里。二〇一〇年，费弗和诺顿·贾斯特这对老朋友在将近五十年后再次合作，共同创作了绘本《可恶的食人魔》。不少合作者会认为这个间隔着实有点长，但是费弗和贾斯特都为自己一直在最美的年华努力奋斗而自豪。也许是因为贾斯特这个极度拖延症患者终于再也找不到任何借口不为自己的朋友创作一本书，以便让他绘制插画了。又或许就像米洛从未知之地回家时那样，他们各自都还有好多事情要做。

读者们时不时提起的一点是：《神奇的收费亭》改变了自己的生活。能被这样评价的书真是少之又少。哈佛大学的法学教授、美国最高法院法官瑟古德·马歇尔的前书记员玛莎·米诺称赞《神奇的收费亭》"提醒我们，我们很有可能做到那些其他人都觉得无法做到的事"（《哈佛大学有影响的书籍指南》，C.莫里·迪瓦恩等编，纽约：哈珀与罗出版公司，1986年，175–176页）。

诺顿·贾斯特在模仿滴水兽，拍摄于一九九二年。

小说家凯瑟琳·沙因说出了大部分人的感受，她说："我第一次读《神奇的收费亭》时（实际上，这本书是我四年级的时候班主任读给我们听的），感觉仿佛有人打开了无数盏灯。我突然就明白了讽刺、双关语、文字游戏这些概念，以及荒谬认知带来的乐趣和其中蕴含的必然性。这些对我个人有着重要的意义，给我一个看待世界的新方式，我一下子就认出了它，就好像我一直在等着它一样。"（《巴纳德》，1994年冬，26页）

小说家迈克尔·夏邦小时候非常喜欢《神奇的收费亭》，他读了大概有十一二遍。之后，受美国拓荒者、早期童子军领袖丹·比尔德的启发，他刺破手指，在扉页用血签下了自己的名字（《纽约邮报》，2001年8月26日）。

《哈尔的移动城堡》和《空中城堡》的作者，英国奇幻文学作家戴安娜·韦恩·琼斯说她的家人把这本书翻来覆去地读，最后都弄散页了，"上面还布满了奇怪的污渍，没人承认是自己弄的"。许多年后，她开心地回忆道："我们当时并没有意识到这本书的深刻含义。它有点像《绿野仙踪》那样触动我们，但是它做得更好。你可以随意地读、全身心地享受这个故事。但它是有深刻内涵的。当你捕捉到这个内涵时，这个故事就多了一个维度。它关乎教育，讲述了每个人在学校学完那些奇怪又没用的东西后有多困惑。"（《神奇的收费亭（现代经典版）》前言"你为什么喜欢这本书"，戴安娜·韦恩·琼斯作，伦敦：哈珀－柯林斯出版集团，2008年）

还有一位自称"米洛"的狂热爱好者在写给《滚石》杂志（该杂志在反主流文化浪潮的巅峰时期发行）

的一封信中告诫读者说："如果你想让你营养不良的大脑发疯，就去读诺顿·贾斯特的《神奇的收费亭》吧。别人会告诉你这是一本童书，但是记住我说的话，任何读了它的人都会和从前不一样。这不是打广告。"（1970 年 10 月 29 日）

《书籍塑造的孩子》的作者，英国记者弗朗西斯·斯巴福德在书中追忆二十世纪六十年代，当他还是个热切的小读者时，他所喜欢的每一本书都以其特有的方式吸引他进入幻想世界："罗斯玛丽·萨克利夫的书让我变成一个罗马士兵；看了利昂·加菲尔德的书，我又成了乔治王时代伦敦的一个小脏孩；我成了'不是有些时候，而是整天感到无聊'的米洛，开车穿过紫色的收费亭到达未知之地……我去往任何有魔法的地方。"（纽约：大都会出版社，2002 年，80 页）

《神奇的收费亭》在出版后的半个世纪里，仅在美国销量就超过了三百万册。凭借一连串连无聊的米洛都可能感兴趣的事件，这本书成功地走进了美国的中高年级课堂。在为无数孩子带来欢乐的同时，它也激励他们质疑权威、独立思考。该书还出版过加泰罗尼亚语、中文、克罗地亚语、荷兰语、法语、德语、希腊语、希伯来语、意大利语、日语、韩语、立陶宛语、波兰语、葡萄牙语、俄语、西班牙语、瑞典语、泰语和土耳其语等版本。一九七〇年查克·琼斯据其制作了一部实景动画电影，这是对这本书的第一次重大改编。但是这部电影没有什么热度，只在电影院放映了很短的时间。一九九五年，一部由特拉华歌剧院制作、阿诺德·布莱克作曲、贾斯特和谢尔顿·哈尼克作词的改编版家庭歌剧大受欢迎。于是，他们开始制作音乐剧版本。该音乐剧于二〇〇八年在华盛顿肯尼迪艺术中心初次上演，好评如潮，接着开始了全美巡演。

继《野兽国》里勇敢的小主人公"迈克斯"之后，"米洛"也成了因书而大受欢迎的美国小孩的名字。在有关"童年时代读过的书"的调查中，马德琳·英格的《时间的折皱》（1962 年）和路易斯·菲兹修的《小间谍哈瑞特》（1964 年）是屈指可数的经典儿童文学中因其变革性的意义而被单独提及的两本书，《神奇的收费亭》则是第三本这样的书。

对于作者来说，把读者带到像未知之地这样的奇幻世界再把他们带回现实，并不是一件容易的事，稍微处理不当就可能会让读者感到背叛或失望。贾斯特通过最后一个精彩的场景成功应对了这个挑战。就像伏尔泰笔下的甘迪德从遥远的地方旅行回来后在自己的花园里发现了新世界一样，米洛回到家后也开始重新审视他的房间，他发现里面有"许多可以引领他走向神秘殿堂的图书，许多需要创造、制作、建造和拆掉的东西，以及数不清的难题和未知带来的兴奋"。文学史专家玛利亚·塔塔尔就米洛的顿悟写道："阅读成为开启新冒险的大门。"（《着魔的猎人：童年时期故事的魔力》，玛利亚·塔塔尔，纽约：诺顿出版社，2009年，153页）或者说，阅读成为通向未知世界的无数大门中的一扇，任何一个像米洛一样的孩子——也就是说任何一个孩子，都可以想象"有一天梦会成真"。

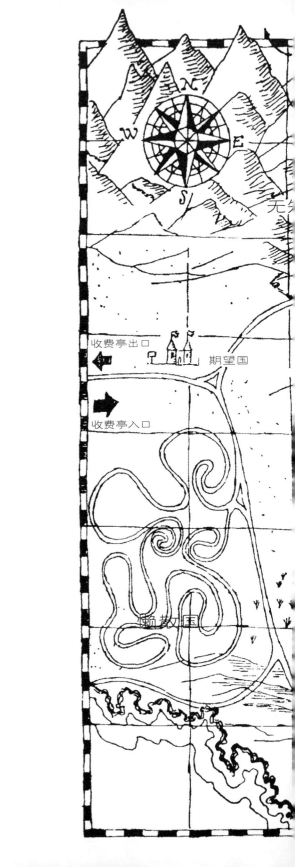

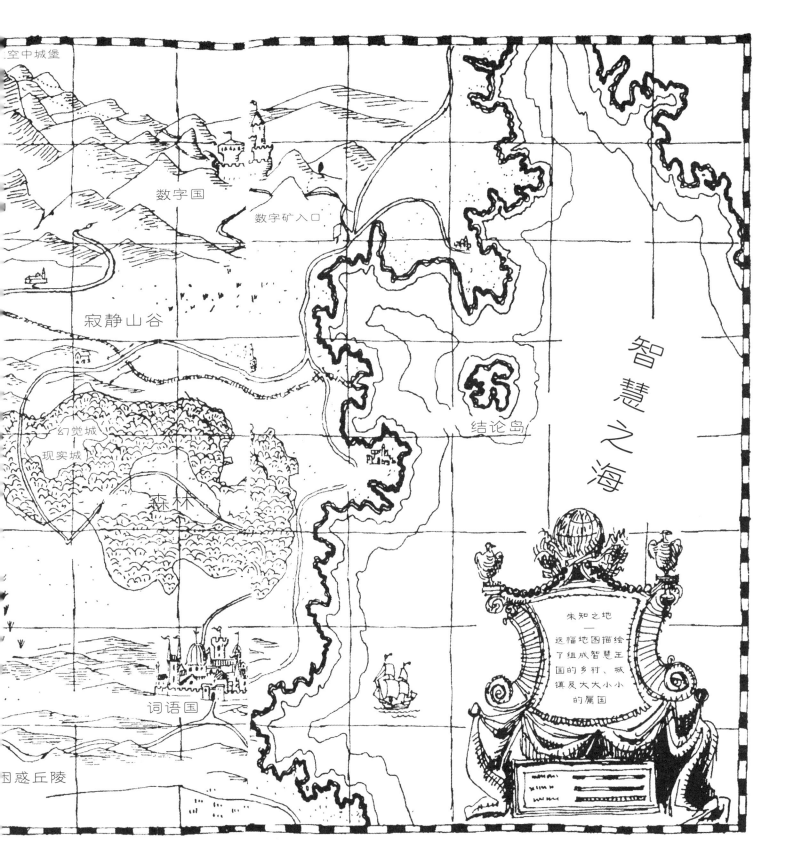

男孩米洛

从前有一个叫米洛的男孩，他不知道自己想做什么，不是有时不知道，而是一直不知道。

在学校的时候，他想赶紧放学；刚走出校门，他又想去上学。在外面的时候，他想回家；到了家里他又想出门。不管这会儿在哪里，米洛都希望自己在别的地方；而真到了别处，他又闹不清为什么要来。他对什么事都提不起劲儿——尤其是那些本该有趣的事。

"全都是在浪费我的时间。"这天放学回家的路上，米洛沮丧地咕哝道，"学这些没用的东西有什么意义呢？干吗要学减法，把萝卜减来减去？干吗要知道埃塞俄比亚在哪

1

2

1. 米洛

一九五二到一九五三年，贾斯特以富布赖特奖学金获得者的身份在利物浦大学建筑学院学习城市规划。周末，他和他的演员朋友们偶尔会乘坐晚上的渡轮前往都柏林。在一次这样的短途旅行中，他遇到了刚刚在爱尔兰演艺界崭露头角的演员米洛·奥西，并记住了他的名字。十二年后，奥西凭借他在《尤利西斯》《太空英雄芭芭丽娜》，以及佛朗哥·泽菲雷里导演的《罗密欧与朱丽叶》等影片中扮演的经典角色一举成名。

一九六一年，另一个"米洛"在小说中诞生了。约瑟夫·海勒在其反战小说《第二十二条军规》中成功塑造了美国空军的杂务官米洛·明德宾德中尉这一角色。米洛中尉是一个不道德的阴谋家和"企业家"，暗中操纵M&M企业通过各种招数将美国军队的官僚制度玩弄于股掌之间，从而大肆获利。海勒笔下的米洛对循环逻辑和有组织的混乱了如指掌。不难想象，这正是《神奇的收费亭》中通往"韵律"和"理性"之路上会出现的角色。

2. 在学校的时候，他想赶紧放学；刚走出校门，他又想去上学。

学龄儿童常常感到学习生活很无聊，但米洛的抱怨有更深一层的含义。德国先锋社会学家马克斯·韦伯认为，现代工业城市是滋生不满情绪和淡漠人际关系的温床。作为城市规划专业的学生，贾斯特对城市生活对人的心理产生的或好或坏的影响很感兴趣。一九六一年，贾斯特的朋友简·雅各布斯出版了关于这一主题的具有里程碑意义的《美国大城市的死与生》一书。同年，《神奇的收费亭》问世。负责出版这两本书的恰巧是同一个人——兰登书屋的编辑贾森·爱泼斯坦。

贾斯特并不是第一个用喜剧手法表现人际关系疏离

的创作者。孩童时期，他就在电影《动物饼干》（1930 年）中听过由格劳乔·马克斯扮演的船长杰弗里·T. 斯波尔丁吟唱的虚情假意的挽歌《我必将离去》，那时的他就领略到了这一经典桥段背后的含义。

里？干吗要学那些难记的单词？”没有人告诉他到底为什么要探求知识，所以米洛认为学习知识纯粹是浪费时间。

米洛急匆匆地走着，脑子里乱糟糟的，尽管他从不急着去哪儿，却总希望尽快到达。世界那么大，不可思议的是在米洛看来却又小又无聊。

“最糟的是，”米洛垂头丧气地想，“没什么我想做，没有哪里我想去，也没有什么值得我看。”想到这儿，他重重叹了一口气，一只正在欢唱的小麻雀受了惊，急忙飞回了巢里。

米洛一路没有停步，也没有抬头。他匆匆走过高楼林立、热闹繁忙的街道，没多久就到了家。他穿过大厅，快速走进电梯——二层、三层、四层、五层、六层、七层、八层，电梯停下了。米洛打开家门，冲进自己的房间，一屁股坐进椅子里，低声嘟囔道：“这个漫长的下午干什么好呢？真是无聊透了。”

他闷闷不乐地环视着房间。书？读起来太麻烦了。益智玩具？还没弄明白怎么玩。电动小汽车？他已经好几个月，甚至有好几年没骑过了。数不清的玩具、球棒和球，还有其他零碎的东西，乱七八糟地散落在周围。

忽然，就在对面，留声机的旁边，米洛看到一样之前

3. 没多久就到了家
　　贾斯特一家住在纽约布鲁克林的弗拉特布什区一栋两户型半独立式的房子中。贾斯特把米洛的家设定在公寓里，是考虑到这样的居住环境更为小读者所熟悉。

4. 下午干什么好呢？真是无聊透了
　　晚饭前的几个小时，贾斯特需要做功课和家务活。除此以外，每周一至周五下午收听十五分钟的系列广播故事，比如《杰克·阿姆斯特朗》和《美国男孩》，对于年幼的贾斯特来说是个令人愉悦的调剂。

5. 电动小汽车？他已经好几个月，甚至有好几年没骑过了。
　　对于这本书的首批读者来说，只有最幸运的孩子才能拥有属于自己的电动玩具汽车。例如，当时最大的玩具公司路易斯·马克思公司于一九六一年首次向市场推出的施图茨勇士系列玩具汽车。这种汽车长一米，是一九一四年出产的原版汽车的缩小复制版。贾斯特六岁时十分幸运地拥有一台更时髦的踏板汽车，他还曾将其作为离家出走时的逃跑专用车。当时这个一年级的小学生带走了父亲收藏的领结，准备用来在路上换取食物和饮料。他的叔叔比尔在几个街区外抓住了他。和许多美国人一样，对贾斯特而言，汽车象征着自由和逃离。

一辆令人难以抗拒的马克思牌儿童玩具小汽车，一九六〇年左右。

6. 全真高速公路收费亭

收费公路专指需要收费或者买票通过的高速路。收费关卡是可移动的栅栏，车辆通过前需要缴费。这种通过收过路费来资助道路建设和维护、增加政府财政收入的方式可追溯到几千年前，早在公元前七世纪的新亚述帝国时期就已存在。挪威民间故事《三只公山羊》中那个蠢笨的怪物，也许就是对过于尽忠职守的收费员的讽刺。这个怪物企图让通过者以性命作为过路费，然而并没有成功。

第二次世界大战之后，美国成千上万的退伍军人和他们的家人搬到城市郊区，汽车成了生活必需品。一九五六年，德怀特·D.艾森豪威尔总统签署《联邦援助高速公路法》，加速了这一进程，也为美国州际公路网络的快速建设打下了基础。这项重大的公共工程是国防建设的重要部分，同时也促进了美国汽车工业的繁荣发展。二十世纪五六十年代，美国汽车数量激增。在千百万中产阶级的心目中，汽车逐渐成为地位的象征，变得越来越重要。生活在小米洛那个时代的人们会通过制造商、模型和车辆识别码来了解所有最新样式的美国汽车，公路收费亭也是常见的地标。

7. 便于组装

贾斯特回忆说："小时候，几乎所有的礼物刚拿到时都是零散的部件，我需要把它们组装起来。有一些我很喜欢，比如拼装玩具和飞机模型。其实我想我是在研读飞机模型组装说明书时学会仔细阅读的……对我来说，真正的礼物都需要自己动手参与和耐心。"（《N.J.笔记》第一卷，4页）

8. 三块警示牌

这里贾斯特小小地演示了一下什么叫循环论证：一

绝对没有见过的东西。

那是一个又大又奇怪的包裹，形状不方不圆，个头比米洛以前见过的所有包裹都要大。是谁放在那儿的呢？

包裹的一侧贴了一个淡蓝色的信封，上面简简单单写着：**给有大把空闲时间的米洛。**

如果你曾收到过这种大大的惊喜，一定能想象出米洛现在有多么激动和不知所措。假如你没有收到过，那么要多加留心了，没准儿以后就会收到。

"今天不是我的生日啊，而且还有好几个月才到圣诞节呢。"米洛一脸困惑，"我表现也不出色，甚至算不上好（小米洛倒挺坦白）。不过无所谓了，反正我多半不会喜欢这个礼物。只是不知道它是从哪儿来的，也没办法退回去了。"他琢磨了一会儿，最终出于礼貌拆开了信封。

6,7　信里写道：**全真高速公路收费亭。便于组装，适用于从来没去未知之地旅行过的人。**

"未知之地？"米洛一边想一边往下看：

包裹中有以下物品：

一座可以按照提示拼装的全真高速公路收费亭；

8　三块警示牌；

4

付费需用各种硬币；

一张最新的地图，由顶级制图师精心绘制，包括　9
未知之地所有自然及人文景观；

一本交通规则手册，不得折叠或损坏。

底下还有一行小字：

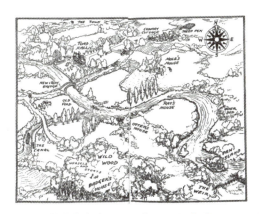

个听起来像是有用的提示，但实际上没有给出任何有用的信息。

9. 一张最新的地图，由顶级制图师精心绘制

　　贾斯特关于《神奇的收费亭》最初的设想之一是卷首要有地图，就像他小时候仔细研读过的亚瑟·兰塞姆的"燕子号与亚马逊号系列"，或者肯尼思·格雷厄姆的《柳林风声》里由 E. H. 谢泼德绘制的地图那样。朱尔斯·费弗对这一想法并没有多大兴趣，于是贾斯特自己绘制了一张未知之地的地图草图，然后把后续的完善工作交给费弗，并且要求保留他的笔迹。

E. H. 谢泼德为肯尼思·格雷厄姆的《柳林风声》（1908 年）绘制的卷首地图。

后果无法保证，如果不满意，您浪费的时间将被返还。

米洛按照指示，又剪又拆，又折又叠，很快，一座高速公路收费亭就搭建了起来。然后，他安上窗户，盖上房顶，再装上投币箱。这座收费亭和他之前与家人出去旅行时见到的几乎一模一样，只不过这个要小得多，而且是紫色的。

"多么奇怪的礼物，"米洛心想，"至少也要附送一条公路啊，没有公路，收费亭有什么用？"不过既然现在挺无聊的，别的东西也都没意思，那就玩一会儿吧。他把三块警示牌依次竖起来：

接近收费亭时请减速慢行
请备好零钱
请预先设定好你的目的地

小米洛慢慢地打开地图。

正如信中说的那样，这幅地图很精美，色彩绚丽，大路、河流和海洋，城市和小镇，山脉和峡谷，十字路口和人行道，还有令人眼花缭乱的历史古迹，都清清楚楚地标在上面。

唯一的麻烦就是，地图上那些地名米洛从来没有听说过，而且看起来特别古怪。10

"世上肯定没有这种鬼地方。"仔细研究一番后，米洛得出结论，"不过算了，这不重要。"他闭上眼睛，随便在地图上指了一个地方。

"词语国，"米洛睁开眼，慢慢读着指到的地名，"好，就去这里吧，反正去哪儿都差不多。"

他穿过房间，仔细把电动汽车上的灰擦掉，然后带着地图和交通规则手册跳进车里，慢慢朝收费亭驶去。硬币投进去后，他不抱期待地叹道："真希望能有点意思，否则这个下午简直无聊死了。"11

10. 地图上那些地名……看起来特别古怪

一看到"无知山"和"困惑丘陵"这样的名字，大家很快就会想到这是一个富有喜剧意味的寓言故事。埃米莉·马克斯韦尔在其发表于《纽约客》的书评中盛赞本书："如果说《天路历程》讲述的是如何唤醒懒惰的灵魂，那么《神奇的收费亭》讲述的就是如何唤醒懒惰的大脑。"（1961年11月18日）书评家约翰·克罗斯比也在《纽约先驱论坛报》发文赞扬这本书"糅合了《格列佛游记》和《爱丽丝漫游奇境》"（1961年9月22日）。

11. 有点意思

虽然"有意思（interesting）"这个词在英语中适用范围非常广，但米洛在这里使用得很精准。这个词由拉丁语演化而来，字面意思是"在众生之间"。的确，米洛的第一个挑战就是跳出自己的生活圈，与外面更广阔的世界建立有意义的联系。

1. 米洛忽然发现自己正沿着一条陌生的乡村公路前进。

　　在描述米洛从平淡无聊的现实生活穿越到奇趣盎然的未知之地的段落中，贾斯特使用了一种已被现代奇幻文学娴熟使用的手法：只要把注意力集中在一个玩具上就能来到想象世界。米洛进入奇幻世界的入口是一个收费亭，关于这一设定，贾斯特写道："我想找一个大多数孩子熟悉的物件。在我们那个被汽车主宰的社会，交通要道上的收费亭正好符合我的要求。"（《N. J. 笔记》第一卷，4 页）

　　讲述另一个世界的奇幻文学都需要一个入口或者枢纽来引导主人公进入其中，同时还要消除那些天性抱有怀疑倾向的读者可能的疑虑。早在贾斯特之前，许多文学先驱已经尝试过多种方法。据马丁·加德纳编注的《爱丽丝漫游奇境（注释版）》，爱丽丝掉进兔子洞实现穿越这一手法得到了作者同时代读者的认可，是因为它影射了当时的一场科学辩论。辩论的主题是"备受欢迎的猜想"，其中一个议题就是"如果掉进一个穿过地球中心的洞里会有什么事情发生"。《绿野仙踪》的作者莱曼·弗兰克·鲍姆则运用自然力量让多萝西从乏味的堪萨斯州降落到了去往翡翠城的路上。伊迪丝·内斯比特在《护身符的故事》一书中利用了人们对超自然力量古已有之的认同及现代读者对古代文明的迷恋，把半个稀奇古怪的护身符放在主人公手里，将其变成了一个时空旅行者。而在 C.S. 刘易斯的书中，一个平平无奇的衣橱就能把孩子送到纳尼亚，只不过这个衣橱使用的木头来自一个魔法师的侄子种的超越尘世之树。

2. 眼前的一切都前所未有地饱满和明亮

　　贾斯特从小就生活在城市，很少有机会离开自己的生活区域到外面的世界。那些遥远地方的地图比那些地方本身更让他着迷。贾斯特一家偶尔会开车去乡村旅行，

超乎想象的期望国和懒散国

1　　米洛忽然发现自己正沿着一条陌生的乡村公路前进。回头望去，收费亭、他的房间，还有整个家，都已经不见了。原本不可能的事情，竟变成了真的。

　　真是怪事！米洛想。要是这事发生在你身上，你一定也会这样想。"这个游戏比我想象的真实多了。我现在就在一条从没来过的公路上，驶向我从没听说过的地方，而这一切都是因为那座不知从哪儿来的收费亭。所幸今天天气还不错，适合出门旅行。"米洛庆幸道。事到如今，他唯一能确定的只有这个了。

2　　阳光灿烂，天空一片蔚蓝，眼前的一切都前所未有地饱

满和明亮。花朵闪烁着光芒，好像刚刚被人清洗、擦拭过；
高大的树木列在道路两旁，绿色的叶子仿佛泛着银光。

欢迎来到期望国！ 3

米洛忽然看到路旁一间小屋子前面的指示牌上写着这
么一句话，还有一行说明：

这让他感觉很神奇，但有时也不尽如人意。贾斯特回忆
道："小时候，我常常希望穿越边界或者州界时所见之处
会变换颜色，从粉色到淡蓝色再到浅黄色。"（《N.J.笔记》
第一卷，5页）就像他所钟爱的地图上显示的那样。

3. 欢迎来到期望国！

像贾斯特家这样的犹太家庭在美国数不胜数。他们
为移民美国所付出的辛劳仍历历在目，希望孩子出人头
地成了这种家庭生活的基调。孩子们总是背负着学业的
压力，还会时常被提醒父母为他们做出的种种牺牲。贾
斯特回忆起当时流行的一个笑话：一个孩子在餐桌前骄
傲地宣布："我数学测验得了九十七分。"父母则回应道：
"谁得了那三分？"不过，不是所有孩子都承受着同等
的压力。贾斯特就很幸运，因为他的父母把最高的期望
放在了他的哥哥霍华德身上，而不是他这个空想家。即
使还是个孩子，贾斯特也能从周围大人的言谈中感受到，
自己天天生活在幻想里是一个"大大的悲剧"（《N.J.笔
记》第一卷，8页）。在接下来的几十年里，许多和贾斯
特同时代的文学家都对二战后美国社会流行的这种风气
进行了批判，比如理查德·耶茨的《革命之路》、艾伦·金
斯堡的《嚎叫》、社会学家威廉·H.怀特的《组织人》等。

4. 这是去词语国正确的路吗？

米洛与是否先生的对话让人联想到爱丽丝与柴郡猫的交谈：

"请问，你能够告诉我应该走哪条路吗？"

"那要看你想去哪里。"柴郡猫说。

"去哪里都可以——"爱丽丝说。

"既然如此那么走哪条路都可以。"柴郡猫说。

"只要能到达某个地方。"爱丽丝补充道。

"哦，你肯定可以，"柴郡猫说，"只要你走得足够远。"

马丁·加德纳在《爱丽丝漫游奇境（注释版）》中指出，这段经常被引用的对话在杰克·凯鲁亚克一九五七年出版的"容易被人忘却的"小说《在路上》中也有类似的"效仿"。

"我们必须走，不能停下，直到到达那里。"

"我们去哪里，朋友？"

"不知道，但是我们必须走。"

但米洛和爱丽丝不一样，和凯鲁亚克笔下疲惫不堪的流浪汉也不一样，他心里有一个明确的目的地。

这里可为您提供信息、预测和建议。请停车并鸣笛。

喇叭声刚一响起，一个穿着长外套的小个子男人就从房子里冲了出来。他说话速度飞快，不管说什么都重复好几遍。

"我，我，我，我，我，欢迎，欢迎，欢迎，欢迎你来到期望国，来到期望国，来到期望国。这段时间来的旅客不多，这段时间来的旅客确实不多。我能为你做点什么吗？我是是否先生。"

"这是去词语国正确的路吗？"米洛问，他有点被这热情洋溢的欢迎搞迷糊了。

"这个，这个，这个，"那人又开始了，"我不知道去词语国还有错误的路，所以如果这条路通往词语国，肯定就是正确的路。如果它不通向词语国，也肯定是通往其他地方的正确道路。因为压根没有错误的路。你觉得会下雨吗？"

"您不知道？您不是天气先生①吗。"米洛一脸困惑地说。

"哦，不是，"小个子男人说，"我是是否先生，不是天气先生，毕竟知道是否有天气可比知道天气怎样重要多了。"

---

① 英文中"天气（weather）"和"是否（whether）"两个单词发音相同。

5. 插画

是否先生被画成"一个矮小敦实的家伙，头发稀疏、疯疯癫癫，身上套着一件古罗马男人才穿的托加袍"。这是费弗为戏弄贾斯特而给他画的肖像。在英国版《神奇的收费亭》后记中，贾斯特称这"太有失公道了，所有人都知道我从来不穿这种袍子"。

说着他朝天空放飞了一打气球。"我得看看风往哪边吹。"他一边被自己的小玩笑逗得咯咯笑，一边看着轻飘飘的气球朝四面八方飞去。

"期望国是个什么样的地方呢？"米洛根本没领会小个子男人的幽默，并怀疑起他是否头脑清醒。

"问得好，问得好！"小个子男人赞叹道，"期望国是你去任何其他地方之前必须要来的地方。当然，一些人来

6. 他根本听不懂那个小个子男人在说什么

这一段呼应了《爱丽丝漫游奇境》第一章里的一个情节。爱丽丝掉进兔子洞后，迷迷糊糊地自言自语："猫吃蝙蝠吗？猫吃蝙蝠吗？"有时候她也会说："蝙蝠吃猫吗？"因为她无法对任何一个问题做出回答，所以正着问反着问都无所谓。米洛和爱丽丝不一样，他冒险深入陌生领域的时候，头脑仍然十分清醒。

7. 凡事都要有所期待，我总这么说，这样不期待的事就不会发生了。

在贾斯特的记忆中，是否先生这句意味深长的格言是朱尔斯·费弗的妈妈最喜欢的。

了期望国就不走了，而我的工作就是把这些人赶出去，不管他们愿不愿意。我还能为你做点什么吗？"可是还没等米洛回答，他就冲回了屋子，不一会儿穿着一件新外套、带着一把新雨伞又出来了。

"我想我能找到路。"虽然心里有点打鼓，米洛还是开6口道。他根本听不懂那个小个子男人在说什么，决定最好还是继续走——至少会遇到个明白人，说话不像这样颠三倒四，让人摸不着头脑。

"太好了，太好了，太好了！"是否先生赞叹道，"不管你是否能找到你要走的路，你都必须找一条路。要是你碰巧找到了我的路，请把它还给我，因为我已经弄丢好几年了，我想它肯定已经积满灰尘。你刚刚说要下雨，对吧？"他撑开雨伞，焦虑地望着天空。

"你能自己做决定真是太好了。我这个人最讨厌自己做决定了，不管是好还是坏，上还是下，里还是外，雨还是7晴。凡事都要有所期待，我总这么说，这样不期待的事就不会发生了。开车小心点哦。再见，再见，再见，再……"他最后一声"再见"被一声响雷淹没了。米洛沐浴着灿烂的阳光沿着公路向前驶去，却看见是否先生站在大雨之中。这阵大雨只浇在他身上，仿佛专为他一人而下。

12

8

8. 插画

假如杰克·凯鲁亚克的《在路上》（1957年）是本童书，费弗的这幅插画就非常适合为这本书做封面了。贾斯特和费弗年轻时都曾环游全美。贾斯特还在大三暑假时独自搭便车进行了一次探险式旅行。他中途停下来骑着骡子游览了科罗拉多大峡谷，还得到和一个好莱坞年轻女明星约会的机会。费弗相对胆小一些，他知道自己很快要去服兵役，才辞去了艾斯纳工作室的工作，去追随当时的女朋友。这个女朋友已经搭便车去了伯克利，并鼓励他也这样做。可费弗心里还是很矛盾，于是他和一个朋友一起乘车到芝加哥，再搭便车走完剩下的路。这个朋友戏称费弗为"小心队长"（《后退前进》，102页）。

科罗拉多大峡谷，诺顿·贾斯特（右）和一位他向西旅行时结识的朋友。

米洛很快就来到了一个宽阔的绿色峡谷，峡谷一直延伸到远方的地平线。小车一路颠簸着往前飞驰，米洛根本不需要踩油门就跑得飞快。他很高兴又上路了。

"待在期望国是不错，"他自言自语道，"但是整天和那个奇怪的男人聊天会让我犯糊涂，他是我见过的最奇怪的人。"米洛根本想不到，很快他还会遇到更多奇奇怪怪的人。

米洛在安静的公路上行驶着，注意力越来越不集中，很快开始做起白日梦来，渐渐闹不清自己要去哪儿了。他精神涣散，经过一个分岔路口时，标志牌明明写着左转，他却拐向右边，沿着一条看起来很可疑的道路驶去。

一离开大路，一切都不对劲起来。天空变得十分灰暗，乡村都失去了应有的光彩，变得十分单调。一切都很安静，连空气都沉重起来，小鸟的歌声也十分乏味。道路无穷无尽地蜿蜒起伏。

一英里。

两英里。

三英里……

米洛驶出几英里后，车速越来越慢，最后简直像蜗牛在爬，几乎动不了了。

"看起来我哪儿都去不了了，"米洛打了个哈欠，昏昏欲睡，"希望我没走错路。"

一英里。

两英里。

三英里……

一切都越来越灰暗，越来越单调。最后，车子停下来，一动不动了，不管米洛怎么使劲踩油门，也无法移动一寸。

"我这是在哪儿？"米洛担忧起来。

"你……现在……在……懒散……国。"远处一个声音叹道。 10

米洛飞快地四处张望，想看看是谁在说话，可是一个人影都没看到，一切安静得令人难以想象。

"是的……懒散……国。"另一个声音叹道。但米洛还是没看见任何人。

"**懒散国是什么地方？**"他大声喊道，紧盯着四周，想看看这次谁会回应。

"懒散国，我年轻的朋友，这里什么都不会发生，什么都不会改变。"

这一次声音就在耳旁，米洛吓了一跳，这才看到自己的右肩膀上停着一个小东西，颜色几乎和他衬衣的颜色

朱尔斯·费弗笔下在懒散国的米洛（费弗作品集）。

10. 你……现在……在……懒散……国。

　　这句话很好地表现了米洛在自己房间里时那种三心二意的样子。可以说，来懒散国之前，他的日子就是这样浑浑噩噩。英国幻想小说作家戴安娜·韦恩·琼斯认为"米洛的旅程开始于懒散国，而且险些深陷其中走不出来，我们大多数人经过几年的学校生活后也是如此"（《神奇的收费亭（现代经典版）》前言）。

　　《牛津英语词典》的编辑认为"在懒散国"对海员来说有特殊的意义，指被困在一个风平浪静的地方。起因是海员们误读了一封旅行者的信件，将指代"一种精神状态"的词误认为是"一个地方"。十九世纪中期，"懒散国"作为赤道附近一片海域的名字被标注在航海地图上，那里因为气温较高导致气压降低，进而产生无风的天气。

11. 我们是懒散精灵，愿意为你效劳。

　　这里的懒散精灵让人联想到乔纳森·斯威夫特在其对人性进行尖锐讽刺的著作《格列佛游记》（1726年）中关于小人国的描述。不过斯威夫特的小人国是人类恶意和狭隘做派的缩影，体现了人类精神上的渺小。贾斯特描写的懒散精灵则是像启斯东警察那样笨拙的喜剧形象。他并没有沉溺在对这些精灵的蔑视中，让我们读者也放过了这群调皮的小鬼，更高兴看到这个聪明的少年认真思考、一路前行。

　　贾斯特评论这一章节说："我在'懒散国'度过了大部分童年时光……我意识到这个地方对米洛的重要性，开始想象这个地方的样子以及生活在这里的人，然后就有了懒散精灵。写这一章的时候我兴致盎然，尤其是写他们的日常生活时，这让我回想起十岁时我心中理想生活的样子。"（《N. J. 笔记》第一卷，11 页）

一模一样，所以他先前竟没看见。

　　"请允许我自我介绍一下，"小东西继续说，"我们是懒散精灵，愿意为你效劳。"

　　米洛环顾四周，这次总算看清楚了——他周围有很多懒散精灵，有的坐在车上，有的站在路上，有的躺在树上

或者灌木丛里。必须睁大眼睛、仔细辨别才能看见他们，因为不管在哪儿，他们都会和周围的事物融为一体。这群小东西除了颜色不同，几乎长得一模一样，他们更像彼此，而没有自我。

"很高兴见到你。"米洛说，搞不清自己是不是真的很高兴，"我想我迷路了。你能帮帮我吗？"

"不要说'想'。"站在他鞋子上的另一个小东西说，他肩上那个已经睡着了。"这是违法的。"鞋上那个打了个哈欠，很快也睡着了。

"懒散国的居民不允许动脑子。"第三个懒散精灵说着打起了瞌睡。他们就这样一个说完陷入沉睡，另一个又捡起话头，对话几乎没有中断。

"你不是有一本交通规则手册吗？这是第 175389-J 号地方法令。"

米洛赶紧从口袋里掏出手册，翻到那一页读道："第 175389-J 号法令，任何在懒散国的思考、动脑、推测、假设、推理、沉思或者推断，都是违法的、不合伦理的。任何违反这项法令的人都将受到严厉的惩罚。"

"这条法令真可笑，"米洛十分愤怒，"所有人都会思考。"

"我们不会。"懒散精灵们立即喊道。

12. 我们每天都很忙

在《神奇的收费亭》之前，E.B.怀特在《夏洛的网》（1952年）第四章中戏谑地描述了角色"忙"得不得了的生活。威尔伯这只家养小猪，为了打发沉闷孤独的生活，把自己的时间安排得满满当当："六点半吃早餐……七点到八点和老鼠坦普尔顿谈话……九点到十一点，挖洞或者壕沟……十一点到十二点，站着不动，看板子上的苍蝇、苜蓿上的蜜蜂和天空中的燕子。"

13. 做白日梦①

西方文化关于做白日梦，也就是空想的看法从来都是仁者见仁，智者见智。柏拉图钦佩地赞美苏格拉底即使身处嘈杂繁忙的集市也能迅速沉浸于思考的能力，阿里斯多芬却不以为然，他嘲讽苏格拉底有神游的天赋，并创造了一个流传至今的短语来讽刺那些空想哲学家，说他们的"脑袋在云里（head in the clouds）"；在地理大发现时代，勇敢的探险家探索遥远的大陆，而十六世纪的法国哲学家蒙田则认为内心深处各种晦暗的想法是更值得探索的未知领域；莎士比亚的《哈姆雷特》（1600年左右）和塞万提斯的《堂吉诃德》（1605年和1615年）分别从悲剧和喜剧的角度对空想这一对行动起阻碍作用的思维习惯进行了精妙的展示；约翰·班扬在他的《天路历程》（1678年）一书中，几乎可以说是将空想看作了七宗罪之一的"懒散"，但十九世纪的浪漫主义诗人威廉·布莱克、威廉·华兹华斯和塞缪尔·泰勒·柯勒律治摒弃了班扬的观点，赞颂空想是通往更高认知层次的通道。这场争论持续了一个世纪后，美国哲学家、心理学家威廉·詹姆斯用由他首次命名的"意识流"表达了蒙田为之着迷的领域，而弗洛伊德则提出了把白日梦和人性的阴暗面联系在一

---

① 英文原文为"daydreaming"。

"大多数时候你也没思考。"一个坐在水仙花上的黄色懒散精灵说，"这就是你来这里的原因。你没有思考，对事情也不留心。那些不动脑子、不留心的人就会陷入懒散国。"说着他就从花上跌落，倒在下面的草丛中打起呼噜来。

对于懒散精灵的这种奇怪行为，米洛忍不住笑了，尽管他知道这很无礼。

"不要笑。"紧抱在米洛袜子上的一个格子图案的小东西命令道，"笑是违法的。你难道没看那本手册吗？这是第574381-W号地方法令规定的。"

米洛再一次打开手册，找到了第574381-W号法令。"在懒散国，要对笑声嗤之以鼻，只能在隔周的星期二微笑。违反者必须接受最严厉的惩罚。"

"天哪，要是不思考也不笑，还能做什么？"米洛问。

"我们无所事事，这就是事。"另一个懒散精灵解释道，"我们每天都很忙——八点起床，八点到九点做白日梦。九点到九点半，睡个短觉。九点半到十点半，四处闲逛。十点半到十一点半，再睡个短觉。十一点半到十二点，等着吃午饭。一点到两点，四处闲逛。两点到两点半，小睡一会儿。两点半到三点半，把今天能做的事拖到明天。三点半到四点，再睡一会儿。四点到五点，无所事事，直到

起的准科学原理。一九三九年，幽默作家詹姆斯·瑟伯在《纽约客》上发表了一篇名为《白日梦想家》的短篇小说，这篇小说后来还被改编成了电影。瑟伯通过这个故事表明，每个人都会偶尔做做白日梦，而且没有什么不良后果。比起弗洛伊德，他秉持更宽容的观点，并且努力想让这个观点流行起来。最新关于白日梦的心理学研究大都建立在耶鲁大学心理学家杰罗姆·L.辛格的创见上。这些研究表明，白日梦本质上是无害的，不仅如此，那些包括孩子在内、能自在地做白日梦的人拥有更强的专注力和更活跃的行为，对沮丧感有更高的容忍度。他们不容易感到恐惧，更清醒，一般也更幸福。（《白日梦：内心体验之实验研究的介绍》，杰罗姆L.辛格著，纽约：兰登书屋，1966 年和《白日梦的力量》，埃里克·克林格著，发表于《今日心理学》，1987 年 10 月，36–44 页）

14. 插画

朱尔斯·费弗画的懒散精灵练习稿。其中这个打哈欠的小精灵出现在了成稿的背景中。

At 9 oclock we get up

15. 磨蹭着消磨时间 ①

《牛津英语词典》从语义的角度将这个词解释为"对 dally 一词的变形重复，同样的情形也出现在 zig-zag（之字形）、shilly-shally（羞怯）等词语中"。这个词最先出现在伍斯特教区的主教杰斯·巴宾顿对《摩西五经》（1610年）不近人情的评论中。他对丽贝卡家族（《创世记》24）在准备将女儿嫁给以撒时不体面的混乱场面进行了讽刺："这样磨蹭着消磨时间，更像是不知道上帝的异教徒所为，而不是冷静的基督徒该有的样子。"（基督徒？这位主教激情澎湃的表述似乎已经误入了《新约》的领域！）

16. 拖延 ②

"procrastination"一词来自拉丁语 *procrastinatus*。"pro"的意思是"向前"，"crastinus"意为"明天的"。《牛津英语词典》认为这个词于十六世纪四十年代在英国编年史家同时也是律师的爱德华·霍尔出版的历史著作中首次出现。从那之后，这个词就成了一个具有道德审判意味的贬义词，指不明智地推迟、不付诸行动，或者逃避应有的责任。英国诗人爱德华·扬在《夜幕下的叹息：关于生死及不朽的思考》（1742年）中明确写道："拖延是偷时间的贼。"近些年来，心理学家试图把长期的拖延看成是人格障碍，比如完美主义或者低自尊。神经科学家则认为大脑的命令和控制中心前额叶皮质层出现了功能性障碍，才是导致拖延行为的根本原因。

有人认为《神奇的收费亭》这本书正是拖延的副产品，这就有点讽刺意味了。贾斯特因为拖着不写那本"严肃"的书，结果却给自己造成了更大的负担。

---

① 英文原文为"dilly dally"。
② 英文原文为"procrastinating"。

15 晚饭。六点到七点，磨蹭着消磨时间。七点到八点，睡个预备觉，在九点正式睡觉之前，还要消磨一个小时。你看，
16 我们根本没时间去思考、去辛苦工作，或者拖延。要是停下来思考或者笑，就什么事也做不了了。"

"你的意思是你什么事都没干。"米洛纠正道。

"我们不用做任何事，"一个懒散精灵愤怒地说，"我们什么事都不想做，用不着你在这儿瞎掺和。"

"你看，"另一个一副调解的口气，"每天什么事都不做很累，所以我们每周都会拿出一天来休息，哪里都不去。正好在这里遇见你，你愿意加入我们吗？"

有什么不可以啊，米洛想，反正他也不知道去哪儿。

"告诉我，"他打着哈欠，快要睡着了，"这里所有的人都无所事事吗？"

17 "是的，除了可怕的闹钟狗。"两个小东西战战兢兢地说，"他总是四处嗅闻，看有没有人浪费时间。真是最讨厌的家伙。"

"闹钟狗是什么？"米洛好奇地问。

"闹钟狗……"一个懒散精灵忽然喊道，害怕得几乎晕倒，因为有一条狗正从路的那头跑过来，一路狂吠，脚下卷起一阵烟尘，正是他们所谈论的闹钟狗。

"快跑！"

"醒醒！"

"快跑！"

"他来了！"

"闹钟狗！"

响起一阵喊声，懒散精灵四散跑开，很快就消失得无

米洛的旅行伙伴闹钟狗咔嗒的灵感来自贾斯特小时候最喜欢听的广播剧《杰克·阿姆斯特朗，一个真正的美国男孩》。剧中，杰克是一个备受欢迎的中学生运动员。他和比利、贝蒂·费尔菲尔德，以及他们富有的叔叔吉姆一起去危险遥远的异域出差。咔嗒的原型正是这个通晓人情世故、遇事沉着冷静的吉姆叔叔。

18. 插画

费弗笔下的咔嗒是一个行走的双关语：一条长毛狗在这个叙述冗长的故事中到处出现。[1] 费弗给了这个米洛的守护者一副聪明的头脑和一个内置的闹钟，米洛可以随时向它求助。咔嗒有着蓬松的毛发、善良可亲的长相，像极了詹姆斯·瑟伯最爱画的那种狗。

一九五六年底，是费弗的事业即将取得突破的前夕，那时他还只是《村声》的漫画作者。费弗对出版人兼评论家的加里·格罗思提到了瑟伯，他认为瑟伯是为数不多的让他特别欣赏甚至有点嫉妒的艺术家："我已经一而再再而三地被出版社退稿……我当时没有名气，不知道谁会来买这本看起来像儿童绘本，但实际上题材很成人

18

右图是詹姆斯·瑟伯为罗斯玛丽·A.瑟伯的《犬科》（2001年）绘制的一幅插画，名字叫作《岛上的狗》，最开始是为玛格丽特·S.恩斯特的一本关于词源的书《单词中》（克诺夫出版社，1939年）中解释"金丝雀"这个单词而画。这本书后来由罗斯玛丽·A.瑟伯&芭芭拉·霍根森出版社再次印刷，版权归其所有。左图为朱尔斯·费弗为《费弗》（1960年12月8日）绘制。

---

① 英文原文为"a shaggy dog at large in the pages of a shaggy-dog story"。"shaggy-dog story"指冗长烦琐的叙述后有一个意外结尾的故事。

影无踪。

"汪——汪——"闹钟狗叫着向米洛的小车冲过来，边跑边呼哧呼哧喘着气。

米洛吃惊得瞪大了眼睛，因为站在他面前的大狗虽然和别的狗一样有正常的脑袋、四条腿和一条尾巴，身体却是一个嘀嗒作响的闹钟。

"你在这里干什么？"闹钟狗咆哮道。

19　"只是打发时间而已。"米洛满怀歉意地答道，"你看……"

"打发时间？！"大狗咆哮道——他如此愤怒，连闹钟

22

也铃铃响起来，"浪费时间就够过分了，你还要打发时间?！"他气得全身颤抖，"你为什么会在懒散国——难道没有别的地方可去吗?"

"我原本打算去词语国，结果在这里迷路了。"米洛解释说，"你能帮帮我吗?"

"帮你? 你必须自己帮自己！"闹钟狗一边说一边用左后腿仔细给闹钟上了弦，"你应该知道自己为什么会陷

20

化的《芒罗》。如果我是威廉·斯泰格，这本书可能会有销路；如果是斯坦伯格，也许会畅销；如果是瑟伯，一定会热卖。所以我必须找到能成为斯泰格、斯坦伯格或者瑟伯这种名人的途径，这样才能有出版作品的机会。我什么方法都想过，甚至想过以杀人的方式出名，然后获得出版机会。我也可以自杀，但当时自杀还不是一种自我推销的方式。"(《解说者:〈村声〉连载漫画全集(1956–1966 年)》，vii 页)

19. 只是打发时间而已。

英语中"打发时间(killing time)"这个说法可以追溯到十八世纪早期。这一时期城市化进程加速，社会流动达到了前所未有的程度，进取精神达到了整个工业革命的顶峰。约翰·范布勒爵士和科利·西伯在《被激怒的丈夫，或一场伦敦之旅》(1728 年)中写道:"你觉得我们三个在这里安静地坐着，用打牌来打发掉这一个小时的时间怎么样?"对于生活在时刻变化、日新月异的社会中的人来说，精确地计算时间变得越来越重要。十八世纪的发明家们应这种需求设计出一系列更精准的挂钟和计时器。

20. 插画

这幅画给"自己上弦的闹钟"赋予了新的含义。

21. **"我想是因为我没动脑子吧。"米洛说。**

"我常被老师、父母等人指责不动脑子或者注意力不集中。因为我总是做白日梦，所以他们认为我没有思考——这样的看法倒也不是毫无道理。"（《N. J. 笔记》第一卷，13 页）

22. **"一点没错。"闹钟狗喊道……说着他跳进了车里。**

这是莫里斯·桑达克最喜欢的一幕："贾斯特高超的写作技巧能使读者对一些看上去有些古怪和有说教性的对话放下戒备……每次读到闹钟狗咔嗒说'你介意我进来吗？我喜欢坐车旅行'，我的心都会像第一次读到时那样柔软起来。满脑子奇思妙想的诺顿·贾斯特在恰当的时机恰到好处地触动了人们的心弦。"（莫里斯·桑达克为《神奇的收费亭》美国 35 周年纪念版所作的鉴赏文章，1996 年）

在这里。"

21　　"我想是因为我没动脑子吧。"米洛说。

22　　"一点没错。"闹钟狗喊道，身上的闹钟又响起来，"现在你知道该怎么做了吧？"

"恐怕我还是不知道。"米洛一脸傻傻地承认。

"好吧，"闹钟狗不耐烦地说，"既然你来这里是因为没动脑子，那要是想出去，你就必须动脑子。"说着他跳进了车里。"你介意我进来吗？我喜欢坐车旅行。"

米洛开始绞尽脑汁思考，这对他来说很难，因为他已经不习惯动脑子了。

他想到了游泳的鸟、会飞的鱼；他想到昨天的午餐和明天的晚餐；他想了很多以"j"打头的单词以及以"3"结尾的数字。米洛一动脑子，车轮就开始转动起来。

"我们动起来了！我们动起来了！"他高兴地喊。

"继续动脑子！"闹钟狗警告他说。

米洛的脑子越转越快，车轮也随之越转越快。他们一直朝大路驶去，没多大一会儿，就驶出了懒散国，回到了大路上。

一切都恢复了光泽和色彩。车子在大路上行驶着，米洛思考着各种事情，思考着许多容易走错的弯路和岔路，思考着继续前行的感觉有多棒，最重要的是，只要稍微动动脑子就能完成那么多事。闹钟狗呢，正兴高采烈地伸着鼻子吹着风，肚子上的闹钟还在嘀嗒作响。

欢迎来到词语国

"请原谅我说话粗鲁。"车开了一段时间后，闹钟狗说，"我们闹钟狗一向比较凶猛……"

离开懒散国让米洛如释重负，他让闹钟狗放心，他一点都不怨恨闹钟狗，还很感激他的帮助。

"太好了！"闹钟狗喊道，"我很开心，我感觉在接下来的旅程中我们肯定会成为很好的朋友。你可以叫我咔嗒。"

"这个名字真奇怪，你发出的是'嘀嗒——嘀嗒——嘀嗒'的声音啊，"米洛说，"为什么你的名字不是——"

"不要说了。"大狗低声打断了米洛，米洛看到他的眼中泛起了泪花。

"我不是有意害你伤心。"米洛有点不知所措。

"没事。"闹钟狗慢慢平静下来,"这是一件悲伤的往事, 1
我讲给你听。

"我哥哥是家里的第一个孩子。他出生时,我的父母很高兴,希望他能够发出嘀嗒声,就给哥哥起名叫嘀嗒。可是第一次给他上弦的时候,他们震惊地发现,哥哥发出的声音是'咔嗒咔嗒咔嗒',根本不是'嘀嗒嘀嗒嘀嗒'。他们冲到登记处,想把名字换了,但是太晚了,名字已经正式记录在案,不能改变。我出生的时候,他们决定不再犯同样的错误。他们以为自己所有的孩子都会发出咔嗒声,所以就给我起名叫咔嗒。后来的事你都知道了。我的哥哥叫嘀嗒,发出的是'咔嗒咔嗒咔嗒'的声音;我叫咔嗒,发出的却是'嘀嗒嘀嗒嘀嗒'的声音。我们俩永远都背负着错误的名字。我的父母太过伤心,就没再生孩子,而是一心一意地去帮助穷人和饿肚子的人。"

"你是怎么成为闹钟狗的?"米洛插嘴道,希望能转移话题,因为咔嗒已经哭得稀里哗啦了。

"这个,"他用爪子擦了擦眼睛,"也是我们家的传统, 2
我的家人都是闹钟狗,我们祖祖辈辈都是,自有时间以来就是如此。"

1. 这是一件悲伤的往事

"咔嗒对自己名字的解释表达了我对父母总是追究的一些细节的看法。这些细节也许真实存在,也符合逻辑,但对我们理解事情本质没有什么帮助,即使有时这些细节能构成一个好故事。"(《N. J. 笔记》第一卷,13 页)

2. "这个,"他用爪子擦了擦眼睛,"也是我们家的传统, 我的家人都是闹钟狗……"

咔嗒关于职业选择的解释呼应了作者本人的情况。贾斯特追随父亲和哥哥进入了建筑行业,如他自己所说,他从来没有认真考虑过其他职业。

3. 立刻铃声大作

"clock"这个词来自凯尔特语的"clagan"和"clocca"，都是"铃"的意思。"clock"和法语中表示"铃"的词"cloche"的词根一样。

4. 车子继续朝前开，咔嗒还在解释时间的重要性，他不断引用哲学家、诗人的名句

贾斯特最喜爱的哲学家之一乔治·桑塔亚纳（1863–1952年）曾写过："无法掌握生与死，不如享受两者之间的间隔。"（《英伦独语》，1922年）他关于历史广为人知的箴言是："不记得过去的人，注定要重蹈覆辙。"（《理性的生活》第一卷《常识中的理性》）

谈到对时间的感悟时，贾斯特说："时间常常令我着迷。时间是如何建立的？时间是如何以及为什么被分割为秒、分、时、日，等等？如果没有时间，人类将会怎样？在计算时间的方法出现之前，人类的生活是什么样子的？如果时间停止甚至倒退，会发生什么？你还愿意回到过去重来一遍吗？人们对时间的感受也是个问题，为什么有时时间过得很慢，有时却过得很快？于是人们有时会浪费时间，有时会觉得时光飞逝。我想我大部分的白日梦都是关于这样的思考。"（《N. J. 笔记》第一卷，14页）

"你看，"咔嗒觉得好一点了，他继续说，"以前没有时间的时候，人们觉得很不方便，不知道吃的是午饭还是晚饭，还总是错过火车。后来，时间被发明出来，帮助人们记录每天的行程，告诉人们什么时候去哪儿。但是，当人们计算时间时，发现一年有三百六十五天，一天有二十四小时，一小时有六十分钟，一分钟有六十秒，就觉得时间太多了，根本用不完。既然时间这么多，那它根本不值钱。人们都开始这么想。于是时间失宠了，开始被随随便便浪费。于是我们被赋予了一项工作，那就是督促人们不要再浪费时间。"说着，他骄傲地坐直身子。"这项工作很辛苦，但是很崇高。因为——"他站在座位上，一脚搭在挡风玻璃上，两只爪子伸展着，大声喊道，"一寸光阴一寸金，时间比钻石还珍贵。时光如流水，岁月不待人——"

刚说到这儿，车子颠簸了一下，闹钟狗没留心，一下子从前座上跌了下来，立刻铃声大作。

"你还好吧？"米洛喊道。

"嗯，"咔嗒咕哝着，"对不起，我跑题了，但是我相信你已经明白了。"

4　　车子继续朝前开，咔嗒还在解释时间的重要性，他不

5

5. 插画

　　费弗早期是人物漫画家，很少画风景、建筑物和背景细节。后来开始为儿童读物绘制插画后，他觉得有必要做出些许改变。这幅插画大胆运用留白，因为没有必要再精心绘制背景。画中心的大片空白有力地表达了米洛走到这个王国高耸的城墙下时一片茫然的心境，他感到自己渺小得就像城墙下面那一处小小的笔迹。

6. 很快，他们看到了远处在阳光下闪闪发光的一座城池的尖塔和旗帜。

本书第一个反乌托邦国家"词语国"最早出现在第一章（7页），它是米洛从地图中随意挑选出来的。这个国家的人都沉迷于各种词语中，以至于阻碍了日常的交流。词语国让我们联想到《圣经》中的巴别塔，但是这里上演的完全是一场闹剧。人们在十字路口狂热地买卖词语，影射了二十世纪五十年代的曼哈顿，当时那里是美国出版业、广告业以及传媒业的中心。

7. "啊哈！"门卫清了清嗓子

"在我小时候，总有一些门卫和他们要求的规定是我永远也无法理解、但又因为很重要而不得不遵守的。"（《N.J.笔记》第一卷，14页）

8. 一个欢乐的王国

门卫说着旅行手册中的浮夸辞藻。词语退化为一种可以被买卖的工具，而这正是词语国生活的核心所在。

断引用哲学家、诗人的名句，边说边打手势，差点从飞速行驶的汽车上跌下去。

6   很快，他们看到了远处在阳光下闪闪发光的一座城池的尖塔和旗帜。不一会儿，他们就来到了城墙前，站在了城门口。

7   "啊哈！"门卫清了清嗓子，以引起他们的注意，"这
8 里是词语国，一个欢乐的王国，位于困惑丘陵，每天都会受到智慧之海的轻风吹拂。按照皇家规定，今天是赶集日。你是来买东西还是来卖东西啊？"

"我不太明白，请您再说一遍好吗？"米洛说。

"买还是卖，买还是卖。"门卫不耐烦地重复道，"到底是买还是卖？你来这里肯定是有原因的。"

"好的，我——"米洛刚一开口，门卫就打断他："快说，要是没有原因，你总该有一个解释或者借口吧。"

米洛摇了摇头。

"这很重要，很重要。"门卫也不停地摇着头，"没有理由你就不能进去。"他想了一会儿，又说，"等等，有一个古老的理由也许你可以用。"

他从门房里扛出一个破烂不堪的箱子，一边在里面摸索，一边喃喃道："不是……不是……不是……这个不行……不

9

10

9. 插画

在新泽西迪克斯堡军营训练时，费弗偶然发现了一个对付无聊的军营生活、把自己从艰苦的训练中解放出来的好办法：他和一个商业艺术家朋友利用自己的艺术才华，给长官的头盔衬垫设计个性化的字母和装饰。很快，军营里的士兵和长官都想要他们的设计。在一次阅兵仪式上，他们的全套作品被公开展示，这是他们生意的巅峰。费弗回忆道："这是一个枯燥的灰色冬天，我们华丽的艺术作品是整个场地的主宰，严冬灰暗的天空中回荡着光芒、自豪感与喝彩。就在这一刻，我和哈里不再是两个从纽约来的、只想摆脱日常训练的懒汉。这让我们对身在美国军营中感到十分骄傲。有何不可呢？一切尽在掌控。"（《后退前进》，145 页）

10. 插画

朱尔斯·费弗在美国军队当二等兵期间，创作了一本题为《芒罗》的"写给大人的童书"，这是其中的一幅插画。

© 朱尔斯·费弗

11. 有何不可呢?

尽管这句话在文中并非真正的发问，但实际上贾斯特在故事的每一页都在暗暗向读者抛出这个问题。萧伯纳在他的剧作《长生》(1921 年) 中对这个问题做了著名的文学性阐述:"人们看到已存在的东西，问'为何如此?';而我梦想那些从来没有的事物,问'有何不可?'"(第一章，第 1 幕)

12. 欢迎来到词语市场!

"词汇无穷无尽，永远都不能全部用到或学到"，其中"有些非常有趣，你可以学习并且硬安在朋友及父母头上"，这些观点让年幼的贾斯特着迷。当时有个笑话印证了后面这个观点:"一个小孩放学回家后对父母说:'我今天在学校里学了一个新词，我敢打赌你们绝对猜不出来，我让你们猜三次。'①"(《N.J.笔记》第一卷，15 页)

---

① 这个笑话的英文原文是:"I learned a new word at school today. I bet you can't surmise what it is. I'll give you three surmises."

行……嗯……啊，这个很好。"他得意扬扬地喊着，拿起一块系着绳的牌子。他把牌子擦干净，只见上面刻着几个字:

11　　**有何不可呢?**

"这是一个几乎适用于任何事的好理由——有点旧了，但还能用。"他把牌子挂在米洛的脖子上，推开沉重的大铁门，深深一鞠躬，打手势让他们进城。

真不知道集市是什么样子的，米洛开车驶进大门的时候想，还没等他想明白，车子就开进了一个巨大的广场。广场上商铺林立，铺子里堆满了各式各样的货物，所有的货物都扎着鲜艳的彩带。广场入口处还挂着一条大大的横幅，上边写着:

12　　**欢迎来到词语市场!**

从广场对面冲来五位高高瘦瘦的绅士。他们穿着绫罗绸缎，戴着有羽毛装饰的帽子，脚上蹬着锃亮的皮靴，一直来到米洛的车前，猛然停下来，一齐擦汗、喘气，然后甩出五张羊皮纸，依次开口道:

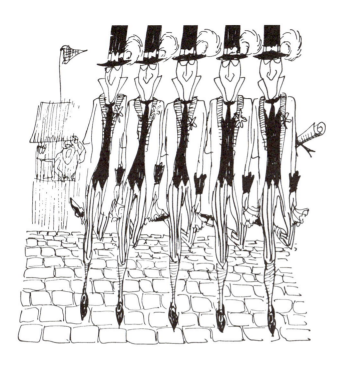

"问候您！"

"向您致敬！"

"欢迎光临！"

"下午好！"

"您好！"

米洛点点头。他们接着读着羊皮纸文件：

"奉 ABC 国王之命——"

"也就是词语国国王——"

"文字的统治者——"

"短语、句子以及各种修辞的帝王——"

13. 插画

　　这五个时髦做作的皇家顾问使人想起歌舞片导演巴斯比·伯克利片中的典型角色，也像是温瑟·麦凯的连载漫画《小尼莫》中映在哈哈镜里似的人物形象。后者的作品对早期的费弗影响巨大，尤其是《小尼莫》中一个连载了七周的支线故事《迷惑大厅》（1908 年）。

由约翰·凯恩梅克提供

14. "问候您！""向您致敬！"

贾斯特曾说，词语国国王的同义词内阁大臣们代表了自己"小时候的困惑"：为什么有那么多不同的词语表达的都是同一个意思？英语的丰富性和迷惑性让他十分不解。

"在我幼稚的想法里，晦涩、浮夸的词汇就是聪明练达的象征！我上学的时候，只有女生知道这种词，这显得她们很聪明，令人心生敬畏。幸好她们不会打球。"（《N. J. 笔记》第一卷，15—16 页）

15. ABC 国王

一八六四年，由马萨诸塞州斯普林菲尔德市的 G&C 梅里亚姆公司出版的《韦伯斯特词典》是世界上第一部被称为"完整版"的词典。这部词典问世的时候，其作者诺亚·韦伯斯特已经离世二十一年了。他为美式英语的界定做出了巨大贡献。

16. 不明白这五个人为什么要用差不多的词把同样的事说好几遍

在贾斯特之前，很少有作家去探究同义词的逗趣之处。一八五二年出版的《罗热同义词词典》是这类词典的奠基之作，也是英语作家最常使用的同义词词典。作者彼得·马克·罗热是一名英国医生，也是个业余的词典编纂者，从小就痴迷于给事物分门别类。词典的编纂工作自古就有，而罗热是第一个根据意义给词语分类的人。他将自己的这部词典命名为"Thesaurus"，这个词来自希腊语和拉丁语，意思是"财富"或者"宝库"。在此之前，这个词还指代寺院的藏宝阁，或用来比喻百科全书、字典等简明参考书。

"我们热忱地欢迎您来到我们王国。"

"国家。"

"民族。"

"政府。"

"共和国。"

"领土。"

"帝国。"

"领地。"

"公国。"

"这些词语不都是一个意思吗？"米洛被搞糊涂了。

"当然。"

"没错。"

"丝毫不差。"

"确实如此。"

"是的。"

他们挨个儿回答道。

16 "那么，"米洛不明白这五个人为什么要用差不多的词把同样的事说好几遍，"只用一个词不是更简单些吗，也更合乎情理？"

"胡说。"

"可笑。"

"荒谬。"

"滑稽。"

"瞎扯。"

他们又依次说道。

"合乎情理不是我们的兴趣所在，也不是我们的工作。" 17
第一位绅士说。

"此外，"第二位解释道，"一个词和另一个词一样好——
为什么不都用上呢？"

"这样你就不用选择用哪一个词了。"第三位绅士建议。

"而且，"第四位叹息着，"如果一个正确，那么其他十
个也正确。"

"显然你还不知道我们是谁。"第五位冷笑道。然后他
们一个个地自我介绍：

"我是定义公爵。"

"我是意义部长。"

"我是本质伯爵。"

"我是内涵侯爵。"

"我是理解次长。"

米洛表示明白了，咔嗒也低吠了两声。意义部长开始

17. **合乎情理不是我们的兴趣所在**
现实中的政府官员几乎不敢这么直白地表达。

18. 我不知道词语是长在树上的。

　　"钱不是长在树上的"是大萧条时期的一句流行俗语。在贾斯特家，这句话成为应对孩子喋喋不休追问事物起源的万能回答："你觉得……是从哪里来的？是长在树上的吗？"（《N. J. 笔记》第一卷，17 页）这里，贾斯特把让父母不胜其烦的问题变成了胡言乱语的金句。

给他们解释：

　　"我们都是国王的顾问，或者用更正式的名称，我们是国王的内阁。"

　　"内阁有三种含义①，"定义公爵解释道，"第一，指的是一个小房间，或者是有抽屉的橱柜等，可以用来放珍贵的东西，也可以陈列古玩；第二，指的是国家大臣的会议室；第三，指的是王国统治者的智囊团。"

　　意义部长满怀谢意地向定义公爵鞠了一躬，接着说："词语国是世界上所有词语的诞生地。词语们就在我们的果园里生长。"

18　　"我不知道词语是长在树上的。"米洛怯怯地说。

　　"那你认为它们长在哪里？"本质伯爵愤怒地问道。人们开始围过来，想看看是谁竟然连词语长在树上这种事都不知道。

　　"我压根不知道它们是长出来的。"米洛更加心虚了。有几个人开始痛心地摇头。

　　"那钱不是树上长出来的，这你总知道吧？"内涵侯爵问。

　　"我听说不是。"米洛回答。

---

① 内阁的英文为 "cabinet"，有三个意思。

19. 插画

朱尔斯·费弗非常欣赏尖刻的英国政治漫画家詹姆斯·吉尔雷（1756–1815 年），并常常从他的作品中汲取灵感。和费弗一样，吉尔雷大胆嘲弄他那个时代最有权势的人物。一八〇五年，他在讽刺作品《打开老雪莉酒的瓶塞》中讽刺了当时的英国首相小威廉·皮特，将其描绘成一个个性浮夸、自视甚高、极端残酷的人。

20."我们的工作，"内涵侯爵说，"就是确保售卖的词语是恰当的……"

　　ABC 国王的内阁在现实生活中有点像法兰西学院，一个由法国政府批准成立的四十人团体，这四十位院士由作家、学者等组成，负责解决所有关于法语的语言问题，包括更新官方法语词典。法兰西学院最早由红衣主教黎塞留于一六三五年成立，除了动乱的法国大革命时期，它一直都在保卫法语这门美丽的语言。

21. 因为只要这些词是它们本来的意思，我们就不会管它们讲得通还是讲不通。

　　刘易斯·卡罗尔的《爱丽丝漫游奇境》中有很多讲不通的句子，比如"没有猫的咧嘴笑"。

　　逻辑学家对语言的本质进行过大量研究，比如一句话的表述如何可以既正确又错误。例如：

> 方框里的陈述是错误的。

　　关于类似的词语悖论的探讨，可以参考罗伯特·M.马丁的《这本书的书名有两个错误》（86 页）。

22. 被一根木头绊倒

　　这句俚语用来形容事情很简单。此外，作为一种热身练习，贾斯特曾在草稿上列出过很多字面意思上有喜剧效果的惯用语。

　　"那树上必须长出点什么来。为什么不是词语呢？"理解次长得意扬扬地说。围观的人群都为他高超的说服力而欢呼。

　　"话说回来，"意义部长不耐烦地说，"按照皇家的规定，每周要在这个宽阔的广场举行一次词语买卖，四面八方的人们齐聚这里，购买他们需要的词语，售出没用的词语。"

20　　"我们的工作，"内涵侯爵说，"就是确保售卖的词语是恰当的，杜绝卖给人们没有意义或者根本不存在的词语。比如说'鸡噜'这个词，你在哪儿用得到它呢？"

　　这个词好难懂，米洛默默地想。不过对他来讲，世上有很多难懂的词，他知道的屈指可数。

　　"但是我们不会去选择用哪个词。"在众人走向市场摊
21位时，本质伯爵一路解释道，"因为只要这些词是它们本来的意思，我们就不会管它们讲得通还是讲不通。"

　　"不管是淳朴还是华丽。"内涵侯爵补充道。

　　"冷静还是热烈。"理解次长说。

　　"这样就简单多了。"米洛尽量有礼貌地说。

22　　"就像被一根木头绊倒一样简单。"本质伯爵喊道，然后真的被一根木头绊倒了。

　　"你非要这么笨手笨脚不可吗？"定义公爵叫道。

"我想说的是……"本质伯爵摸着脑袋，想继续说。

"我们听见你说的了。"意义部长生气地说，"你必须说一件不那么危险的事。"

本质伯爵站起来，拍了拍身上的尘土，假装没有听见众人的讥笑。

"你看，"内涵侯爵说，"说话的时候必须小心斟酌，确保你说的话能够表达你的想法。现在，我们必须去为皇家宴会做准备了。"

"当然，你也要参加宴会。"意义部长说。

米洛还没来得及回应，他们就像来时那样匆匆穿过广场，一溜烟走了。

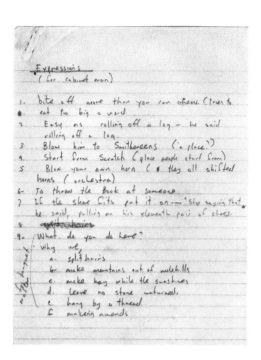

23. 除非你说了一大堆废话，真正想表达的意思却没表达清楚

十七世纪的法国哲学家布莱兹·帕斯卡给一名记者的道歉信（《外乡人书信，1656–1657 年》）中有一句类似的非常经典的表达："我写这封信花费了比平时更长的时间，因为我没时间把它写短点。"咔嗒认识到，只有当你想表达一个很简单的意思却说了一大堆废话的时候，才会引起别人的困惑。这正是小贾斯特对成年人之间交谈的看法（《N. J. 笔记》第一卷，44 页）。咔嗒的准则与威廉·斯特伦克和 E. B. 怀特在《风格的要素》中给写作者们的一条提醒完美契合："简洁、简洁、简洁。当你在写一个句子感到困难时，你最好重新开始。不要在使用率极低的句法上费神……当你说一件事的时候，要确保把话说清楚。只有把话说清楚才是合理的。"（65–66 页）

"尽情在市场玩吧。"理解部长回头喊道。

"市场，"定义公爵注解道，"是一块空地，或者是一个建筑物，在里面可以……"

这是他们消失之前，米洛听到的最后一句话。

"我从来都不知道语言可以让人如此迷糊。"米洛用手抚摸着闹钟狗的耳朵说道。

"语言没有那么难懂，除非你说了一大堆废话，真正想表达的意思却没表达清楚。"咔嗒说。

米洛认为这是他今天听到的最明智的一句话。"来吧，"他喊道，"让我们逛逛市场，看起来很有趣！"

23

1. 快来挑选最新鲜的"如果""而且"和"但是"。

"把学习的过程想成一个大集市是个不错的主意，之前没有想到过。集市上喧闹嘈杂，有各种讨价还价和猛烈的营销攻势；到处都色彩斑斓，极富吸引力，让人眼花缭乱；既引人入胜又让人提心吊胆，你需要好的品味、丰富的经验和准确的判断力，还要有所期待。"（《N. J. 笔记》第一卷，18 页）

市场大战

市场确实有趣！他们走进市场，米洛看到人们推来搡去，嚷个不停，买东西的，卖东西的，讨价还价，一片喧哗。从果园里来的大木轮车涌进市场，长敞篷车也已准备好要赶赴王国的四面八方。袋子和箱子堆得高高的，等着被运到船上，驶向智慧之海。广场另一边，一群歌手在唱歌，让老人和孩子也一起欢快起来。但是商人的叫卖声盖过了所有喧嚣，他们正在大声推销自己的货物。

"快来挑选最新鲜的'如果''而且'和'但是'。" 1

"过来瞧，过来看，快来啊，刚成熟的'哪里'和'何时'。"

"快来看看美味多汁的词语啊！"

2. 插画

　　费弗对自己的这幅画非常满意，因为与他广为人知的其他画作不同，这里他呈现了一个复杂的场面。

2

词语成堆，人潮汹涌！他们来自四面八方。所有的人都在忙着挑挑拣拣，把东西塞进自己的箱子里。装满了一个箱子又装另一个箱子。喧闹愈演愈烈，似乎没完没了。

米洛和咔嗒沿着道路逛来逛去，观赏着琳琅满目的词语。短小和简单的词供日常使用；较长和重要的词供特殊场合使用；一些漂亮时髦的词则装在独立的礼品盒里，用来写皇家法令以及告示。

"瞧一瞧，看一看，时髦、上乘的词语就在这里。"一个商贩吆喝着，"瞧一瞧——啊，你想要什么，小男孩？买一袋漂亮的代词怎么样？或者你喜欢某种特别的名词吗？"

米洛以前没怎么想过词语的事，但是这些词看起来很不错，他也想要一些。

"看啊，咔嗒，"他喊道，"这些词多棒啊！"

"还不错，你说不错就不错吧。"咔嗒嗓音疲惫地答道。比起买新词，他对找一根骨头感兴趣多了。

"也许我买些词语，就能学会怎么用了。"米洛一边说，一边开始在摊位上挑词语。最后，他挑选了三个在他看来很不错的词——"沼泽地""目瞪口呆"以及"室内装潢"。他根本不知道这些词的意思，只是觉得它们看起来很气派、很优雅。

3. 他挑选了三个在他看来很不错的词

英国评论家安德鲁·莱斯利在一篇刊登于《卫报》（1962 年 11 月 16 日）上关于《神奇的收费亭》的书评中写道："词汇运用确实是贾斯特先生的过人之处。他捕捉到了儿童对词语的感受，完全没有居高临下的意味，如书中的'沼泽地''目瞪口呆''室内装潢'，以及让我补充下，比如'油布''偶然''抛出窗外'①这些词，它们就像人一样有自己的特点和个性，你永远也琢磨不透它们。"

贾斯特喜欢用"宏大而高深"的词汇，这和当时一些著名的教育家奉行的理念完全相反。后者认为，儿童读物的用词不应该超出孩子的理解能力。那个时代著名的童书，苏斯博士的《戴高帽的猫》便是用有限的词汇写成的。全书共用二百三十六个单词，适合刚开始自主阅读的孩子。

3

---

① 这六个词的英文原文分别是"quagmire""flabbergastry""linoleum""haphazard""defenestration"。

4. 插画

4

朱尔斯·费弗绘制的词语商贩的练习稿。

"这些多少钱？"米洛问。当商贩在他耳边轻声说出价钱后，他立马把词语放回原处，继续朝前走。

"为什么不买几磅'快乐'呢？"商贩建议道，"这实用多了——可以用在'生日快乐'、'新年快乐'等庆祝的场合。"

"我挺想要一些的，"米洛说，"可是……"

"不然来一包'好'？说'早上好'、'下午好'、'晚上好'，以及'一路走好'的时候很方便。"那人又建议。

米洛很想买点东西，但他身上只有一枚硬币，还要留着回程时投到收费亭。而咔嗒除了时间，一文不名。

"我还是不要了，谢谢，"米洛回答，"我们看看就好。"然后他们继续在市场里闲逛。走到最后一排摊位时，米洛注意到一辆与众不同的货车。车身上写着一行整洁的小字：**自己动手**。车里有二十六个盒子，分别装着字母表中的每个字母。

"这是给喜欢自己制作词语的人准备的。"车的主人说，"你可以任意挑选喜欢的种类，或者购买一个套装盒，里面包含所有字母、标点符号和一本说明书。来，尝尝 A，美味得很呢。"

米洛小心翼翼地咬了一口。真是可口极了，正是 A 应

5. 自己动手

二战后，美国开始流行"自己动手（DIY）"。上百万新组建的家庭在郊区落了脚，自己动手搞家居装饰成了周末的消遣。随着这股风潮的流行，人们生产了很多预先包装好的工具、材料和说明书，相关的书籍和杂志也大量出版。在这里，贾斯特诙谐地把字典描述成作家"自己动手"的工具，事实也确实如此。

6. A 是我们最受欢迎的字母之一

《牛津简明英语词典》佐证了这一看法。一项关于第十一版《牛津简明英语词典》（2004 年）的数据分析表明，其所收录的单词中各个字母出现的频次差异明显。字母 E 最受欢迎，出现次数是最不受欢迎的字母 Q 的 56.88 倍。字母 A 排名第二，出现次数是字母 Q 的 43.31 倍。（见 www.askoxford.com/asktheexperts/faq/aboutwords/frequency）

7. 我是拼写蜜蜂。

"小时候拼写单词是最让我烦恼的事情之一，那些单词就像是个谜。能创造自己的单词这种想法引起了我的兴趣。我希望书中的描写能帮助大家发挥自己的拼读能力，这会是一件很有意思的事情。"（《N.J. 笔记》第一卷，19 页）

该有的味道。

"我就知道你会喜欢，"卖字母的小贩一边笑着，一边把两个 G 和一个 R 放进自己嘴里，汁水流到了他的下巴上，"A 是我们最受欢迎的字母之一，其他的字母都没这么好吃。"小贩小声把这个秘密告诉米洛，"比如说 Z，又干又涩。还有 X，吃起来简直有一股霉味。这就是人们很少使用它们的原因。不过大部分字母都很不错。再尝一些。"

他递给米洛一个凉爽得沁人心脾的 I，又递给咔嗒一个松脆的 C。

"大多数人太懒了，不愿意自己制作词语，"小贩说，"但是自己动手有意思多了。"

"自己动手难不难？我不擅长拼词。"米洛边说边把一个 P 的核吐出来。

"也许我能帮上一点忙——h–e–l–p, help, 帮忙。"忽然，一个陌生的声音说。米洛连忙抬起头，看到一只巨大的蜜蜂——至少比他大一倍，正坐在货车顶上。

"我是拼写蜜蜂。"蜜蜂说，"别怕，a–l–a–r–m–e–d, 害怕。"

咔嗒立刻躲到了货车底下。米洛也开始慢慢后退，他连普通蜜蜂也不怎么喜欢。

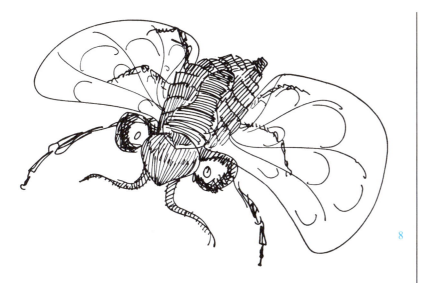

8. 插画

　　费弗喜欢画人物和他们流露出真情时的各种姿态和表情。但有好几次，贾斯特的文字让他不得不把人物放到一边，而先去画动物。

9. 我向你保证——a-s-s-u-r-e，assure，我非常友好——n-i-c-e，nice。

拼写蜜蜂的保证让人联想到经典科幻电影《地球停转之日》（1951 年）中长得像人的外星人克拉图在华盛顿降落后，从飞碟中钻出来，对一群内心充满戒备的围观者表达自己的善意。

但克拉图很快就被一名赶到着陆点的美国军人射中。在此之后，处于冷战时期的美国人民对被入侵的恐惧便冷淡了下去。

"我能拼写出所有的单词——a-l-l，all，所有。"他夸下海口，扑扇着翅膀，"考我，考我！"

"你会拼'再见'吗？"米洛一边后退一边说。

蜜蜂慢慢地飞到空中，在米洛头顶盘旋。

"也许——p-e-r-h-a-p-s，perhaps，你误会我了，我没有危险——d-a-n-g-e-r-o-u-s，dangerous。"说着，他朝左转了一个华丽的圈。

"我向你保证——a-s-s-u-r-e，assure，我非常友好——n-i-c-e，nice。"说到这儿，他又飞回到货车上，扑扇着翅膀，大口大口地喘息着，"现在，你说一个你觉得最难的词，我肯定能拼出来。快点，考我！"说完他不耐烦地上下跳跃着。

他看起来很友好，米洛想，但米洛不太肯定一只友好的蜜蜂应该是什么样。他仔细思索着难拼的词。"拼一下'蔬菜'吧。"最后他建议，因为这个词他在学校时总拼不好。

"这个很难。"蜜蜂边说边对卖字母的商贩眨眨眼睛。"让我想一想，嗯……"他眉头一皱，在货车上踱来踱去，"我有多少时间答题？"

"只有十秒钟，"米洛兴奋地说，"咔嗒，快计时。"

"好的，好的，好的。"蜜蜂叨叨着，又紧张地踱起步来。快到时间的时候，他飞快地拼出来："v-e-g-e-t-a-b-l-e， vegetable，蔬菜。"

"正确！"卖字母的商贩说。大家欢欣雀跃。

"你什么词都能拼出来吗？"米洛羡慕地问。

"差不多吧。"蜜蜂回答，语气里透出一丝丝骄傲，"你看，几年前我只是一只平凡的蜜蜂，每天闻闻花香，偶尔在人们的帽子上逛逛。忽然有一天，我认识到不学习我就会一事无成，由于我天生擅长拼写，所以就决定……"

"胡说八道！"忽听轰隆隆一声巨响，一只巨大的甲虫

10. 胡说八道[①]！

现在，这个词和"废话"是同义词。这个有趣的词最早出现在十六世纪末，那时候指的是起泡的液体。后来，本·约翰逊用它来描述古怪的调合饮料，比如酸奶和啤酒的混合物。喝下这种东西的人很有可能语无伦次。

① 英文原文为"BALDERDASH"。

11. "这位，"蜜蜂无比蔑视地说，"是骗人虫①，一个讨人厌的家伙！"

"为了追求一种平衡，我希望书里有一个和闹钟狗完全相反的反面角色出现。这个角色喜欢自吹自擂，不诚实，耍小聪明，不怎么可靠，会把米洛带坏。这样的人要是被米洛从学校带回家，妈妈肯定会说：'我不想让你和他玩。'"（《N.J.笔记》第一卷，22页）

贾斯特没有花心思去给这个不靠谱的角色起名字，而是直接借鉴了他从小爱看的《绿野仙踪》。作者莱曼·弗兰克·鲍姆在书中把那个满口谎言的巫师叫作"大骗人虫"。

在十八世纪中期的英格兰，"骗人虫"这个词在有文化的人听来仍然是俚语，但查尔斯·狄更斯让这个词进入了主流文化。在他备受欢迎的作品《圣诞颂歌》（1843年）中，他借吝啬鬼埃比尼泽·斯克鲁奇之口激愤地骂道："呸！骗人虫！"《世界英语俚语词典》的作者罗伯特·亨德里克森认为"虫（bug）"这个词与妖怪或恶魔有关。虽然贾斯特的骗人虫没有给米洛带来任何伤害，但他提供的帮助和建议都很可疑，把他看成是恶魔的远亲且需要提防倒也不为过。

12. 胡说！大家都喜欢骗人虫！

美国文学似乎证实了这个傲慢的断言。在美国小说的主要人物形象里，骗子占比很高。美国的国家文化建立在对个人主义的崇拜上，对自我重塑的潜力抱有无限的信仰，而骗子就总是徘徊在这美国梦的角落阴暗处。只相信自己的良好判断，就要承担被周边的人欺骗的风险，就像麦尔维尔在《骗子的化装表演》（1857年）和马克·吐温在《哈克贝利·费恩历险记》（1885年）中展

---
① 英文原文为"humbug"。

从货车后踱出来。他披着华丽的大衣，穿着条纹裤和格子马甲，套着鞋罩，还戴着一顶圆顶礼帽。"我再重复一遍——**胡说八道！**"他再次大喊，挥舞着拐杖，敲了敲自己的脚后跟。"好了，你们不要无礼了，谁把我引荐给这个小男孩？"

11 "这位，"蜜蜂无比蔑视地说，"是骗人虫，一个讨人厌的家伙！"

12 "**胡说！**大家都喜欢骗人虫！"骗人虫说，"正如我前几天和国王说的那样——"

"你从来没见过国王！"蜜蜂愤怒地反驳，然后他转向米洛说，"不要信这个骗子的鬼话！"

"**胡扯！**"骗人虫说，"我来自一个古老而高贵的家族——圣甲虫家族。我们和'狮心王'理查德一起参加了十字军东征，和先锋军队一起经历了激战的考验。今天，我们家族中的很多成员都在世界各国的政府里做大官。我们家族在历史上创造了丰功伟绩。"

"真是精彩的演说。"蜜蜂讥讽道，"现在你可以走了？我还要给这个小伙子讲拼写的重要性。"

"呸！"骗人虫把一只手放到米洛肩上，"要是你学会了一个词，人们就会让你学第二个。你永远都学不完——费那么多工夫干什么？听我的，孩子，都忘了吧。因为我

示的那样。

　　马戏团大亨 P. T. 巴纳姆可以说是十九世纪美国最著名的营销大师。极具讽刺意味的是，"每一分钟就有一个傻瓜诞生"常常被认为是他说的，但其实他从来没说过。加里·H. 林德伯格在《美国文学中的骗子》一书中指出，在后维多利亚现代时期有关心理变化的小说中，欺骗被内化为自我欺骗，例如菲茨杰拉德笔下的杰伊·盖茨比，他伪装成理想中的自我，甚至自己也被彻底愚弄了。

13. 简直就是智力低下的标志

骗人虫的这句话是《神奇的收费亭》中经常被引用的一句，呼应了拉尔夫·瓦尔多·爱默生对迂腐、卖弄学问的人大快人心的谴责："墨守成规是愚不可及的。"（《自立》）

美国第一位传奇马戏团大亨 P. T. 巴纳姆（1801—1891 年）曾说："每个人都有一线希望。"巴纳姆的天才公关招数数不胜数，他也因此获得了"骗子王子"的称号。在他多彩而漫长的职业生涯中，他掌管过备受欢迎的纽约现代博物馆，也是一个著名马戏团的所有人之一，还当过康涅狄格州布里奇波特市的市长。

祖父的祖父的祖父乔治·华盛顿·骗人虫曾经说过——"

"先生，"蜜蜂激动地说，"你是个骗子，连自己的名字——n-a-m-e，name——都不会拼的骗子。"

"对单词的成分盲目迷信简直就是智力低下的标志！"骗人虫怒吼道，手里的拐杖在空中狂舞。

米洛没听懂这话的意思，但这句话似乎把蜜蜂惹怒了，他冲下来，用翅膀把骗人虫的帽子撞了下来。

"小心！"米洛喊道。骗人虫甩着拐杖，钩住了蜜蜂的一只脚，把一盒子的 W 都打翻了。

"我的脚！"蜜蜂喊道。

"我的帽子！"骗人虫喊道。

战斗还在继续。

骗人虫的拐杖在风中狂舞，拼写蜜蜂小心躲闪着，伺机进攻。人群都远远地朝后退去，害怕卷进争斗中。

"不要打了，有话好说——"米洛大喊，"小心！"但是一切都太晚了。

狂怒的骗人虫不小心被绊倒，一下子跌倒在摊位上。随着一声巨响，货摊一个连着一个倒下，就像多米诺骨牌一样，市场上所有摊位都被弄翻，整个广场陷入一片混乱。

14. 救命！救命！有人压住我了。

贾斯特回忆道："小时候一到夏天，最可怕的事就是有吓人的虫子爬到我身上，准备狠狠地咬我。"大多数读者都有过类似的经历，而这里作者以幽默的方式扭转了攻击方和受袭方。

14　蜜蜂不小心被彩带缠住，跌倒在地上。米洛被蜜蜂撞到，一下子倒在了他身上。蜜蜂大喊："救命！救命！有人压住我了。"骗人虫摊在一堆被压坏的字母中。咔嗒也被压在了一堆字母下面，身上的闹钟疯狂地响个不停。

巫婆与"哪个"

"瞧瞧你们都看了什么！"一个商贩愤怒地喊道。其实他是想说"瞧瞧你们都干了什么"，但是词语已经陷入一片混乱，没有人能把话说清楚。

"收拾我们还吧是东西！"另一个商贩抱怨道。大家听了，都忙着收拾起来。

接连几分钟，没有人能说一句通顺的话，这让一切乱上加乱。不过很快，摊位就收拾好了，词语也被堆在一起，等待挑拣分类。

拼写蜜蜂对这一团糟很生气，早就气冲冲飞走了。米洛好不容易站起来，就看见一大群词语国的警察拥了过来，

1. 巫婆与"哪个" [1]

中世纪时期，"Shrift"一词指神父听取某人的忏悔后为其进行的赦罪仪式，"Short Shrift"指有罪的人被处死前的简短忏悔。莎士比亚在其剧作《理查三世》中将"Short Shrift"引入了英语文学："你匆匆告解，赶紧割掉你的头颅。"（第三幕，第四场，第97行）直到十九世纪晚期，这个短语在《牛津英语词典》中才出现"不予理会"这一如今更为人熟知的含义。比如，"每一个论点都对现有政策有很大的冲击，下议院有可能不予理会" [2]（《泰晤士报》，1887年2月15日）。

贾斯特把这个词用在了现代生活中判定人是否有罪的裁决者——巡逻警察身上，"我成长过程中有两大权威形象……我必须完全尊重，无条件地服从，那就是老师和警察"（《N.J.笔记》第一卷，24页）。

---

① 英文原文为"Short Shrift"，意为"不予理会"。考虑到这个意思难以呈现原文的双关意味，同时为便于读者把握整章内容，中文版修改章节名为"巫婆与'哪个'"。

② 英文原文为"Every argument... tells with still greater force against the present measure, and it is to be hoped that the House of Commons will give it short shrift to-night"。

2. 大声朝经过的所有人嚷嚷着"你有罪，你有罪"

都有罪警长蛮横任性地预判了周围人的罪行，就像刘易斯·卡罗尔笔下疯狂的红心皇后。但是对贾斯特和费弗那个时代的作家和艺术家来说，滥用职权的都有罪警长绝不仅仅是想象出来的人物。贾斯特写这本书时，美国正处于麦卡锡主义盛行的时代，政府的信誉和众多民众的生活受到重创。费弗在和历史学家史蒂文·赫勒的交谈中回忆起二十世纪五十年代中期他最关心的事时提到："本质上对我影响最深刻的是弗洛伊德学说和我们的冷战思维。政治方面，我完全被黑名单以及其他艾森豪威尔－麦卡锡时代的专制制度所禁锢；精神上我也感到束缚，身边没有女人，一直背负着罪恶感，还被持续的焦虑和愤怒所裹挟。"（《大师系列：朱尔斯·费弗》，史蒂文·赫勒与费弗的访谈录，纽约视觉艺术学院展览册，2006 年）

嘴里的哨子尖利地响着。

"一会儿事情就能水落石出了。"有人说，"'都有罪'警长来了。"

一个米洛所见过的个子最矮的警察从广场对面大步走来。他不到两英尺高，却有四英尺宽。他穿着一身蓝色的制服，系了一条白色的腰带，戴着一副白手套，头上戴一顶大檐帽，表情凶巴巴的。他边走边吹口哨，脸憋得通红，大声朝经过的所有人嚷嚷着"你有罪，你有罪"，一直走到米洛面前。接着，他转身看着咔嗒，听见咔嗒身上的闹钟还在大声作响，便说："把狗的闹钟关掉，在警察面前响铃有失恭敬。"

他在黑色的笔记本上仔细记下这件事，然后双手背在身后，踱来踱去，巡视着市场上混乱的景象。

"很好，很好！"他脸色阴沉地说，"这是谁干的好事？赶紧站出来，不然我把你们都抓起来。"

很长一段时间鸦雀无声。几乎没人亲眼看到这起事故究竟是如何发生的，所以没有人说话。

"你——"警长用手指指向正忙着拂去身上的尘土、扶正帽子的骗人虫，"你看起来很可疑。"

骗人虫吓坏了，拐杖从手中滑落，他紧张地回答道："我向您保证，先生，以我的名誉发誓，我只是一个无辜的旁观者。当时我正忙着在市场上看商贩的交易和叫卖，忽然，这个小男孩……"

"啊哈！"都有罪警长打断了他的话，在小本子上记下了这件事，"和我想的一样，男孩们是所有祸事的根源。"

"对不起，"骗人虫说，"我不是说这是因为……"

"闭嘴！"警长挺直了身子，双眼睁得像铜铃一般，紧紧瞪着吓坏了的骗人虫。"现在告诉我，"他对米洛说，"七月二十七日晚上你在哪里？"

"这和今天的事有什么关系？"米洛问。

"那天是我的生日，这就是关系所在。"警长一边说，一边在笔记本上记下"忘记了我的生日"，"男孩总会忘记别人的生日。"

"你犯了下列罪行，"他接着说，"你的狗身上的闹钟没有取得使用权，你引发混乱，扰乱秩序，造成严重破坏，把词语都压坏了。"

"太过分了！"咔嗒愤怒地咆哮道。

"违法咆哮！"警长一边对大狗皱眉头，一边在笔记本上写道，"只有配备吠叫计量器的狗才能吠叫。你准备好接受审判了吗？"

3. 插画

乔治·格罗兹的作品《"犯人"蒙特尔·约翰·哈特菲尔德，弗朗茨·荣格试图让他站起来之后》（1920年，现存纽约现代艺术博物馆）可以和费弗的都有罪警长在形象上进行比较。

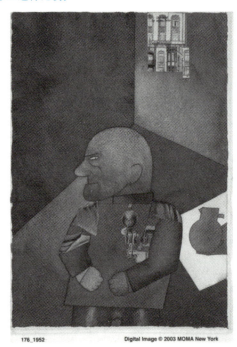

176_1952   Digital Image © 2003 MOMA New York

格罗兹一八九三年出生于柏林，以政治讽刺漫画家的身份和对现代生活的犀利评论闻名。他强烈反对纳粹主义，于一九三三年移民美国，在那之后，他艺术中的对抗性有所减弱。他以纽约艺术学生联盟为据点，成了他那一代最有影响力的艺术导师之一。一九五九年，格罗兹在柏林去世。艺术史学家罗伯特·休斯这样评价他：

3

58

"格罗兹笔下的德国，一切人、一切事物都可以用来交易。所有的人类活动，除了工人阶级的团结，都肮脏败坏了。世界由四种渣滓统治：资本家、官员、牧师和妓女，妓女的另一种形式是交际花太太。格罗兹是艺术的绞刑审判官之一。"

费弗和格罗兹从未谋面，但是他非常仰慕格罗兹的讽刺艺术。

4. 接连敲了三次法槌

"法槌（gavel）"一词在英国的使用可以追溯到十八世纪，当时指的不是法庭上使用的木槌，而是租赁或进贡时的各种付款方式。最早将"gavel"用于法庭及其他正式场合的是美国人。按照传统，美国参议院用来维持秩序的坚固的象牙槌被制成没有手柄的沙漏形状。

5. 这是我知道的最短的判决。

罗伯特·亨德里克森认为"最长的判决词出现在马塞尔·普鲁斯特备受推崇的文学作品《追忆似水年华》中，长达九百八十五个字"。(《世界英语俚语词典》，647 页)

"只有法官才有审判的权力！"米洛想起曾在学校的课本上看到的知识。

"说得好！"警长回答道，他摘下大檐帽，穿上了一件黑色的长袍，"我也是法官。现在，你想要短点的判决还是长点的？"

"还是短的吧。"米洛说。

"好。"法官接连敲了三次法槌，"我也总记不住长的。'我是'怎么样？这是我知道的最短的判决。"

大家一致同意，认为这是非常公正的审判。法官继续说："另外还有个小小的处罚，你得在监狱里蹲六百万年。结案！"他宣布后，再次敲了敲法槌，"跟我走，我要把你带到地牢去。"

"只有监狱的看守才有权把我关进牢里。"米洛又想起了课本里的内容。

"说得好！"法官说道，他脱下长袍，拿出一大串钥匙，"我也是监狱的看守。"他把他们带走了。

"抬起头！"骗人虫喊道，"也许他们会因为你举止有涵养，给你减一百万年的刑。"

监狱沉重的大门被缓缓推开，米洛和咔嗒跟着警长走进一条长长的阴暗过道，里面偶尔闪现一点蜡烛的光亮。

"看好了，别摔着。"警长沿着陡峭的旋转楼梯朝下走的时候说。

空气里有一股潮湿的霉味，就像是潮湿的地毯发出的，楼梯旁边的石墙黏糊糊的。他们一直朝下走，一直朝下走……直到看见另一扇更大更重的门。米洛的脸碰到了蜘蛛网，他全身发起抖来。

"你在这里会过得很惬意。"警长咯咯笑着拉开门闩，推开咯吱咯吱响的大门。"虽然没有太多伙伴，但是你可以和巫婆聊天。"

"巫婆？"米洛的声音在发抖。

"是的，她已经在这里待了很长时间了。"警长一边说，一边朝另一条走廊走去。

几分钟过后，他们已经穿过了三道门，通过了一座狭窄的天桥，走过两条通道，迈过一段楼梯，来到一间小小的牢房前。

"到了，"警长说，"这里会给你宾至如归的感觉。"

门被打开，然后关上。米洛和咔嗒发现他们站在一间有着拱形屋顶的牢房里，墙上有两扇小窗户。

"六百万年后再见！"都有罪警长说道。他的脚步声越来越微弱，最后完全消失了。

6

6. 但是你可以和巫婆聊天

对年幼的贾斯特来说，巫婆是真实存在的。他认为有一个为人熟知的邪恶的巫婆住在他的玩具柜里，等人们都睡着后就出来"搞破坏"。当妈妈惹恼他的时候，他就会使出撒手锏，说妈妈是巫婆。这是他的脏话武器库里最难听的了。

7. 插画

　　费弗从威尔·艾斯纳的漫画《闪灵侠》中得到灵感，画出了这幅有着幽暗建筑和阴森气氛的画。艾斯纳这部关于打击犯罪的长篇漫画出版于一九四〇年六月二日，之前在共十六页的《周日漫画》副刊上连载了十二年，每一期都占据一半的分量，而这份副刊在最鼎盛时期的读者人数能达到五百万。费弗酷爱漫画，他回忆道："《闪灵侠》和我们之前见过的任何东西都不一样。"（《后退前进》，45页）冷酷的漫画英雄，从墓碑下面的秘密总部走出来，每次去阻止恶人做坏事时都要戴上面具。而其他时候，闪灵侠丹尼·科特对自己的外表并不在意，有时看起来没精打采的，和在纽约布朗克斯区的穷街陋巷长大的人别无二致，比如艾斯纳和费弗。就像费弗说的那样，艾斯纳的"艺术作品展示了大萧条时期的城市景象——黑暗、黏腻、丑陋。长相奇特的大块头在重量级的暴力对决中姿态优美，尽管动作可能有些扭曲变形，但也说的上是栩栩如生了"（《后退前进》，48页）。

　　费弗十六岁时申请了两所艺术学校，但都没有成功。他重新振作起来，在没有预约的情况下，来到了艾斯纳的工作室，成功说服艾斯纳，成为后者的一名学徒。这是他人生中的转折点，特别是艾斯纳还发现了他的写作天赋，尽管第一次见面时，艾斯纳告诉这个心怀远大抱负的年轻人他带来的作品很糟糕。最终，艾斯纳把整个《闪灵侠》系列故事的写作部分交给了费弗，虽然没有给他加薪，但将每周《闪灵侠》的最后一页给费弗空了出来，让他发表自己的单页条漫《克利福德》。

7

"看起来糟透了，不是吗，咔嗒？"米洛忧伤地说。

"确实。"闹钟狗四处嗅闻，查看牢房的情况。

"我不知道接下来该怎么打发时间。我们没有国际象棋可以下，也没有彩笔能画画。"

"别担心，"咔嗒低吠道，举起一只爪子安慰米洛，"肯定会好起来的。你帮我上上发条好吗？我的指针快走不动了。"

"你知道吗，咔嗒？"米洛一边给闹钟狗上发条一边说，"把词语弄混或者不知道怎么拼写就会惹来这么多的麻烦。要是哪一天我们能出去，我一定要学好所有的词。"

"这种想法难能可贵，年轻人。"牢房角落里传来一个微弱的声音。

米洛抬头看去，惊奇地发现一个面容慈祥的老婆婆正在昏暗的灯光下安静地做着针线活。

"您好！"他说。

"你好！"她回答。

"您最好小心点，"米洛善意地提醒道，"我听说这里有一个巫婆。"

"我就是那个巫婆。"老婆婆不在意地说，拉紧身上的披肩。

8. 他知道巫婆最讨厌噪音

并没有什么传说提到巫婆害怕噪音，这一点是作者为了故事情节的发展而虚构的。

9. "别害怕"，老婆婆笑了

贾斯特笔下的"哪个"是一个亲切仁慈的形象，延续了《绿野仙踪》中善良的北方女巫的传统。多萝西第一次遇到北方女巫时，这个堪萨斯州的小姑娘天真地提到了大家对女巫的普遍看法："我以为所有的女巫都是邪恶的。"北方女巫保证道："哦，不，这是个很大的误解。"作者鲍姆和妻子莫德、岳母玛蒂尔达·乔斯琳·盖奇都是坦率直言的女权主义者。盖奇和美国著名女权运动领袖苏珊·B.安东尼是同僚，她认为那些过去被当成女巫而遭到谴责的女人可能是最早的女权主义者。这些女人维护自身权益的强势超越了她们那个时代的行为准则。（《创造奥兹的人》，梅根·奥罗克，2009 年 9 月 21 日刊登于《石板》杂志，更多介绍请见《绿野仙踪（注释版）》，迈克尔·帕特里克·赫恩编辑，纽约：诺顿出版社，2000 年）

10. 我是芬特丽·默卡伯[①]

"Macabre"在十九世纪晚期被广泛用于形容可怕恐怖的事物。在那之前，这个词只出现在"dance macabre"中，在十四世纪的道德剧中用来形容死神和命中注定的受害者之间的斗争。

德国画家小汉斯·荷尔拜因在一九五八年创作的一系列版画中描绘了这个寓言式主题。学者们认为"macabre"这个词最早来自一对犹太勇士兄弟的姓氏"Macabee"。他们成功抵制希腊化进程的事迹被记录在两个骷髅里载入史册，至今犹太教的光明节庆典上仍会纪念他们。

① 英文原文为"Faintly Macabre"。

米洛吃惊地往后一跳，迅速抓住咔嗒，怕他的闹钟失

8　控地响起来——他知道巫婆最讨厌噪音。

9　"别害怕，"老婆婆笑了，"我不是巫婆——我是'哪个[①]'。"

"哦……"米洛不知道说什么好。

10　"我是芬特丽·默卡伯，不邪恶的'哪个'。"她继续解释，"而且我绝对不会伤害你。"

① 英文中"哪个（which）"和"巫婆（witch）"两个单词发音相同。

"什么是'哪个'啊？"米洛问，他松开咔嗒，朝老婆婆走近几步。

"说来话长。"老婆婆说，一只老鼠从她脚下匆匆溜过。"我是国王的姑婆。我一直负责为不同的场合挑选合适的词语。挑出哪些词应该说，哪些不应该说；哪些该写，哪些不该写。你可以想一下，要在成千上万的词语中挑选，可以说是一件最重要而且责任最重大的工作。我被任命为'哪个长官'，这让我感到很光荣，也很自豪。

"刚开始，我尽力确保只有最正确、最恰当的词语才能够被使用。所有的事都能以最简单明白的语言表述，不会浪费任何词语。我在宫殿和市场贴上了告示，上面写着：

简洁是智慧的核心！ 11

"但是权力会腐蚀一个人的心灵。很快，我变得越来越 12
贪婪，挑选出的词越来越少，而把更多的词留给自己。我贴上了新告示，上面写着：

用词不当是傻瓜才会做的事！ 13

"很快，市场上的贸易越来越少。人们不再像从前一样热心购买词语，王国的日子越来越艰难，我也变得越来越

65

11. 简洁是智慧的核心！
    此处芬特丽·默卡伯借用了莎士比亚最有名的格言之一，即《哈姆雷特》中波洛涅斯的一句话（第二幕，第二场，第90行）。

12. 但是权力会腐蚀一个人的心灵。
    芬特丽·默卡伯的这句话暗指十九世纪英国历史学家阿克顿勋爵的名言。一八八七年，阿克顿勋爵在给曼德尔·克赖顿主教的信里写道："权力导致腐败，绝对的权力导致绝对的腐败。伟人几乎全是坏人。"

13. 用词不当是傻瓜才会做的事！
    这句话是贾斯特的原创。"这里我想用四句谚语来表明芬特丽·默卡伯越来越痴迷于使用简洁的词汇。我到处找，只找到三句合适的，我想我必须自己创造一句箴言，而且必须和其他三句一样，听起来古老且令人起敬。"（《N.J.笔记》第一卷，26页）

14. 傻子说话，智者沉默！

一些学者认为这句谚语来自英国玄学派诗人乔治·赫伯特。

15. 沉默是金！

这句谚语有时被认为是美国俗语。但早在一八三三年左右，英国历史学家、散文家托马斯·卡莱尔就在《拼凑的裁缝》（1833–1834 年）一书中写道："就像瑞士的一段碑文上所写：'言语是银，沉默是金。'我更愿意将这句话说成：'言语有时，沉默不朽。'"（第三卷，第三章）

音膏。很快，人们可用的词语变得少得可怜，几乎不能表达清楚任何意思。我竖起了新的告示，上面写着：

14　**傻子说话，智者沉默！**

"最后，我贴出另一个更简洁的告示：

15　**沉默是金！**

"所有的交谈都停止了。一个词语都卖不出去，市场关闭了。人们变得越来越穷，越来越闷闷不乐。国王看到这状况，勃然大怒，把我投入了地牢。这就是你为什么会在这里看到我，一个越来越老、却越来越睿智的老婆婆。

"这都是好多年前的事了。"老婆婆继续说，"但是他们没有再任命新的'哪个长官'，这就是为什么今天人们废话越来越多，还自以为很聪明。你要记住，用词太少虽然不好，废话太多却糟糕得多。"

她一说完，就重重地叹着气，拍了拍米洛的肩膀，开始重新做起活儿来。

"您从那时候起就一直被关在地牢里吗？"米洛同情地问。

"是的。"老婆婆难过地说，"大多数人已经完全忘记了我，或者误以为我是一个巫婆，而不是'哪个'。但是这都不重要了，不重要了，因为这两者都很可怕。"

"我觉得您不可怕。"米洛说。咔嗒也摇摇尾巴以示赞成。

"非常感谢你。"老婆婆说，"我的名字叫芬特丽·默卡伯，你可以叫我芬特丽婆婆。给，这是一个标点符号。"她从装满了裹有糖衣的问号、句号、逗号以及感叹号的篮子里拿出一个给米洛。"这是我每天吃的东西。"

16. 韵律和理性

这里，贾斯特把两个大家耳熟能详的词语用作两个失踪的人的名字，这种做法源自埃德蒙·斯宾塞的诗《承诺给予的养老金之歌》："曾经我被许诺 / 我的韵律可以拥有理性 / 从那时直到现在 / 我既没有收获韵律也没有得到理性。"不久之后，莎士比亚更广泛地使用了这两个词。首先是在《错误的喜剧》中，叙拉古的德洛米奥说："有没有人像这样被彻底打败 / 而原因既不是韵律也不是理性？"（第二幕，第二场，第 47-48 行）之后他又在《皆大欢喜》中用了这两个词：

罗瑟琳：你是如你的韵律所说的那样爱我吗？
奥兰多：无论韵律还是理性，都无法表达我有多爱你。（第三幕，第二场，第 359-360 行）

"我出去后会帮您的。"米洛保证说。

"你真善良！"老婆婆说，"但是唯一能帮我的只有韵律和理性的回归。"

"什么的回归？"米洛问。

"韵律和理性。"老婆婆重复道，"但这是另外一个长长的故事了，你们肯定不想听。"

"我们都很想听。"咔嗒吠道。

"我们真的很想听您讲。"米洛也说。于是"哪个"婆婆轻摇着身体，将故事娓娓道来。

"哪个"婆婆讲的故事

很久以前，这片土地还是一片荒原。岩石山上常常狂风大作，山谷一片贫瘠。几乎任何作物都不能生长，极少数生长出来的植物也是扭曲的，果实像苦艾一样苦涩。地上不是沙就是岩石。黑暗的恶魔盘踞在山林之间，险恶的生物横行霸道。这里被称为荒芜之地。

有一天，智慧之海上出现一只小船。船上载着一个寻找未来的年轻王子。他以善良和真理的名义统领了整个国家，然后打算出海航行，去开拓新的领地。看到王子这么妄自尊大，恶魔、妖怪和巨人都很生气，他们聚在一起，要把王子驱逐出去。战争席卷了这片土地。战争结束后，

1

2

3

4

5

1. "哪个"婆婆讲的故事

"我给爱泼斯坦的草稿还没有写到这里。我当时也不知道故事情节该朝哪个方向进展。我意识到我把米洛送去了一个知识丰富但一切都被扭曲、根本不合乎情理的地方冒险。韵律公主和理性公主被驱逐，以及最终获救和回归，才赋予了故事一个完整的框架和主旨。"(《N. J. 笔记》第一卷，28 页)

2. 果实像苦艾 一样苦涩

《箴言》第五章警告世人："淫妇的嘴滴下蜂蜜，她的口比油更滑，至终却苦似苦艾，快如两刃的刀。"(第三节和第四节)

3. 黑暗的恶魔盘踞在山林之间

卡罗尔·K.麦克和黛娜·麦克在《关于恶魔、仙女、堕落天使和其他破坏性幽灵的田野指南》一书中写道："恶魔通常被认为是没有实体但有很多化身的怪诞混合体，半人半兽,总是直立行走。恶魔还有其他显著的人类特征，但通常十分怪异、非常罕见，比如手指过多或根本没有手指，没有骨头，没有皮肤，或者有好几个头，嘴巴和牙齿总是十分可怖。"(纽约:拱廊出版社,1998 年,xxi 页)

4. 荒芜之地

"荒芜（null）"在德语中是"零"或"什么都没有"的意思，来自拉丁语"*nullus*"。

5. 船上载着一个寻找未来的年轻王子。

"大家会注意到，这个王子实际上是一个典型的帝国主义者，他'以美德和真理的名义占领所有的国家'。我并不是很喜欢这样的桥段，但它确实经常出现在经典童话故事中,用来推动情节发展。"(《N.J. 笔记》第一卷,29 页)

王子只剩下一小片靠海的土地。

"我要在这里建造我的城市。"他这样说，也这样做了。

不久，越来越多的船只给这片土地带来了定居者。城市慢慢发展壮大，疆域越来越广。这个新城市每天都会受到攻击，但是没有什么能够摧毁王子的新领地。城市在发展，

慢慢地不再只是一座城市，而成了一个王国，这就是智慧王国。

但是，王国城墙之外仍然非常危险。年轻的国王发誓要征服所有本应属于他的土地。于是每年春天，他都要带着军队出征，到秋天再回来。年复一年，王国的疆域不断扩大，也越来越富强。国王给自己选了一位妻子，很快他 6

6. 国王给自己选了一位妻子，很快他们就有了两个儿子。他把自己所有的经验都传授给他的孩子

美国著名社会文化批评家莱昂内尔·特里林写道："每一个家庭都有关于自身天赋和品格的神话故事。"（《简明版马修·阿诺德》，莱昂内尔·特里林编，纽约：维京出版社，1949 年）国王的两个儿子分别统治着词语国和数字国，都宣称自己的王国更强大。这反映了一场长达几个世纪之久的哲学论辩。在二战后的核武器时代，这一论辩再度激烈起来。第一次世界大战造成了巨大的人员伤亡，这很大程度上是工业国家前所未有的科技进步的副产品。这促使人们去思考和质疑现代西方对科学及工业化进程的必然性的坚定信念。二十世纪三十年代中期，以 C. S. 刘易斯和他的朋友 J. R. R. 托尔金为首的一小群英国作家和学者，组成了一个文化讨论俱乐部 "Inklings"。该俱乐部推崇奇幻文学，将其看作对抗那个时代的人们对科学理性盲目崇拜的一剂良药。另一个与此相关的担忧是，现代社会各领域的学习及研究都在追求专业化分工，这可能导致人类思维狭窄化。这一担忧成为剑桥物理学家、小说家 C. P. 斯诺的写作主题。他在一九五九年一次题为《两种文化》的著名演讲中指出，现代科学家和人文主义学者不愿互相学习，他对此感到惋惜。和之前的作家不同，斯诺对科学的态度更积极，认为科学可以减少贫穷和饥饿。尽管科学家对文学和艺术领域缺乏兴趣令他深感遗憾，但他也强烈批评人文主义学者对科学领域能够改善生活的重大突破漠不关心。贾斯特，一个有文学抱负的年轻建筑师，读了《两种文化》的演讲稿后，一直在脑海里思索着其中的观点。他想象词语国和数字国处于一种坚决敌对的状态，他们的生活注定会荒谬绝伦、扭曲变形。

7. 每一个都想比另一个更强大、更出风头

　　兄弟阋墙的情节古已有之，《创世记》中便有该隐杀害弟弟亚伯的故事。弗洛伊德将这一弑亲现象视为俄狄浦斯情结的一个方面，因为家庭里的每个孩子都希望得到异性家长更多的爱。

8. 数字要比智慧重要多了！

　　数字国使人想起另一个奇幻故事《格列佛游记》中的王国，那里的人们错误地理解了数学的功用，导致日常生活的各个方面都变得扭曲。书中，梅尔·格列佛第三次旅行时来到了飞岛国，写下了下面的话："我从数学中学到的知识帮助我理解他们基于科学和音乐的语法措辞……他们精通线条和数字，但他们的房子建得非常糟糕，墙是歪的，没有一个房间的角度是正确的，因为他们蔑视应用几何，认为几何是粗俗呆板的。"（153 页）

们就有了两个儿子。他把自己所有的经验都传授给他的孩子，希望将来他们能够英明地统治这个国家。

　　孩子们成年之后，国王把他们叫到身边，说："我已经老了，不能带兵打仗了。你们必须代替我去征伐蛮荒之地，建造新的城市，继续扩大智慧王国的疆域。"

　　他们照做了。一个去了南方，来到了困惑丘陵的脚下，创建了词语国；另一个去了北方，到了无知山的脚下，创建了数字国。两个王国都不断发展壮大，恶魔被赶到了更偏远的地方。很快，新的土地上建起了许多城市和乡镇，最后只剩下一片最偏远的地方，还被可怕的生物统治着——他们伺机摧毁那些胆敢靠近的人。

　　兄弟俩很高兴可以在不同的地方创建各自的王国，因7为他们天性多疑，妒忌心强，每一个都想比另一个更强大、更出风头。他们都励精图治，不久之后，他们的王国就比智慧王国的疆域还要宽广，国力也比智慧王国强大。

　　"词语要比智慧重要多了！"两兄弟中的一个私下里这么说。

8　　"数字要比智慧重要多了！"另一个这么认为。

　　他们越来越不喜欢对方。

　　老国王一点都不知道两兄弟心中对对方怀有的仇恨，

他只管在皇家花园里享受晚年的美好时光，每天安静地散步和沉思。他唯一的遗憾是没有女儿，因为他不仅喜欢男孩，也喜欢女孩。有一天，他像往常一样在花园里静静地散步，忽然在葡萄树下发现了一个篮子，里面有两个被人遗弃的婴儿——两个可爱的金发女娃娃。

国王欣喜若狂。"她们是上天赐给我的福佑！"国王喊道。他把皇后、大臣、侍从……可以说整个王国的人都叫了来，让他们来看看这两个婴儿。

"我要给其中的一个取名韵律，另一个取名理性。"国王说。甜美韵律公主和纯粹理性公主就这样在宫中快乐地成长。

老国王把王国平分给两个儿子，前提是他们要照顾两位小公主。老国王去世后，一个儿子去往南方，成了词语国的 ABC 国王，另一个去往北方，成了数字国的 123 国王。他们信守诺言，把依然住在智慧王国的两位公主照顾得很好。

所有人都爱他们的公主，因为她们不但美貌大方，性格温柔，还能合理公平地解决所有纠纷和争执。遇到了麻烦或者陷入了争吵的人们从四面八方赶过来，请两位公主拿主意。就连争吵不休的两兄弟，也常常来找公主商议国

9. 所有人都说韵律和理性能够解决所有问题。

　　这句话简明扼要地概括了十八世纪西方启蒙运动时期的哲学思想，即只要坚持合理运用科学和理性，人类就可以获得更多的知识、更强的理解力，从而改善全人类的生活。

9　　家大事。所有人都说韵律和理性能够解决所有问题。

　　随着时光流逝，两兄弟的关系变得越来越糟。他们的王国越富强，他们之间的矛盾就越难调和。但是两位公主总是能充满耐心和爱意地解决他们之间的冲突，把事情处理好。

　　后来有一天，两兄弟之间爆发了有史以来最厉害的争吵。ABC 国王坚称词语比数字重要得多，他的王国更伟大；

而 123 国王认为数字比词语重要得多，他的数字王国才至高无上。他们不停地争吵、辩论、咆哮，甚至怒骂，最后就要动手打起来。无奈之下，他们只好决定把这个问题交给两位公主来解决。

经过几天几夜的审慎思索，仔细评估了所有理由、参考了所有证词后，公主们做出了如下裁决：

"词语和数字同样重要，因为它们一个是经线，一个是纬线，共同织就了知识这件神圣的衣服。数沙子和给天上的星星命名一样重要。因此，让两个王国和平共存吧。"

大家对这个裁决都很满意，除了这两兄弟，他们非常愤怒。

"要是这两个女孩子不能明断是非，她们的裁决有什么意义呢？"他们抱怨道，都妄自尊大，对事实视而不见。"我们要把她们永远驱逐出王国。" [10]

然后，公主被赶出了王宫，送到了遥远的空中城堡，[11] 之后再也没有人看到过她们。这就是为什么如今这片大陆上既没有韵律也没有理性。

"那两兄弟后来怎么样了？"米洛问。

"把两位公主赶出去是他们最后一次意见一致。很快，

10. 我们要把她们永远驱逐出王国。

"韵律和理性被驱逐……使得一切学习活动和知识都变得毫无意义。国王的大臣们总是用不同的语言说一样的事情，只要能一直变着法地表达同样的想法，他们才不管有没有意义。这正是失去了韵律和理性的后果。"（《N. J. 笔记》第一卷，30 页）

11. 送到了遥远的空中城堡

"空中城堡"让人脑海中浮现出最异想天开的画面，或者最梦寐以求的房子。这一表述流传了几个世纪，直到乔纳森·斯威夫特在他的超现实主义作品《格列佛游记》的飞岛国这一章节中，生动地描述了一个类似的地方。主人公梅尔·格列佛在日记中写道："读者很难想象我当时有多震撼。我注视着空中的岛屿，上面有人居住，飞岛在人们的操控下（看起来似乎）可以随心所欲地上升、下降，或者前进……他们带我走上台阶，来到岛屿的最高处，然后到了皇宫，进入会客厅，我在那儿见到了国王。"（147，149 页）

格列佛的惊愕并没持续多久，岛上生活的混乱很快就暴露无遗。斯威夫特其实意在指出空中楼阁只不过是愚蠢的幻想。但是几十年后，苏格兰律师、文人詹姆斯·博斯韦尔重新思考了这个主题，他在题为《空中城堡：巴斯附近别墅的诗意消遣》的诗中表达了对空中楼阁的喜爱。这首诗最早在一七八一年发表于《苏格兰人》（第 43 卷）杂志上：

那些满足住在地上的人，
只能看到地上的景色；
米勒将要满怀欣喜地来到
你的天堂！

我也是同样欢喜，
我的声音也变得高亢；
但是别人赞美的景色，
对我而言不值一提。
我承认，山上绿树青翠欲滴，
我承认，田中原野一望无际，
可是，毕竟，人们只能看到
原本存在的一切。

真实的感受并非理想的愿望，
一旦有了诗意的翅膀，
离开大地，离开地上的一切，
就能看到无尽的泉水奇景，
细想大地上，总有粗陋的东西。
让那些匍匐的生灵承受这一切，
而我，有更高尚的目标，
去建那空中城堡。

博斯韦尔是个不折不扣的梦想家。亨利·戴维·梭罗也断言："如果你建造了空中城堡，你的心血不会白费。它会安然屹立，现在要做的就是为它打好基石。"以名言"追求万能的金钱"和"笔锋胜过剑锋"而闻名的英国政治家、作家爱德华·布尔沃－利顿却没有这么乐观，他认为也许空中城堡的建造不需要花费太多钱，但是"维护成本巨大"。

12. 米洛按了一下按钮，门果然开了

公元一世纪，古希腊数学家海伦设想出了第一个自动门、第一台硬币售货机（用于购买圣水）以及第一台蒸汽机的制造计划。后世认为海伦已经制造出了许多雏形，但这些设想似乎并没有对他那个时代的制造业产生

他们就发动了战争。尽管如此，他们的王国还是在不断地发展壮大，可是智慧王国却日益衰败，没有人能扭转事态。所以，你看，要是韵律和理性不回归，我还得待在这里。"

"也许我们能够拯救她们。"米洛看到"哪个"婆婆这么忧伤，就安慰她。

"啊，这会很困难。"老婆婆回答，"空中城堡离这里很远，而且唯一一条通道被凶残的、坏心肠的恶魔控制着。"

咔嗒发出不安的咆哮，因为他一想到恶魔就感到可恨。

"恐怕一个小男孩和一条狗做不了什么。"老婆婆说，"你们不要在意，这没什么，我已经习惯了这里的生活。可是你们一定要出去，否则这一天就白白浪费了。"

"唉，我们要在这里待六百万年，"米洛叹息说，"而且我也没有找到越狱的办法。"

"瞎说！"老婆婆批评他，"你不必把都有罪警长的话当真。他喜欢把人送到监狱，但从来不管犯人是不是还在里面待着。现在你只要按一下墙上的按钮，就可以出去了。"

米洛按了一下按钮，门果然开了，耀眼的阳光照了进来。

"再见，再见！"老婆婆喊道。

他们走了出来，身后的门关上了。

米洛和咔嗒在灿烂的阳光下眨了眨眼，眼睛刚习惯外

面的光线，就看见国王的五位内阁成员向他走来。

"啊，你在这里。"

"你去哪儿了？"

"我们一直在找你。"

"皇家宴会就要开始了。"

"跟我们来。"

米洛跟在他们后面。他们很激动，一路气喘吁吁的。

"我的车在哪儿？"米洛问。

"不需要它。"定义公爵说。

"不会用到它。"意义部长说。

"那是多余的东西。"本质伯爵说。

"它没有必要。"内涵侯爵说。

"用不着它。"理解次长说，"乘我们自己的车。"

"交通工具。"

"装备。"

"游览车。"

"双轮战车。"

"轻便马车。"

"四轮大马车。"

"有篷马车。"

什么重要影响。

13. 游览车

游览车是一种用于短途旅行的交通工具，它的英文名"charabanc"来自十九世纪早期法语中的"char-à-banc"，意思是"有长凳的车"。这种车在二十世纪早期的英国十分盛行，有的是马车，有的是机动车。

14. 有篷马车

有篷马车是一种由一匹马驾驶、有四个轮子的车，英文名"brougham"的发音和"broom"或"brohm"一致，得名于亨利·彼得·布鲁厄姆（Henry Peter Broughham）。布鲁厄姆是一位苏格兰辉格党政治家，也是一名法学家，致力于教育改革和马车设计。第一辆有篷马车诞生于一八三八年，可以坐两个人，在当时非常时髦。十九世纪末，曾经盛极一时的老式有篷马车获得新生，成了维多利亚时代的出租马车，也是今天伦敦出租车的前身。

13

14

15. 双轮轻便马车

早在十九世纪早期，这个词[①]是对那些破旧不堪、式样过时的交通工具的贬称，类似于我们今天说的"废弃的车（junker）"或"破车（wreck）"。

16. 我们只要不说话，车子就会发动起来。

这是作者小时候最喜欢的双关语[②]。（《N.J.笔记》第一卷，79 页）

15   "双轮轻便马车。"他们一个接一个飞快地说着，然后指向一辆小小的木车。

"哦，天啊，又是这么多词语。"米洛和咔嗒以及五位内阁成员爬进马车，困惑地问，"你们怎么让车开动，因为没有……"

16   "安静！"定义公爵说，"我们只要不说话，车子就会发动起来。"

果然如此！他们都安静地坐好后，车子飞快地动了起来，穿过一条条街道，很快就来到了皇宫大门前。

---

① 指英文原文"shandrydan"。
② 这句话英文原文为"for it goes without saying"，意为"不言而喻"。

皇家宴会

"这边走。"

"跟我们来。"

"走这边。"

"请快一点。"

"走这里。"

五位绅士边招呼着，边从车上跳下来，顿时把大理石铺成的通道堵住了。米洛和咔嗒紧紧地跟在他们后面。他们面前的宫殿很奇怪，要是米洛事先不知道这是宫殿，会认为它是一本巨大的书。书竖在地上，一般用来放出版社名字的书脊处是宫殿的入口。

1. 会认为它是一本巨大的书

作者在这里描绘了一个"拟态"建筑的典型案例。拟态建筑指创造性地将建筑设计成类似某种物体的形状，最早的典型代表是被人亲切地称为"大象露西"的建筑。它位于新泽西州马盖特城，建于一八八一年，外形是头大象，有六层楼高，是一家房地产公司的办公室，也是供路边宣传表演的地方。它在这两方面都功不可没，因此被列入"美国国家历史地标"名录。更近期的例子还有位于明尼苏达州林德斯特伦市的"茶壶水塔"（建于 1902 年），位于纽约市弗兰德斯小镇的"大鸭子"（建于 1931 年，原本用作家禽养殖户的零售商店），还有位于亚利桑那州霍尔布鲁克市的"棚屋旅馆"（建于 1950 年）。这类建筑有时被称作"装饰性"建筑，有些人觉得碍眼丑陋，有些人却很喜欢，例如建筑师罗伯特·文丘里，还有他的合伙人丹尼斯·斯科特·布朗和史蒂文·艾泽努尔，他们在专题著作《向拉斯维加斯学习：建筑形式领域中被遗忘的象征主义》中，就该类建筑的表现力和自由表达方式所体现的文化价值做了论述。但是拟态建筑并不完全是为了标新立异，大型公共建筑领域内最负盛名的案例就是法国国家图书馆。一九九五年，该图书馆从巴黎市中心搬到城市东部的偏远地区，总共有四栋玻璃幕墙建筑在一个下沉花园的四角相对而立，每一栋的设计都和词语国的宫殿一样，像一本竖立打开的书。书架沿着玻璃墙内侧的走廊放置，意在让观赏者把图书馆的规模以及法国丰富的印刷文化一览无余。奇怪的是，在建造几近完工时，才有人意识到书籍长期暴露在阳光下会受到不可修复的损伤，所以又花巨资加装了精心设计的百叶窗来解决这个问题。

一进门，他们就沿着一条长长的通道朝前走。通道里挂满了水晶吊灯，墙壁和天花板上镶满镜子，反射出令人眼花缭乱的人影，脚步声在长长的走廊里回荡，侍从们冷冷地向他们鞠躬。

"我们肯定是来晚了。"走到宴会厅高高的大门前，定义公爵紧张地吸了一口气。

大厅很大，里面全是人，大家都在热烈地聊天和争论。

长长的餐桌上铺满金盘子和亚麻餐巾，每把椅子后面都有一个侍从。大厅的正中间有一把高于其他椅子的王座，上面铺了一块深红色的天鹅绒。王座后面的墙上，挂着王国的盾形纹章，两边悬着词语国的国旗。

米洛注意到有很多人他在市场上都见过。字母商贩正忙着和一群人兴致勃勃地讨论字母 W 的历史。在一个角落里，骗人虫和拼写蜜蜂不知道又在争论什么。都有罪警长在人群中走来走去，嘴里不停地嘟囔着"有罪，有罪，他们都有罪"。一看到米洛，他的脸色立即放晴，走过来说："已经过去六百万年了吗？天啊，时间过得多么快啊！"

不得不等着宴会开始，大家似乎都很不情愿，现在终于等来了这群迟到的客人，顿时松了口气。

"你可来了，老兄！"骗人虫故作亲热地碰了碰米洛的手臂，"作为贵宾，菜单得由你来定。"

"啊，是吗？"米洛不知道说什么好。

"快想想点什么菜。"拼写蜜蜂说，"我快饿死了，h–u–n–g–r–y, hungry, 饿。"

米洛正琢磨着。忽然，一阵震耳欲聋却完全不着调的鼓声传来，把大家吓了一跳。一个侍从进来宣布："**词语国 ABC 国王驾到！**"

2. 字母 W 的历史

W 是最后几个被加入拉丁字母表的字母之一（最后一个是 J）。为了将日耳曼发音融入拉丁语中，中世纪时，W 被列入英文字母表。W 是连字的一个典型例子。连字是一种全新的字母形式，由原来已存在的两个字母组合而成。W 便是由两个 V 组成。人们觉得它的存在有点玄乎，因为它在单词中常常不发音，例如"yellow"和"wriggle"；而且它的名称超长，是唯一一个名称中有多个音节的拉丁字母，另外单从名称一点也看不出它的发音。

3. 天啊，时间过得多么快啊！

这个常见表达可以追溯到拉丁诗人维吉尔的《农事诗》第一卷，第 284 行："时间飞逝，一去不复返。"[①]

---

① 这两个表达英文原文均使用了"time fly"这个短语。

4. 米洛从来没有见过像他一样身躯庞大的人。

"这座城堡是我在书里读到的所有城堡的总和——难以置信地宏大、华丽，国王也是根据所有国王该有的样子来塑造的——体形庞大又自以为是。"（《N. J. 笔记》第一卷，32 页）

5. 一件绣满字母的华丽长袍

费弗在画这幅插画的时候选择了忽略这个设定。

国王从门口大步走进来，把庞大的身躯塞进王座后，不耐烦地喊道："请坐，大家请坐。"

4　　米洛从来没有见过像他一样身躯庞大的人。他有一双敏锐的大眼睛，一个圆滚滚的肚子，灰白的胡子垂到了腰际，左手的小指上戴着一枚银戒指，头上戴着一顶小王冠，

5　身上穿了一件绣满字母的华丽长袍。

"我们的客人是谁？"当大家都坐下的时候，他盯着咔嗒和米洛问。

"陛下，"米洛说，"我是米洛，他是咔嗒。非常感谢您邀请我们参加您的宴会。您的宫殿很漂亮。"

"无可挑剔！"定义公爵纠正道。

"很可爱！"意义部长建议。

"很壮观！"本质伯爵提示。

"很美丽！"理解次长补充。

"很迷人！"内涵侯爵总结道。

"安静！"国王命令，"年轻人，你有什么拿手好戏吗？会唱歌吗？会讲故事吗？会写诗吗？会变戏法吗？翻筋斗呢？你到底会什么？"

"您说的那些我都不会。"米洛坦白。

"真是一个平凡的男孩。"国王评价说，"我的内阁大臣

6. 能够把小东西变成大山

这个表达首次在英国文学史上出现是在约翰·福克斯所著的《殉道史》（1563 年）中："东西足够多但是都很小，只能把小东西变成大山。"英国清教徒的追捧让福克斯的书畅销起来，也使他名声大增，却没有令他富裕起来，因为当时还没有版税一说。再早几个世纪以前，希腊讽刺诗人琉善曾写过把一只小苍蝇变成大象，这一说法后来传入了法语和德语的俗语及传说中。

7. 劈开头发①

与这个短语相关的一个表达"剪头发（cut the hair）"过去常用来形容"对没有差别的事物进行区分"，可追溯至十七世纪。威廉·桑克罗夫特在写到《君主论》的作者时说："马基雅维利建议不要完全否认良知，而是要像剪头发那样谨慎却毫不留情地忽略它，为此他剪掉了自己的头发。"（《一位目击者眼中的现代政策：马基雅维利、波吉亚及其他作者》，1652 年）

8. 在天气好的时候能够晒稻草②

这句轻松愉快的话让人想起晾晒稻草制成饲料这一由来已久的农业技术，最早出现在约翰·海伍德写的《谚语集》（1546 年）中。这是一本关于英文传统谚语的书，书中这样写道："趁着日头好，赶紧晒稻草。"这位鲜为人知但有特别影响力的作家让一些谚语广为流传，有"欲速则不达""乐不移智，娱不纵情""摊上事了""结果好就一切都好""讨饭的不能挑肥拣瘦"等。《神奇的收费亭》后面

---

① 英文原文为"splits hairs"。
② 英文原文为"make hay while the sun shines"，后面提到的谚语英文原文分别为"Haste makes waste""Good to be merry and wise""The fat is in the fire""All is well that ends well""Beggars should be no choosers""Look before you leap"。

6　会做各种各样的事情。公爵能够把小东西变成大山；部长

7, 8　能够劈开头发；侯爵在天气好的时候能够晒稻草；伯爵能一

9　路走一路把所有的石头都翻过来；还有次长，"他接下来的

10　话不那么吉利，"能够用一根线把自己吊起来。你什么都不会吗？"

11　"我能数到一千！"米洛说。

"啊，啊，数数！不要在这里提数字。只有迫不得已，我们才会用到它们。"ABC国王厌恶地说，"你和咔嗒为什么不过来？在我的身边坐下，我们一起就餐。"

"你想好菜单了吗？"骗人虫提醒说。

"想好了。"米洛想起他妈妈曾告诉他，在别人家里做客时吃简单点就好。"我们吃简单点怎么样？"

12

有一个场景用到的"三思而后行"也与这位作家有关。

9. 能一路走一路把所有的石头都翻过来

这个俗语可追溯到古希腊时期。据《起源史》记载："薛西斯一世被希腊人打败后撤退到萨拉米河，却留下曼多尼尔索斯来结束战事。很不幸，这位将军也败下阵来。有传言说他在军营帐篷里埋了大量金银财宝，波利克拉特斯非常想拥有这笔巨大的财富，将这些军营驻地全买了下来。他挖了很久都没找到宝藏，于是前往德尔斐神庙，让那里的祭司询问阿波罗怎样才能找到财宝。祭司答道：'搬开所有的石头。'波利克拉特斯照做了，终于找到了那笔财宝。"（由一位古文物、文学研究者汇编，1824年；谷歌图书扫描影印版）

10. 用一根线把自己吊起来

这句话用来形容形势紧迫，可追溯到公元前四世纪古希腊的一个故事。叙拉古僭主狄俄尼索斯二世当政时期，有一个叫达摩克利斯的朝臣，是个十足的谄媚者、马屁精，狄俄尼索斯二世对他阿谀奉承的话很是恼火，决定给他一个教训。狄俄尼索斯说要跟达摩克利斯交换一天的位置。在为达摩克利斯准备的奢华宴会上，一份惊喜正在等着这位蒙在鼓里的臣子。达摩克利斯正在兴头上时，猛地一抬头，看见一把仅用一根马鬃挂着的致命利剑正悬在他的头顶。达摩克利斯在惊恐中仓皇而逃。据说他后来深刻地接受了教训，意识到人在掌权的同时也会一直处于谨慎和恐惧中。后来西塞罗和贺拉斯都讲过这个故事，使"达摩克利斯之剑"成为习语而广为人知。几个世纪后，莎士比亚在《亨利四世》中再次关注了这个主题，写道："欲戴皇冠，必承其重。"

11. "我能数到一千！"米洛说。

在《爱丽丝漫游奇境》"眼泪池"一章中，受到惊吓的爱丽丝跟向她搭讪的老鼠喋喋不休地讲她的猫。同样，米洛在这里也向词语国国王提出了让对方最不安的话题。

12. 插画

费弗直接用墨水笔画了这个复杂场景中的各个人物角色，对于桌子和饰物却是先用铅笔然后再用墨水笔加描。和往常一样，他对自己渲染静物的水平没有信心。

13. 那我们就来点丰盛的饭菜吧

一种适合词语国的烹调方法（或者摆盘样式）。

"请上五光十色的菜肴①！"骗人虫边喊边挥舞着手臂。

侍从们端着巨大的盘子走进来，把盘子摆在了国王面前。国王一打开盘子上面的盖子，颜色绚烂的光线就从里面窜了出来，在天花板、墙壁、地板和窗户上肆意弹跳。

"这可吃不饱。"骗人虫揉了揉双眼，"但是很好看。也许你可以点一些能吃饱的菜。"

国王拍拍手，盘子就被撤走了。米洛不假思索地说："那我们就来点丰盛的饭菜吧……"

"请上正方形的晚餐②。"骗人虫再次喊道。国王拍拍手，侍从们再次端着盘子进来，盘子里堆满颜色、大小各异，还冒着热气的正方形。"啊，"拼写蜜蜂拿起一个尝了尝，"好像不怎么样。"

似乎没有人喜欢这些食物。骗人虫刚吃了一块，喉咙就被卡住了，几乎背过气去。

盘子再一次被撤走，大家看起来都垂头丧气。"演讲时间到！你先来！"国王指着米洛命令道。

"陛下，女士们、先生们，"米洛怯怯地说，"我想借此机会说……"

---

① 米洛说的是"light meal"，意为简单的饭菜。"light"也有光线之意。

② 米洛说的是"square meal"，意为丰盛的饭菜。"square"也有正方形的意思。

"够了，"国王插话说，"不能把一整天都浪费在说话上。"

"可我才刚开始。"米洛抗议。

"下一个！"国王喊道。

"烤火鸡、土豆泥、香草冰激凌。"骗人虫一边说一边飞快地跳上跳下。真是奇怪的演讲！米洛想。他过去听过很多次演讲，每一次都又长又无聊。

"汉堡包、烤甜玉米、巧克力布丁——p-u-d-d-i-n-g，

87

14. 插画

费弗对跳舞十分着迷，他发表在《村声》杂志上的连载漫画常涉及这个主题，这个宫廷侍者优雅的姿势也鲜明地体现了这一点。

15. 烤火鸡、土豆泥、香草冰激凌

贾斯特对食物的极力赞扬给行文增加了传统经典童书的意味。不管人们是否接受儿童故事与食物有关这一说法，毫无疑问的是，食物以及与此相关的原始冲动、满足感、沮丧感对儿童有很重要的心理意义。刘易斯·卡罗尔以来的作家成功挖掘了这个问题的重要性。例如，肯尼思·格雷厄姆在《柳林风声》的开头叙述了河鼠跟他的新朋友鼹鼠分享野餐篮里的美味食物——还有什么比分享食物更能展现角色大方慷慨的心性呢：

> "有冷鸡肉，"河鼠简短地说，"冷牛舌冷火腿冷牛肉腌小黄瓜沙拉法式面包卷三明治罐焖肉姜汁啤酒柠檬汁苏打水——"
>
> "行啦，行啦，"鼹鼠兴奋地喊道，"太多了！"
>
> "你真的这样觉得吗？"河鼠一本正经地问，"这只是我平日郊游带的东西，别的动物还总说我是个小气鬼，对吃的东西精打细算！"（《第一章·河岸》）

16. 汉堡包、烤甜玉米、巧克力布丁

"我从小就不好好吃饭，直到十几岁，长得很瘦，还挑食。整天有人劝我吃饭——恳求、威胁，说我以后会长不好之类的。青少年时期，我的胃口变好了，特别能吃。书中每个人说出自己最喜欢的食物这一段，源自我不停地向我的父母要热狗、烤甜玉米还有西瓜，当然米洛从不会要求吃这些东西。对我而言，整个场景中我觉得最有趣的就是混在一起的说话声，最棒的是完全是

我说了算。"（《N. J. 笔记》第一卷，32—33 页）

17. "我不知道说什么就得吃什么。①"米洛抗议。

关于短语"to eat one's words"的起源，词源学家及文学史家罗伯特·亨德里克森认为："'神一开口从不食言'是这个说法最早的记录，出现在一五七一年出版的一部跟宗教有关的作品中，意为'蒙羞含辱而退'。还有几个真的吃掉自己说的话的例子，最早的一个发生于一三七〇年，罗马教皇派遣两名代表带着羊皮卷去君主贝尔纳博·维斯孔蒂那里，通知他被逐出了教会。愤怒的维斯孔蒂把这两名代表抓了起来，还逼着他们把羊皮卷和上面的字、铅印等全部吃掉。我想这表示的也许就是'吃掉自己的话'，但这真是个好故事。"（《世界英语俚语词典（修订扩充版）》，纽约：事实档案出版社，1979 年，266 页）

pudding。"轮到拼写蜜蜂的时候，他这样说。

"法兰克福香肠、醋渍酸黄瓜、草莓酱。"都有罪警长坐在座位上喊道。因为他坐着要比站着高，所以没费心站起来。

就这样，大家挨个站起来，简短地说两句，然后坐下。都说完后，国王站了起来。

"鹅肝酱、洋葱汤、烤野鸡、莴苣沙拉、奶酪、水果，还有小杯咖啡。"他慢慢说完，然后鼓起掌来。

侍从立即端着沉沉的、热气腾腾的盘子进来，放在桌上。盘子里装着人们刚才说的食物，客人们都胃口大开，大吃起来。

"开吃吧！"国王用胳膊肘碰了碰米洛，不以为然地看着米洛的盘子，"你的选择我实在无法恭维。"

"我不知道说什么就得吃什么。"米洛抗议。

"当然，当然，这里的人都是这样。"国王咕哝道，"你的演讲应该美味一些。"

米洛环顾了一圈，发现每个人都在埋头大吃，他又看了看自己的盘子，一点胃口都没有，可他真的很饿。

"给，尝一下'翻跟斗'。"定义公爵建议，"好吃极了。"

"品尝一下'废话'。"本质伯爵把面包篮子递过来。

① 英文原文为"I didn't know that I was going to have to eat my words"。

“或者试试‘衣衫褴褛的人’？”意义部长建议。

“你想试试‘同义词’小圆面包吗？”定义公爵问。

“为什么不等你的点心来了再吃？”本质伯爵含糊不清地说，他嘴里塞满了食物。

“我得说多少次你才不会在嘴里塞满食物？”理解次长拍了拍本质伯爵的后背，因为本质伯爵已经被食物噎得喘不过气来了。

“全当耳旁风。”定义公爵也在责备本质伯爵。

“要么这儿出错，要么那儿出错，没完没了。”意义部长斥责道。

“真是每况愈下。”内涵侯爵喊道。

“好了，你们不要对我大发脾气。”愤怒的本质伯爵尖声喊着，飞快地朝他们冲过去。

五个人钻到桌子下面扭打起来。

“立刻给我住手！”ABC国王怒吼道，“否则我把你们都赶出去！”

“对不起。”

“不好意思。”

“请原谅我们。”

“抱歉。”

18. 插画

朱尔斯·费弗在这里展现了他编排混乱场面的娴熟技巧。启斯东警察在激烈争吵时绝不会有这么优雅的姿态。

19. 你以为"半生不熟的观点"是从哪里来的?

根据《牛津英语词典》,"半生不熟(half-baked)"这一说法在一六三七年发表于英格兰的一篇讲话中出现过。在这篇讲话稿中,英国国教牧师罗伯特·桑德森斥责了"假装信仰上帝的教皇追随者和半生不熟的新教徒"。将近两个半世纪后,这个词在一八八一年八月四日发表的《国家》上发挥了相同的作用——贬低政府政策的制定者们那些企图"破坏澳大利亚议会民主制"的"半生不熟的手段"。

18

"很遗憾。"

他们一个接一个地道歉,然后坐下来看着彼此。

接下来,宴会一片平和。国王擦了擦背心上的肉汁油渍,开始叫甜点。没有吃任何东西的米洛急切地抬头盼望着。

"今天我们有一道特殊的点心。"国王说,这时点心的香味已经弥漫了整个大厅,"依照我的命令,点心师傅在半个面包房忙了整晚——"

"半个面包房?"米洛不解地问。

19 "当然,半个面包房。"国王不耐烦地说,"你以为'半生不熟的观点'是从哪里来的?不要打断我。依照我的命令,点心师傅在半个面包房忙了整晚——"

"什么是半生不熟的观点？"米洛再次问道。

"你能不能安静点？"ABC 国王生气地咆哮起来。可是他话音未落，三辆大餐车已经被推进了大厅。大家都一跃而起去自取所需。

"点心很好吃，"骗人虫说，"但你可能不会认同它们。这个就很不错。"他递给米洛一块点心。透过糖衣和坚果，米洛看到点心上写着"**地球是平的**"。

20

"人们吃这个点心已经好长时间了，"拼写蜜蜂解释说，"但是最近不流行了。"他拿起一块长长的点心——上面写着"**月亮是生奶酪做的**"——然后迅速把"**奶酪**"两个字吃掉。"这就是一个半生不熟的观点。"他微笑着说。

21

米洛看着眼前种类繁多的甜品，发现大家几乎没看完点心上的文字，就把它们飞快吃掉了。本质伯爵正在大口咀嚼"**不鸣则已，一鸣惊人**"，国王正忙着把写有"**晚上的空气不新鲜**"那块点心切成薄片。

22, 23

"我要是你的话，就不会吃太多这些点心。"咔嗒说，"它们可能看起来不错，但是吃了肯定会生病。"

"不要担心。"米洛说，"我只包一块，留着以后吃。"说着，他用纸巾包了一块"**一切都会好起来**"。

24

20. 地球是平的

首先认识到地球是球状的人是古希腊天文学家，而不是克里斯托弗·哥伦布。十九世纪的美国作家华盛顿·欧文在其《哥伦布与大航海时代》（1828 年）一书中错误地指出中世纪的欧洲人以为地球像桌面一样平，由此这一错误观念广为流传。

21. 月亮是生奶酪做的

这句话源自一句英语谚语，意思是"只有傻子才相信这样的事"。根据《牛津英语词典》，最早记载于书面的例子可以追溯到一五二九年。

22. 不鸣则已，一鸣惊人①

这句谚语可追溯到十八世纪英国物理学家、数学家及讽刺作家约翰·阿巴思诺特于一七四二年发表的一篇题为《要下就下倾盆大雨（*It Cannot Rain But It Pours*）》的散文。阿巴思诺特还有其他成就：他笔下的角色"约翰牛"成了代表英国的拟人化形象；他还给他的朋友乔纳森·斯威夫特的《格列佛游记》的第三部分——格列佛到访因数学而癫狂的飞岛国的故事提供了创作灵感。亚历山大·蒲柏写了《致阿巴思诺特医生书》，以纪念这位非凡的博学家。

斯威夫特也曾与亚历山大·蒲柏合著过题为《要下就下倾盆大雨》的散文。一个半世纪后，莫顿盐业公司用"每当下雨，必定倾盆（When It Rains It Pours）"作为一种粒状盐的广告语，这种盐在潮湿的天气里也不会溶化，粒粒分明。

23. 晚上的空气不新鲜

这是贾斯特的母亲最喜欢说的话之一。这一说法在

① 英文原文为"It never rains but it pours"。

作者童年时期的流行程度，从这篇一九二四年五月发表
于《美国政治与社会科学艺术年鉴》的文章中可见一斑，
作者艾伯特·史密斯·福特评论道："几乎每种职业的业
内人士都会遇到一些在大众心中根深蒂固的谬论，医生
熟知的是'晚上的空气不新鲜'，律师则是'为了剥夺
某人的继承权，必须留给他一美元'。"（311 页）

24. 一切都会好起来

　　伏尔泰的小说《老实人》（1759 年）中，主人公甘
迪德和他博学的导师邦葛罗斯坚持认为："在这个十全十
美的世界上，一切都会好起来。"但是当两人的旅程快
结束时，"老实人"却对这一观点不那么确信了。伏尔
泰于一七五五年里斯本地震之后以及七年战争期间写了
这部讽刺作品，这些灾难性的事件一度动摇了很多欧洲
人的宗教信仰。贾斯特同那些目睹了如此大规模且毫无
意义的互相残杀的人一样，不再像乐观主义者那样相信
生活中的一切都是由神决定的。

骗人虫主动请缨

　　"再也吃不下了。"定义公爵边打嗝边摸了摸自己的肚
子。

　　"哦，天啊，哦，天啊。"意义部长同意道，他现在连
呼吸都困难。

　　"嗯——嗯。"本质伯爵嘟囔道，竭力吞咽满嘴的食物。

　　"肚子填满了。"内涵侯爵叹息着，松了松裤腰带。

　　"饱了。"理解次长一边咕哝，一边伸手去拿最后一块
蛋糕。

　　大家都吃饱之后，唯一能听见的声音就是椅子的咯吱
声、盘子的碰撞声、舔勺子的吧唧声，以及骗人虫的几句

废话。

"真是丰盛的宴会，准备充分，服务周到。"骗人虫自言自语，"真是一场罕见的盛宴。我感谢厨师，感谢厨师。"忽然，他脸上挤出痛苦的表情，大口喘着气对米洛说："能给我拿杯水吗？我有点消化不良。"

"也许你吃得太多太快了。"米洛同情地说。

"吃得太多太快。"骗人虫气喘吁吁道，"当然，太多太快了。我更应该吃得又少又慢，或者又多又慢，或者又少又快，或一整天什么都不吃，或一口气把所有东西都吃掉，或者偶尔随意吃点东西，或者也许我应该……"他朝后躺在了椅子上，筋疲力尽，嘴里还不停地嘟囔着。

"注意！大家请注意！"国王站了起来，敲了敲桌子。可是，这个命令完全没必要。因为他刚一开口，所有人——除了米洛、咔嗒以及筋疲力尽的骗人虫，都冲出大厅，离开了宫殿。

"各位公民和朋友，"ABC国王继续道，他的声音在空空的大厅里回荡，"在这个欢庆的场合，我们……"

"不好意思，"米洛尽可能礼貌地打断他，"大家都已经走了。"

"我希望没有人注意到这一点。"国王悲伤地说，"每次

1. 插画

朱尔斯·费弗画的 ABC 国王草稿。可以看出戴不戴王冠真的差别很大！

都是这样。"

"他们都跑去吃晚餐了，"骗人虫虚弱地说，"我一喘过气来就要去加入他们。"

"这很荒谬。他们怎么能刚参加完宴会又接着吃下一顿呢？"米洛问。

"真是丢人！"国王喊道，"我们应该禁止这样的事。从现在开始，皇家法令规定，所有人参加完国王的宴会之后不能再吃晚餐。"

"但是这也很糟糕。"米洛反对道。

"你应该说也很好。"骗人虫说，"事情总是有糟糕的一面，也有好的一面。你可以试着看看事情好的一面。"

"我不知道该看事物的哪一面。"米洛无奈地说，"一切都很混乱，你们说的这些话只会让事情更糟糕。"

"真是真知灼见！"不开心的国王用手托住下巴，回想起过去的美好时光，"我们应该做点什么改变这种局面。"

"颁布新法令。"骗人虫兴奋地建议。

"我们已经有和词语一样多的法令了。"国王抱怨。

"那就悬赏。"骗人虫再次提议。

国王摇摇头，表情越来越凝重。

"寻求帮助。"

"讨价还价。"

"惩罚。"

"做简报。"

"采取严厉措施。"

"强制命令。"

"提高要求。"

2. 惩罚 [1]

　　这个俗语可能来源于用电椅执行死刑的重大决定。

3. 强制命令 [2]

　　这个俗语最初与拳击有关，后来用于赛跑。在昆斯伯里侯爵制定拳击比赛规则之前，英国拳击手在拳击场中心画的两条线上面对面站定，然后开始激烈的殴斗，直到其中一名选手确定再也站不起来为止。田径领域里是指在比赛开始前，将一只脚迈向前踩在起跑线上。

---

① 英文原文为"pull the switch"，字面意思为"拉动开关"。
② 英文原文为"toe the line"，有"准备起跑"的意思。

4. 闭关锁国 ①

也许这个俗语最广为人知的出处是一首古老而聒噪的苏格兰民谣《起床来把门闩上》(*Get Up and Bar the Door*)。该民谣讲述了一对夫妻的离奇故事，他们都坚持应该由对方去关门来挡住大风，结果都为自己的懒惰和死要面子付出了代价。

5. "到底为什么？"骗人虫叹了口气。他像墙头草一样，谁说话他就听谁的。

米洛这个年龄的孩子已经具备抽象思维的能力了，能发现他人泛泛而谈中的矛盾之处。他们更是会毫不留情地指出老师和家长的错误。可这里，米洛表现出了异乎寻常的克制，因为他对骗人虫同国王谈话时毫无羞耻感地变来变去视而不见，而且已经做好了冒着极大的生命危险去营救"韵律"和"理性"的准备。

"在所有的童年经历中，没有什么比突然被要求全权负责某件事更让人振奋或者害怕的了。"(《N. J. 笔记》第一卷，35 页)

4　"闭关锁国。"骗人虫挥舞着手臂，上蹿下跳。忽然，他看到国王愤怒的目光扫来，于是立即坐下了。

"也许您应该让韵律和理性回来。"米洛轻轻地说，他正等待一个好时机将这件事提出来呢。

"那样多好啊！"ABC 国王挺了挺身子，正了正王冠，"虽然她们有时候很烦人，但是有她们在，事情就会好很多。"他边说边靠在了王座上，双手抱住脑袋，若有所思地望着天花板，"但是恐怕这件事做不到。"

"当然，这件事根本办不到。"骗人虫重复道。

"为什么？"米洛问。

5　"到底为什么？"骗人虫叹了口气。他像墙头草一样，谁说话他就听谁的。

"太困难了！"国王回答。

"当然，"骗人虫强调，"太难了。"

"要是您真的想做，就能做到。"米洛坚持道。

"无论如何，只要您真的想做，就能做到。"骗人虫附和。

"怎么做？"ABC 国王瞪着骗人虫问。

"怎么做？"米洛也瞪着骗人虫。

"这很简单！"骗人虫忽然希望此刻自己身处别的地方，"对一个拥有一条忠诚的狗和一辆便利的小汽车的勇敢男孩来说非常简单。"

"继续说！"国王命令道。

"是的，请接着说。"米洛也催促他。

"他需要做的是，"一脸痛苦的骗人虫说，"穿越遥远的危险边疆，到达未知的山谷和无人去过的森林，经过陡峭的悬崖、了无人迹的荒原，到达数字国（当然，如果他能够走到那里的话）。

"然后他应该能够说服数字国国王，让他同意释放公主们——当然，他从没同意过任何您同意的事。同样，如果他同意了，您就绝对不会同意。

"之后的事情就更简单了，他只需要到达无知山——那里布满危险的陷阱和可怕的暗影，很多人去过那儿，却很少有人能够活着回来。因为山上有很多恶魔在游荡，寻找着猎物。接着在一个月黑风高之夜（这些山里只有黑夜），轻快地爬上有两千级台阶的旋转阶梯，到达空中城堡。"

骗人虫停了一会儿，喘口气，接着说："再跟公主愉快地交谈一番，剩下的就是穿过恶魔盘踞的悬崖，轻松地回来。这些恶魔发誓要把每个入侵者撕成碎片，吃得渣都不剩。回来之后，会有一次胜利的游行（当然前提是他能够回来），随后还有为所有人准备的美味的热巧克力和饼干。"骗人虫说完，深深地鞠了一躬，然后坐了下来，对自己的发言很是满意。

"我从来没意识到事情如此简单。"国王摸了摸胡子，咧嘴笑起来。

"确实很简单。"骗人虫赞同道。

"我觉得很危险。"米洛说。

"太危险了，太危险了。"骗人虫嘟囔着，仍旧想和所有人保持一致。

"派谁去呢？"咔嗒问，他一直认真地听着骗人虫的讲述。

"这个问题问得很好。"国王说，"但还有一个更严重的问题。"

"是什么呢？"米洛问，他对谈话的走向感到相当不开心。

"恐怕我只能在你回来的时候告诉你了。"说着，国王拍了三下手。侍从冲进房间，很快清理走了盘子、银器、桌布、桌子以及椅子，最后连大厅和宫殿都被收拾走了。他们发现自己站在市场上。

"当然，你知道我很想亲自去。"ABC 国王说。他在广场上踱着大步，对周围的一切视若无睹。"但是，因为这是你提出的想法，因此所有的荣耀和名望也应该归你所有。"

"但是您看……"米洛说。

"词语国会永远感激你的，孩子。"国王打断米洛，一手挽着米洛，一手拍拍咔嗒，"你会在这次旅行中遇到许多危险，但是不要怕，我会把这个送给你，它会保护你。"

国王从长袍里拿出一个书本大小、很有分量的盒子，将它郑重地交给了米洛。

"盒子里是我知道的所有词语。"他说，"大多数你可能永远用不到，有一些你会经常用到。有了这些词，你就可以问没有人回答过的问题，回答没有人问过的问题。所有过去以及将来的智慧之书都由这些词写成。有了它，你就没有不能克服的困难。你要学的就是在合适的地方好好运用它们。"

米洛感激地接受了这份礼物，然后他们一起朝停在广场边上的汽车走去。

"当然，你需要一个向导。"国王说，"既然骗人虫对所有艰难险阻如此了解，那么他应该很高兴自愿做你们的向导。"

"可是……"骗人虫吓了一跳，这可是他最不想做的事。

6

6. 我会把这个送给你，它会保护你

　　有保护或者辟邪功能的礼物经常出现在神话传说和传奇故事中。通常情况下，光靠这些礼物无法解决主人公遇到的困难。更确切地说，主人公必须自己发现礼物的正确使用方法，就像米洛在寻找"韵律"和"理性"的过程中经历的一样。

7. 插画

在《神奇的收费亭》所有的插画中，这幅最鲜明地显示出费当时最敬仰的一位画家的影响，那就是英国现代交叉影线技术大师爱德华·阿迪宗。

爱德华·阿迪宗《素描本 12》中的一幅黑白影线作品。

7

"你们会发现骗人虫既可靠又勇敢，精力充沛、忠心耿耿。"ABC 国王说。听了这么多奉承话，骗人虫飘飘欲仙，居然忘了反驳。

"我相信他会帮上大忙。"米洛边说边驶出广场。

"但愿如此。"咔嗒心想，他可没那么肯定。

"祝你们好运，好运，一定要小心！"国王喊道，目送他们沿着公路远去。

米洛和咔嗒琢磨着接下来的旅程会有什么样的危险。骗人虫在想自己是怎么卷入这个危险的任务的。集市上的人们用力挥舞双手，爆发出一阵阵欢呼，因为他们根本不在乎有什么人来，却非常乐于看到有人离开。

1. 啊，到大路了！

骗人虫对旅行和探险的热情呼应了《柳林风声》中的蟾蜍。蟾蜍向朋友们炫耀他那崭新的马拉大篷车时说道："这辆小马车承载着你们要过的生活。大路、尘土飞扬的公路、荒野、共用公地、树篱、起伏的草原……今天还在这里，明天起床却在别处！"（第二章，29页）

向下长的男孩

很快，词语国被他们远远抛在了后面。绵延在前面的是词语王国和数字国之间广阔的未知之地。现在是傍晚了，深橘色的太阳缓缓沉入远处的山头，凉爽的微风轻轻吹拂，树木和灌木丛投下了长长的、慵懒的影子。

1　"啊，到大路了！"骗人虫深吸了一口气，他已经乐观地认命了。"冒险的精神、未知土地的神秘诱惑以及勇敢追求的冲动，这一切是多么伟大！"他心满意足地抱着胳膊，靠在了座椅后背上。

没几分钟，他们就离开了开阔的田野，来到一片茂密的森林中。

观光路线：通向视野角。

2

一块很大的路牌上这样写着，但是恰恰相反，前面只有越来越茂密的森林。随着车子的行进，树木变得越来越密，越来越高，也越来越繁茂，遮盖了整个天空。忽然，森林到了尽头，大路盘旋在宽阔的岬角上。左面、右面、前方，目力所及之处净是一望无际的绿色。

"太壮观了！"骗人虫兴奋地在车里跳着，仿佛他是这3一切的缔造者。

"真是太美了！"米洛气喘吁吁地说。

"哦，我可不确定。"一个陌生的声音说，"一切都取决于你看待事物的角度。"

"对不起，您说什么？"米洛问，他看不到是谁在说话。

"我说这取决于你看待事物的角度。"那个声音重复了一遍。

米洛一转身，发现眼前有两只干净的棕色鞋子，站（假4使可以使用"站"这个词的话，因为那个人悬在半空中）在他面前的是一个和他差不多大的男孩，他的双脚离地面有三英尺高。

2. 通向视野角

　　随着交通运输工具的改进，游客能前往荒野地带的更深处探险，人们在如何改进体验上花了很多心思。历史学家彼得·J. 施密特指出："一八九八年，地质学家纳撒尼尔·沙勒注意到，在旷野顶风前行或是在山顶眺望远方会阻碍与自然的'精神接触'。沙勒发现有美景环绕左右时，很难专注于一个主题。在题为《风景作为一种文化手段》的文章中，他向《大西洋月刊》的读者展示了如何借助科学原理来限定视野范围，以此保证自己能更好地了解'事物的内心'。"（《回归自然：美国城市中的田园神话》，彼得·J. 施密特著，纽约：牛津大学出版社，1969 年，146-147 页）。直到二十世纪中期，路边观景点才在美国各地的风景旅游线路沿线普及。

3. 太壮观了！

　　诺顿·贾斯特（右）和他的一位游客朋友，于一九四九年夏天在美国科罗拉多大峡谷欣赏美景。

4. 站在他面前的是一个和他差不多大的男孩，他的双脚离地面有三英尺高

这个男孩是米洛新交的密友，也是贾斯特最喜欢的角色之一。他对一切事物都有自己的见解，比如一个孩子如何长大和变成熟才是最合适的。此前，刘易斯·卡罗尔用一句流行语"快长大吧"讽刺简单化的儿童成长模式，而贾斯特在此以极其新颖和幽默的方式对此予以巧妙的回应。

"举例来说，"男孩继续说，"假如你喜欢沙漠，就不会认为这样的景色美了。"

"确实如此。"骗人虫说，他可不想反驳任何双脚离地面这么高的人。

"再比如说，"男孩继续说，"假如圣诞树是人类，人类是圣诞树，那么我们都会被砍下来竖在客厅里，身上挂满锡纸，而树木则在旁边拆礼物。" 5

"这是什么意思？"米洛问。

"没什么，"男孩回答，"但这是一个有趣的可能性，你不觉得吗？"

"你怎么能够这样站着？"米洛转移了话题，因为这是目前最让他感兴趣的事。

"我也有个类似的问题要问你，"男孩回答，"你肯定比看上去老很多吧？否则你不可能站在地上。"

"我不知道你在说什么。"米洛感到很疑惑。

男孩说："在我们家，所有人一出生就在空中，我们头所处的高度正是成年之后的高度。然后，我们都朝下生长。完全长大的时候，我们的脚会碰到地面。当然，我们之中也有一些人不管有多老，脚永远都不会碰到地面，不过我想每家都会有一些特例。"他在空中跳了几步，又跳回原来 6

5. 假如圣诞树是人类

尽管父母都是犹太人，贾斯特家的孩子却都能收到圣诞礼物。这是因为明妮·贾斯特的一个姐姐嫁给了一个爱尔兰人，也就是小诺顿的姨父比尔。比尔是个和蔼的人，诺顿很喜欢他，不仅因为他总是陪伴小诺顿，还因为他的坦率。比尔经常陪诺顿去看牙医，诺顿会问："看牙医会疼吗？"跟其他成年人不一样，比尔会一五一十地告诉诺顿将会发生什么。

6. 在我们家，所有人一出生就在空中

这段话使人想起《格列佛游记》中讲述飞岛国故事中的一段："从前有一个很有独创性的建筑师，他发明了一种盖房子的新方法，即先从屋顶盖起，向下盖到地基。他向我证明这种方法很合理，两种精明的昆虫——蜜蜂和蜘蛛就是这样筑巢的。"（第三部分，第五章，271 页）

7. 我们家的人一开始就站在地面上

在莉莉图书馆保存的最终版打印稿里写着："我只有十岁，但是在我的家里……"贾斯特把"十"圈出来改成了"九"。后来，他觉得最好还是不要详细说明米洛的年龄。（莉莉图书馆，第5档案盒64号文件夹）

8. 你看，你十五岁时看的东西和你十岁看时是不一样的

这个观点从表面看似乎没什么问题，但也暴露出对这个世界和儿童及青少年成长规律的不了解。实际上，从婴儿期到青少年时期，所有人在体力、自制力、认知功能、心理成熟度、自我发展、道德觉悟等方面，都会经历相似的成长阶段。西格蒙德·弗洛伊德、斯坦利·霍尔、让·皮亚杰、阿诺德·格塞尔、爱利克·埃里克森、劳伦斯·科尔伯格等二十世纪的理论家们都为儿童和青少年的心理发展研究做出了卓越贡献。

的位置，"你已经站在地面上了，那么你应该已经很大了。"

7 "不。"米洛郑重地澄清，"我们家的人一开始就站在地面上，然后朝上长，只有长大之后才知道我们有多高。"

8 "真是愚蠢。"男孩笑了，"这样你的脑袋岂不是会在不同的高度停留，你看事情的角度总是在变化？你看，你十五岁时看的东西和你十岁看时是不一样的，等你长到二十岁，一切又会发生变化。"

"的确如此！"米洛之前从来没有考虑过这个问题。

"我们看事物的角度永远都是一样的。"男孩说，"这样就省事多了。而且朝下生长比朝上生长有意义多了。年幼的时候，永远不会因为跌倒而受伤；在半空中，鞋子也不会磨损，地板也不会留下痕迹，因为双脚根本就碰不到地面。"

"这是实话。"咔嗒在想自己家里的其他成员会不会喜欢这样的安排。

"但是也有很多看待事物的其他方式。"男孩说，"举个例子，你早餐会喝橙汁、吃煎蛋、果酱面包片，还有牛奶。"他说着，转头看米洛。"你总担心人们浪费时间。"他对咔嗒说。"而你说的话几乎没对过，"他边说边指向骗人虫，"就算对了，也完全是巧合。"

"胡说八道！"骗人虫愤怒地抗议，他不明白为什么这个悬在空中的小男孩能看穿他的花招。⑨

"了不起！"咔嗒叹道。

"你怎么什么都知道？"米洛问。

"这很简单。"男孩骄傲地说，"我叫阿列克·宾斯。我⑩能看透一切。我能看见事物的本质、事物背后隐藏的东西、与事物相关的一切、被事物掩盖的东西和事物的趋势。事

9. 看穿他的花招 ①

这一说法首次出现在英国医师亨利·鲍尔的著作《实验哲学》（1664 年）中："比我们肉眼可见的最细的头发还要细。"鲍尔是英国皇家学会最早的研究员之一，他在现代显微镜的前身被设计出来之前就开始写作了。

10. 我叫阿列克·宾斯 ②。

据贾斯特所述，这个角色奇怪的名字只是为了和他后面紧接着说的话"我能看透一切（see through things）"押韵，除此之外，没有什么特殊的含义。

---

① 英文原文为"visible to the naked eye"，直译为"肉眼可见"。
② 英文原文为"Alec Bings"。

11. **"说得好。"阿列克说着，翻了个跟头，"她看不到的就会自动忽略。**[1]**"**

这又是一个针对作者父亲或者马克斯兄弟的诙谐双关语。在这段文字的早期版本中，贾斯特加了一些细节："'说得好，'阿列克说道，'她看不到的就会自动忽略。'接着他一跃而起，翻了一个完美的筋斗，然后在空中平躺下来。"（莉莉图书馆，第5档案盒5号文件夹，手写稿第11页）

实上，我唯一看不见的恰恰是眼前的事。"

"这样不是有点不方便吗？"米洛问，他的脖子因为老朝上看变得有些僵硬。

"有一点。"阿列克说，"但是看透一件事非常重要，至于其他方面，我的家人会帮我：我的爸爸留心事情，妈妈处理事情，哥哥洞察事情，叔叔看事情的另一面，小妹妹爱丽丝负责眼皮底下的事。"

"如果她像这样悬在空中，怎么能看到眼皮底下的事？"骗人虫质疑。

11　　"说得好。"阿列克说着，翻了个跟头，"她看不到的就会自动忽略。"

"我有可能像你那样在半空看一看吗？"米洛礼貌地问。

"可以啊，"阿列克说，"但是你必须尽可能像一个成年人那样看问题才行。"

米洛努力试了一下，果然，他的双脚缓缓飘离地面，他和阿列克一样站在空中了。他迅速朝四周看去，不一会儿，他就跌回了地面。

"很有意思吧？"阿列克问。

"是的，很有趣。"米洛摸了摸脑袋，拍了拍身上的尘土，"可是我想我还是会继续像一个孩子那样看待事物。这样不

---

① 英文原文为"whatever she can't see under, she overlooks"。

会摔得太惨。"

"这个决定很英明，至少目前是这样。"阿列克说，"任何人都应该有自己看待事物的角度。"

"难道这不是所有人的视野^①吗？"咔嗒不解地四处张望。

"当然不是。"阿列克回答，他悬坐在半空中，"这只是我的。你总不能老从别人的角度看待问题。比如说，在我看来，这是一桶水。"他边说边指着一桶水，"但是从蚂蚁的角度来看，这就是一片海洋；而对一头大象来说，这只是一杯冷饮；对一条鱼来说，这就是家。所以，你看，你看待事物的方式很大程度取决于你的立场。现在，跟着我，我带你们看看森林别的地方。"

他在空中飞跑，偶尔停下来招呼米洛、咔嗒以及骗人虫跟上，他们在地上紧跟着他。

"这里所有人都像你那样生长吗？"米洛一边紧跟阿列克的步伐，一边气喘吁吁地问。

"几乎所有人都这样。"阿列克说，然后他停下来，想了一会儿，"可时不时的，总会有人发生异变。他们的双脚

---

① 英文原文"point of view"有双重含义，既指看待事物的角度，又是这里的地名"视野角"。

不是朝下生长，而是朝上生长。但是我们会尽量阻止这种尴尬的事情发生。"

"他们会怎么样？"米洛刨根问底。

"会变得很奇怪，他们会长成正常人的十倍大小。"阿列克若有所思地说，"而且我听说他们会在星空中漫步。"说完这话，他又冲向森林。

演奏颜色的交响乐队

他们奔跑的时候，高大的树木纷纷包围住他们，形成美丽的拱形，高耸入云。傍晚的阳光在树叶上轻快地跳舞，又顺着树枝和树干一路滑下来，最终坠落到地面，变成温暖明亮的光斑。柔和的光芒照射万物，一切都看得清清楚楚，仿佛触手可及。

阿列克在前面狂奔，他一路大笑、狂喊，但是很快就遇到了麻烦。因为他总是只能看见远处的树，而看不见眼前的树，所以老是撞到。这样冲冲撞撞了几分钟之后，他们停下来喘了口气。

"我想我们迷路了。"骗人虫气喘吁吁地说，一屁股坐

1. 演奏颜色的交响乐队

一支由颜色而非声音组成的交响乐，这个意象表达了一种特殊的知觉体验，也许三百个人里只有一个人会有，神经学家称之为"通感"。所有通感者都有一种与生俱来的能力，能不由自主地产生感觉或知觉的交叉关联，比如将某些词与特定的味觉或者乐音配对，或者将数字、字母与特定的颜色联系在一起。研究者记录了各种各样的通感体验，并发现通感者在日常生活中所受到的这种特殊"能力"的影响总的来说都是积极的。许多通感者一直以来都以为其他人也像他们那样感知世界，比如把降A大调当成桃红色，或者把苹果的味道同亚麻的质感联系起来，直到身边的非通感者熟人偶然告诉他们事实并非如此。

现代文学界中著名的通感者弗拉基米尔·纳博科夫在其回忆录《说吧，记忆》中写到了这个现象："除此之外，我举了一个听颜色的绝佳例子。或许用'听'这个词不太确切，因为对颜色的感觉似乎是当我想象一个字母的轮廓并将这个字母说出来时产生的。对于我而言，英语字母表中的a是木材风化后的颜色，但是法语中的字母a让我想起抛过光的黑檀木。代表黑色的字母还包括发重音的g（硫化橡胶）和r（一张正在被撕扯的乌黑破布）……

"对于我母亲（也是一个通感者）来说……这都是很正常的事情。"（《说吧，记忆（修订版）》，纽约：克诺夫大众文库，21页）

还是小学生的贾斯特虽然没意识到通感有什么特别之处，但是能很好地把词语和颜色一一对应起来——这是通感最常见的表现形式。贾斯特的数学一直学得不好，后来他把0到9的每个数字都写在纸上，并给它们匹配上不同的颜色，之后，这些数字对他而言就变得"可以理解"了，这位未来的建筑家的成长道路也顺畅了许多。

在浆果丛里。

"胡说！"阿列克坐在高处的树枝上喊道。

"你知道我们在哪里吗？"米洛问。

"当然知道，"阿列克回答，"我们就在现在所在的地方。迷路不是说你不知道自己在哪里，而是你不知道自己没在哪里——我根本不在乎我没在哪里。"

这句话实在是太高深了，骗人虫被弄得糊里糊涂的。米洛刚想好好回味一下，阿列克又说："要是你们不相信我，可以去问巨人。"他指着两棵大树之间的一间小屋。

米洛和咔嗒走到门前。门上的铜牌上只刻了两个字——

2. 我是世界上最小的巨人。

　　这个场景用相对概念和词语定义的灵活性开了个玩笑，同时也是贾斯特对费弗的又一个恶作剧，他向费弗展示了一个无法画出来的角色和情景。但费弗并没有那么容易被难住，他发现可以将同一幅画使用四次，唯一要改变的只是门牌上的标识。他作为胜利者笑到了最后。
（与绘者的访谈，2009 年 4 月 24 日）

巨人。他们敲了敲门。

　　"下午好！"一个身材绝对正常的人开了门。

　　"你是巨人吗？"咔嗒一脸怀疑地问。

　　"当然了。"他骄傲地回答，"我是世界上最小的巨人。 ²有什么需要帮忙吗？"

　　"我们迷路了吗？"米洛问。

　　"这是一个很难的问题。"那个巨人说，"为什么你不绕到后面问一下矮子呢？"他说完就关上了门。

　　他们走到房子后面，后面看起来和前面一模一样，一扇门上有块一模一样的铜牌，只是上面写的是"**矮子**"。他

们敲了敲门。

"你好！"一个看起来和巨人没有丝毫区别的人开了门。

"你是矮子吗？"米洛问，声音里透出一丝疑惑。

"毫无疑问。"那人回答，"我是世界上最高的矮子。你有什么事吗？"

"我们迷路了吗？"米洛又问。

"这是一个非常棘手的问题。"他说，"你为什么不去旁边问一下胖子呢？"然后他也很快消失了。

房屋的侧门和前门、后门完全一样，他们刚敲门，门就打开了。

"欢迎你们来这里。"开门的人说,他长得和矮子一样,两人活像一对双胞胎。

"你一定是胖子吧?"咔嗒问,他可算明白了,不能太相信外表。

"我是世界上最瘦的胖子。"那人欢快地说,"如果你们有什么问题,我建议你们去问一下瘦子,他就住在房屋的另一侧。"

和他们想的一样,房屋另一侧和前面、后面以及刚刚那个侧面一模一样。这次开门的人和前三个人也完全一样。

"真高兴见到你们!"他开心地喊道,"我这儿好久都

3. "嘘嘘嘘嘘嘘嘘嘘！"那人把手指竖在嘴前警告道，把米洛拉近，"你想把这一切都毁了吗？"

诺顿·贾斯特收藏的各版《绿野仙踪》是他儿时尤为珍爱的宝贝。此处贾斯特对其中一段情节做了有趣的改变。原文是一个普通人在承认自己的真实身份：

> "我认为奥兹是个伟大的首领。"多萝西说道。
> "可是我认为奥兹是个窈窕淑女。"稻草人这样说道。
> "而我觉得奥兹是个可怕的怪兽。"铁皮人说。

"Exactly so! I am a bumbug."

"没错！我就是个骗人虫。"

> "但是我觉得奥兹才智过人。"狮子大声喊道。
> "不，你们都错了，"小矮人温顺地说，"我一直在掩饰自己的真实身份。"
> "掩饰自己的真实身份！"多萝西大喊道，"你

没有客人来访了。"

"多久？"米洛问。

"我不知道，"他回答，"哦，不好意思，我得去应一下门。"

"但是你刚刚已经应过了。"咔嗒说。

"哦，是吗？我已经忘了。"

"你是世界上最胖的瘦子吗？"咔嗒问。

"你以为还有更胖的瘦子吗？"那人不耐烦地说。

"我觉得你们是同一个人。"米洛加重语气。

3 "嘘嘘嘘嘘嘘嘘嘘！"那人把手指竖在嘴前警告道，把米洛拉近，"你想把这一切都毁了吗？你看，和高大的人比起来，我是一个矮子；对矮子来说，我是一个巨人；对瘦子来说，我是一个胖子；对胖子来说，我是一个瘦子。这样我一个人就能同时做四份工作。尽管事实上，你知道，我既不高也不矮，既不胖也不瘦，我只是一个普通人。但是世界上普通的人太多了，没人去问他们的看法。现在告诉我你的问题是什么。"

"我们迷路了吗？"米洛再次问。

"嗯。"那个人边说边挠头，"好久都没人问过这么难的问题了。你能再重复一遍吗？我一下子忘了。"

米洛又问了一次。

116

"哦，哦，"那个男人嘟囔道，"我只能肯定一件事，弄明白你现在有没有迷路比弄明白你过去有没有迷路难得多。因为很多时候，你去的地方正是你所在的地方。而你曾在的地方往往并不是你本应该去的地方。鉴于从你没有离开过的地方找路会很困难，我建议你立即去那儿，然后再做决定。要是你还有问题，可以去问巨人。"然后他"砰"的一声关上门，拉上了窗帘。

"我希望你得到了满意的答案。"他们离开小屋往回走时，阿列克说。他站起来，弯下腰唤醒打呼噜的骗人虫。他们又出发了，用比刚才更慢的速度，朝一块大大的空地进发。

"有很多人住在森林里吗？"他们一路小跑的时候，米洛问。

"哦，是的，他们住在一个叫现实城的很棒的城市里。"阿列克忽然撞到了一棵小树，树上的坚果和树叶纷纷落下。"这条路正通往那里。"

又走了几步，森林就到了尽头，映入眼帘的是一个华丽的大都市。屋顶像镜子一样闪闪发光，墙壁像镶满了成千上万颗钻石一样光彩熠熠，大道竟然是用银子铺成的。

"这就是现实城吗？"米洛一边喊一边冲向闪亮的街道。

难道不是一位伟大的巫师吗？"

"嘘，亲爱的，"小矮人说，"说话别这么大声，隔墙有耳，那样我就完蛋了。我应该是个伟大的巫师。"

"难道你不是吗？"多萝西问道。

"我根本就不是什么巫师，亲爱的。我只是个普通人。"（节选自《绿野仙踪·第十五章·发现可怕的奥兹》）

4. 映入眼帘的是一个华丽的大都市

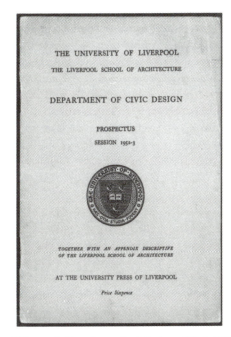

诺顿·贾斯特一九五二年秋就读于利物浦大学城市设计专业的录取通知书。

5. 屋顶像镜子一样闪闪发光，墙壁像镶满了成千上万颗钻石一样光彩熠熠

除了跟另一座虚幻的大城市——奥兹国的翡翠城相似外，"幻觉城"还指代二十世纪中期曼哈顿市中心那样的地方。在那里，各种稀奇古怪、功能多样的社区迅速让位于商业化的摩天大楼。这些大楼耀眼夺目，却毫无特色可言。

6. 主干道①

"Main Street"是美国城市或小镇的标准主道，英式英语将其称为"High Street"，殖民时期引入北美。但是政治变动给地名也带来了改变：大约在独立战争之后，"high"这个词变得不那么受欢迎了，因为美国人不喜欢其中暗含的等级优越感（例如"the king's high table"表示"国王的贵宾席"）。

① 英文原文为"Main Street"。

"哦，不，这是幻觉城。"阿列克说，"现实城还在那边。"

"什么是幻觉城？"米洛问，这是他见过的最可爱的城市。

"幻觉城，"阿列克解释说，"就像是海市蜃楼。"他意识到这么说还是难以理解，就继续解释道，"海市蜃楼是实际并不存在，但你却能清楚看到的东西。"

"怎么能看到不存在的东西？"骗人虫打着哈欠，他还没有完全清醒。

"有时候，看到不存在的东西比看到存在的东西更容易。"阿列克说，"比如说，如果有什么东西在你眼前，你睁开眼睛就能看到；而不在眼前的话，你闭上眼睛也会看得很清楚。这就是为什么人们更容易看到幻想的东西，而不是真实的东西。"

"那么现实城在哪里？"咔嗒低吠着问。

"就在这里。"阿列克挥了挥手臂，"你们现在正站在现实城的主干道上。"

他们仔细地看四周。咔嗒怀疑地嗅了嗅空气的味道，骗人虫小心翼翼挥舞着拐杖，但他们还是什么都没看到。

"这是一个很舒适的城市。"阿列克一边走一边说，还指点了几个景点，但是米洛他们完全看不到。阿列克向路人脱帽行礼，只见一群群的人低头朝前匆匆走着，在不存在的大路上冲来冲去，在看不见的建筑物里进进出出，似乎每个人都有明确的目的地。

"我根本没看到什么城市。"米洛低声说。

"他们也看不到，"阿列克悲伤地说，"但是这不重要，他们根本不会出错。"

"住在一个自己完全看不到的城市可真难。"米洛坚持说。忽然，一排汽车冲了过来，米洛赶紧跳到一边让行。

7. 很多年以前，就在这个城市，有很多漂亮的房子和美丽的景点，住在这里的人从来都不会步伐匆匆。

　　这座生机勃勃的城市跟充满人情味、以社区为单位的理想都市有很多共同之处，而贾斯特的朋友简·雅各布斯在她的里程碑之作《美国大城市的死与生》中曾对这种理想都市大加赞扬。雅各布斯强烈谴责了当时主要的城市规划者和批评家，其中也包括贾斯特的大学导师刘易斯·芒福德。芒福德跟埃比尼泽·霍华德和勒·柯布西耶等城市规划师都赞成对人口聚集区进行整齐划一的设计，而雅各布斯则坚持认为，一个城市有活力的根本在于其充满偶然的、持续变化的人口、资源及事件的汇集。她在这本不同凡响的著作中将矛头直指芒福德，后者恰巧在一九六一年也出版了一部重要作品《城市发展史》，并获得一九六二年美国国家图书奖非虚构类大奖。芒福德在《纽约客》上用好几页的文章对此做出回应。在这场争论的整个过程中，贾斯特跟雅各布斯和自己往昔的老师都保持着友谊：

　　"在我的工作和教学生涯中，我一直对人们如何看待和理解他们周围环境的方式感兴趣——他们如何安排、定位自己在其中的工作和生活，以及他们在多大程度上对环境'失去了感知'。

　　"我确信每个人都曾有过这样的经历，当沿着自己走了无数次的街道漫步时，突然注意到某个之前似乎从来没有注意过的东西，可能是一缕光、一种心情，或者是突然让某件事情清晰可见或者难以忘记的无数影响因素之一。我们往往在自己'生存的空间'里匆匆而过，看不到也体会不到快乐或者愤怒。这真是太遗憾了。"（《N.J.笔记》第一卷，40页）

　　《神奇的收费亭》也隐含着对现代城市生活中去个性化的批评，这跟雅各布斯的中心论点一致。

　　"一点也不难，只要习惯就好。"阿列克说，"让我告诉你发生了什么吧。"他们沿着繁忙喧哗的街道前行时，阿列克讲了起来："很多年以前，就在这个城市，有很多漂亮的房子和美丽的景点，住在这里的人从来都不会步伐匆匆。很多街道风光独好，人们都会驻足观看。"

　　"他们不去别的地方吗？"米洛问。

　　"当然去。"阿列克说，"但是，你知道，从一个地方到另一个地方去，最重要的事情就是观赏路上的风景，所以人们都很享受。可是，某一天，忽然有人发现，要是尽快走，除了脚下什么都不看，到达目的地就会快得多。很快，所有人都这么做了。他们匆匆忙忙地走过街道，完全不看路上优美的风景。"

　　米洛想起他也常常这样。即使开动脑筋冥思苦想，他也记不清回家的路上都有什么风景。

　　"没有人在乎周围的事物。他们走路的速度越来越快，一切也变得越来越丑陋、越来越肮脏。而丑陋和肮脏又让他们更加不想停下，所以脚步变得更快。然后，奇怪的事情发生了。因为没有一个人在乎城中的景象，这个城市开始慢慢消失。一天又一天过去，建筑物变得越来越模糊，街道也慢慢消失，直到最后，一切都消失不见了。"

"那人们没采取什么措施吗？"骗人虫忽然对这件事产生了兴趣。

"没有。"阿列克说，"他们还是像往常一样生活，住在看不见的房子里，走在消失的街道上，谁也没注意这一切。他们一直这样生活，直到今天仍然如此。"

"没有人把这件事告诉他们吗？"米洛问。

"没用。"阿列克答道，"他们太着急了，永远看不到这一切。"

"他们为什么不去幻觉城生活？"骗人虫建议，"那里漂亮多了。"

"许多人去了。"阿列克边说边朝森林走去，"但是住在一个你能看到却不存在的城市，和住在一个你看不到却真实存在的城市里一样糟糕。"

"也许有一天你们的城市会像幻觉城一样真切可见，也像现实城一样令人难以忘记。"米洛说。

"那只有韵律和理性回归才行。"阿列克微笑着说，他早已洞察了米洛的任务，"现在我们得快点了，否则就会错过傍晚的交响乐演奏会啦！"

他们紧紧地跟在阿列克后面，走上了几级看不见的台阶，迈进了一扇看不见的门。不一会儿，他们就离开了现

8. 插画

　　费弗笔下的色彩大师大概是以指挥家阿尔图罗·托斯卡尼尼为原型画出的。托斯卡尼尼出生于意大利,后离开法西斯统治下的意大利逃往纽约。一九三七年,他担任当时新成立的美国国家广播公司(NBC)交响乐团的音乐总监。在 NBC 漫长的任期中,托斯卡尼尼以其充满激情且无可挑剔的音乐才华而家喻户晓。就像跟他同时代的科学家阿尔伯特·爱因斯坦一样,托斯卡尼尼是那一代人心中的"音乐天才"。

8

122

实城，来到了另一片完全不一样的森林里。

太阳慢慢地从视线中消失，远处的山顶上，紫色、橘色以及金色的光线交织闪烁。天空中只剩下最后一束光芒在等着一群鹪鹩回家。心急的星星已经出现在了傍晚的天空中。

"我们到了！"阿列克喊道，挥手指向一支庞大的交响乐队，"壮观吧？" **9**

他们面前至少有上千位音乐家。左边和右边是大提琴手和小提琴手，他们的琴弦像波浪一样摆动；其后是数不清的短笛、长笛、竖笛、双簧管和巴松管，还有喇叭、小号、长号、大号，这些乐器在同时演奏；再后面，他们几乎看不见的地方，是打击乐器；最后一排是气势凝重的低音提琴。

高高的指挥台上站着一位指挥家，个子高高的，身材 **10**
瘦瘦的，黑色的眼睛深陷，薄薄的嘴唇嵌在尖尖的鼻子和尖尖的下巴中间。他手里没有指挥棒，似乎在用整个身体指挥：一阵阵律动先是从脚尖开始，慢慢传到躯干，然后到达肩膀，最后停留在他优雅的指尖上。

"我听不见任何音乐。"米洛说。

9. 挥手指向一支庞大的交响乐队

一支现代交响乐队平均有一百名演奏者，包括铜管乐器、管乐器、弦乐器、打击乐器演奏者。交响乐队的规模从小型演奏团体演化到如今我们所说的"室内管弦乐队"要归功于贝多芬，他为交响乐艺术注入了全新的力量和恢宏的气场，让音乐有了渐强的气势。十九世纪作曲家理查德·瓦格纳以其堪称完美的"聚合的艺术"进一步强化了这一趋势。古斯塔夫·马勒的降 E 大调第八交响曲因其演奏者和歌手的阵容非比寻常地庞大被称为"千人交响曲"。亚历山大·斯克里亚宾将他未完成的作品《神圣之诗》（始作于 1903 年）设计成一场多感官体验的精神盛宴，其中包括大型管弦乐团、彩色管风琴、大型合唱团、舞蹈表演、香气以及其他特效，且表演时间要持续七天。

贾森·爱泼斯坦一直敦促贾斯特删掉描写神秘交响乐团和上帝般的乐队指挥色彩大师的段落，他认为这些对米洛的故事起不到什么作用，还打乱了叙事节奏。明智的贾斯特却不这么认为。关于色彩大师的部分确实跟文稿的其他部分不搭调，这是贾斯特第一次也是唯一一次莽撞地探索一个带有神秘色彩的领域，他试图编织一个关于颜色的起源的神话。不过，贾斯特保留这一部分的决定是正确的，这一章位于故事的中间部分，与下一章也有关联，让人想起《柳林风声》中"黎明时的吹笛人"一章，它们都起到了插曲的作用，主人公在其中获得更广阔的视野，这对于主人公应对即将到来的挑战起到了重要作用。

10. 高高的指挥台上站着一位指挥家

随着管弦乐团规模的扩大，指挥在十九世纪成为乐队中一项独立的职业。在这之前，乐团里的资深成员，通常是首席小提琴手，会在演出时兼任计时员。《神奇的收费亭》出版时，几大交响乐团的指挥大都成了名人，其中最著名的当属纽约交响乐团风度翩翩的年轻指挥家伦纳德·伯恩斯坦。伯恩斯坦以疯狂摇摆的手臂和身体、狂乱的头发和永远满是汗水的额头而闻名，他的投入证明了指挥家的薪水是应得的，即使是怀疑论者也无法质疑这一点。

11.

托马斯·威尔弗雷德一九二三年四月二十二日在克利夫兰公共礼堂的音乐会（下图上）以及一九二四年三月五日和六日在西雅图的柯尼什剧院弹奏克拉维拉克斯色彩投影机（耶鲁大学图书馆馆藏手稿与档案）。

12. 你听不到音乐——你是来观看演奏的。

长期以来，声音的模块建构和色彩光谱之间可能存在根本性关联这一话题深深吸引着哲学家、音乐家和艺术家等。关于这方面的推测自古希腊数学家、哲学家毕达哥拉斯那时就开始了。他猜想天体的运动会源源不断地产生无比和谐的乐音，即"天体音乐"。可惜的是，这种音乐超出了人类所能感知的范围。

受这一理念启发，启蒙思想家们想方设法地寻找与聆听渴望已久的天体音乐近似的体验，那就是把音符逐个与所投射出来的颜色配对，以放大音乐效果。德国耶稣会学者阿塔那修斯·基歇尔在其作品《音乐总论》（1650年）中提出在音调与色谱之间建立精确对等关系的可能性。此后不久，艾萨克·牛顿在他自己发明的色轮的基础上，进一步将此理念细化。然后紧接着就出现了最早的，用艺术家詹姆斯·皮尔的话说"试图将颜色和音乐充满创造性地结合在一起"的乐器。一七二五年，法国耶稣会科学家路易·贝尔纳·卡斯特尔"设计了一种能用声音投射出彩光的可视化大键琴，并希望以此来诠释暗藏于宇宙间的和声次序。卡斯特尔认为色彩音乐类似于天堂失传的语言，在那里，所有人说话都一样。他声称，多亏了他的乐器可以把声音画出来，即使失聪的人也可以欣赏音乐了"（《音阶与光谱》，詹姆斯·皮尔著，《内阁》第 22 期，2006 年夏）。

在十九世纪晚期的欧洲，色彩管风琴得以复兴。受印象主义者的启发，英国发明家亚历山大·里明顿和班布里奇主教合作设计并制作了一件这样的乐器。在同时期的德国，理查德·瓦格纳也在积极寻求高度统一的多媒体艺术。瓦格纳反过来又激发了俄国作曲家亚历山大·斯克里亚宾创作出《普罗米修斯：火之诗》，一首为色彩管风琴和管弦乐团谱写的交响曲。瓦西里·康定斯基则是将调色板上的颜色同特定的音色和情感共鸣联系

"这就对了，"阿列克说，"你听不到音乐——你是来观看演奏的。好了，注意。"

指挥家的胳膊挥舞起来，似乎把空气当成黏土来捏，演奏的人们则小心地遵从他的指令。

"他们在演奏什么？"咔嗒抬头好奇地问阿列克。

"日落。他们每个傍晚都会演奏这个。"

"是吗？"米洛一头雾水。

"当然。"阿列克说，"他们还在相应时段演奏清晨、中午和夜晚，否则世上就没有任何色彩了。每一种乐器都会唤醒不同的颜色。当然，指挥家会根据季节和天气选择不同的乐谱和节奏。现在看好了，太阳快要落山了，不一会儿你们就可以亲自去问色彩大师。"

天空西面最后一抹色彩慢慢消失不见，与此同时，不同的乐器接二连三地停止了演奏，最后只余低音提琴在缓缓演奏夜幕降临的暗沉乐章，还有一组银铃唱亮了夜晚的星空。

当黑暗笼罩整个森林的时候，指挥家的双手垂在身体两侧，一动不动了。

"好美的一场日落！"

米洛一边说，一边走向指挥台。

"那当然了。自世界诞生起，我们就开始练习了。"指挥家伸手把下面的米洛拉上了指挥台。"我是色彩大师，"他夸张地比画着，"色彩的指挥家，颜色和光的管理者。"

"你们每天都要演奏吗？"色彩大师自我介绍之后，米洛问。

"是的，每一天、一天到晚。"色彩大师说完，踮起脚，在指挥台上优雅地旋转起来，"我只在晚上休息，但乐队的演奏并不停歇。"

"要是演奏停下来会发生什么事？"米洛问，他不太相信颜色是这样来的。

"你自己看！"色彩大师高高举起双手，乐队的演奏立即停止。所有的颜色刹那间都消失了，世界就像一本没有上色的巨大填色书，万物都以黑色的轮廓呈现。就算用一套数量庞大的颜料和房子那样大的刷子来涂色，也得忙活上好多年。色彩大师放下手臂，乐队又开始演奏，颜色回来了。

"看到了吧，要是没有颜色，这世界看起来是多么单调。"色彩大师鞠了一躬，下巴几乎碰到地面，"而我的小提琴拉出了春天嫩嫩的青绿，喇叭吹出了海洋的蔚蓝，双簧管奏出了阳光温暖的黄色，这是多么让人开心啊！彩虹是最漂

起来的现代画家之一。

在离我们更近的二十世纪六七十年代，摇滚时代兴起的迷幻音乐和灯光表演是把声音和颜色结合在一起的又一次尝试，被这两种感官体验包围所带来的力量将人们的意识提升至更高的层次。

13. 我是色彩大师

"Chroma the Great（色彩大师）"中"Chroma"是希腊语中的颜色一词。古希腊城邦雅典的市民像重视数学和哲学一样重视艺术，他们将拥有"韵律"和"理性"看作和谐社会的缩影，而这二者恰恰是词语国和数字国所丧失的。

14. 所有的颜色刹那间都消失了

二十世纪六十年代末以前，大部分美国家庭都有了电视，但是直到一九五五年，一半家庭的电视还是黑白的。对于《神奇的收费亭》的第一批读者而言，想象世界失去色彩并不难。

15. 世界就像一本没有上色的巨大填色书

十九世纪，印刷技术的进步使印刷彩色图书首次成为现实，不用再像几个世纪以来那样，先印出黑白插画，再用彩色丝印法或模版印刷法手工逐张上色。更早期的图书，如果其中没有上色，有时要买回家自己手工涂色，因此可以被视为最早的填色书。第一本特意设计成填色书的儿童读物《小家伙的绘画书》于一八七九年由美国麦克罗林公司发行，这是一家具有开拓精神的童书和游戏出版商。该公司在二十世纪初那几十年间达到鼎盛，旗下有一大批插画师和规模巨大的印刷业务，对彩色石印技术的完善起了重要作用。

亮的，我们还能演奏出霓虹灯的色彩、计程车的条纹指示灯，还有雾天安静柔和的色调。所有这一切都是我们演奏出来的。"

色彩大师说话的时候，米洛坐着一动不动，眼睛睁得大大的，用心聆听着。阿列克、咔嗒，还有骗人虫，也早已听得入了迷。

"我真的需要睡一会儿了。"色彩大师打着哈欠说，"我们前几个晚上演奏了闪电、烟花，还有游行的色彩，我一直忙着指挥。今天晚上应该是一个安静的夜晚。"他把大大的手放在米洛肩膀上，对他说："好孩子，你不要睡觉，帮我看着我的乐队演奏吧。明天早上五点二十三分的时候务

16

必叫醒我演奏日出。晚安，晚安，晚安。"

说完，他就从指挥台上跳下去，迈着大步消失在森林里。

"这是个好主意！"咔嗒说着，舒舒服服地躺在了草丛中，而骗人虫早就已经呼呼大睡了，阿列克也在半空中伸了个懒腰。

只有米洛心里装满了问号，蜷缩在明天要演奏的乐章上，眼巴巴地等待着黎明到来。

1. 这是咔嗒的钟上显示的精确时间

在过去的三个世纪里，计时的精确程度在成倍提高。在有钟摆之前，机械钟每天总会快或者慢半个小时。荷兰天文学家克里斯蒂安·惠更斯在十七世纪中叶设计出钟摆，这一革命性设计将每天的误差降低到十秒以内。一六七五年，英国国王查理二世建立了皇家格林威治天文台，并委托伦敦制表大师托马斯·汤皮恩制造了两台精确度史无前例的摆钟。汤皮恩制造的钟表每年只需要上一次发条，误差在每天七秒以内，为英国的海上贸易以及后来的铁路运行提供了计时标准。一七二一年，汤皮恩的朋友乔治·格拉汉姆进一步改进了摆钟的设计，使得每天的误差在一秒之内。一九四九年，哥伦比亚大学物理系教授伊西多·艾萨克·拉比制造了第一个原子钟，它利用某一类分子特有的振动来保持计时的精确。自那时开始，钟表的设计制造取得了连续的迅猛发展。一九九九年，位于科罗拉多州博尔德市的美国国家标准技术研究所将 NIST-F1 铯原子喷泉钟公之于众，该设备将误差降到了两千万年内不到一秒。

2. 米洛忽然想到，要是他来指挥乐队，世界会是什么颜色呢？

"米洛一时冲动，想去指挥乐队，这有点像克里斯托弗·布里斯的《魔法师的学徒》系列。"当他失去控制、无法停下已经启动的变化时，这个场景就变成了一个有关"肆无忌惮地滥用法力"的警世故事。但是贾斯特同样指出了解决此问题的愉快方法："这一混乱和由此失去的时间是一个孩子用来掌控世界和从困境中脱身的终极幻想。"（《N.J. 笔记》第一卷，42–43 页）

在贾斯特为贾森·爱泼斯坦准备的故事大纲中，他是这样描述这一段情节的（他将其称为"色彩王国"）："米洛见到了色彩大师，他正在一架华丽的色彩管风琴上谱

噪音医生与吵吵

1 一小时又一小时过去了。五点二十二分（这是咔嗒的钟上显示的精确时间），米洛睁开了一只眼睛，接着睁开了另一只眼睛。万物都还是紫色、深蓝色和黑色。还有不到一分钟，这漫漫长夜就要结束了。

米洛伸了伸懒腰，揉了揉眼睛，抓了抓脑袋，在清晨的雾气中冻得瑟瑟发抖。

2 "我得把色彩大师叫醒，太阳要升起了。"刚说完，米洛忽然想到，要是他来指挥乐队，世界会是什么颜色呢？

这个想法盘旋在脑海，米洛下了决心。他想，反正这不是什么难事，这些演奏的人都知道怎么做，况且这么早

把人叫醒也不太礼貌……而且，这可能是他这辈子唯一一次指挥的机会。看到演奏的人都准备好了，米洛决定就指挥一小会儿。

大家还沉浸在恬静的睡梦中。米洛踮起脚，轻轻举起胳膊，右手的食指稍微动了动。现在是凌晨五点二十三分了。

乐手们像是完全看懂了他的手势，一支短笛发出了一个音符，东面的天边忽然出现了一抹柠檬色的光。米洛脸

写世界的颜色，米洛被允许尝试一下，结果产生了惊人的后果。"（莉莉图书馆，剩余章节的故事大纲，第5档案盒63号文件夹）

令人惊讶的是，贾斯特在最终版本中决定将这部分改写为米洛主动尝试指挥。这样一来，米洛这个角色便不再那么被动，并对他的行为带来的预想之外的结果负全责。

3. 谁知演奏非但没有停下，反而愈加狂热。

　　贾斯特让米洛见识了什么是"非预期后果定律"。早在约翰·洛克的时代就有经济学家提出过这一概念，后由美国社会学家罗伯特·K.默顿命名。后者在一九三六年发表了一篇题为《目的性社会行动的非预期后果》的文章，其中特别关注了政府政策问题，指出本来意图良好且理性的社会规划却导致非预期后果的五种主要根源：愚昧无知、过失、思想僵化、无视现实和"弄巧成拙的预测"（例如，预测饥荒以期推动农业生产，却无意间增加了饥荒的发生概率）。在这里，米洛的行为是由于无知，或者从成长的角度可以更准确地描述为让·皮亚杰认知发展理论中的"具体运算阶段"，即当一个孩子还不具备抽象思维能力时，除了一些显而易见的后果，还无法预见自身行为的潜在后果。

上露出了幸福的微笑。然后他小心翼翼地弯了一下手指，另外两支短笛和一支长笛也加入进来，空中多了三束跳跃的光线。米洛举起双手，在空中画了一个大圈，他很高兴看到所有演奏者一起开始了演奏。

　　大提琴给山丘披上了一层红色霞光，小提琴给树叶和草丛染上了淡绿色。整个交响乐团给森林染上了各种颜色，只有低音提琴一声不响。

　　看到整个乐团都依他的指挥一如既往地有序演奏，米洛欣喜若狂。

　　色彩大师应该会大吃一惊吧？他一边想，一边示意停止演奏，决定现在把他叫醒。

3　　谁知演奏非但没有停下，反而愈加狂热。万物的颜色随之变得越来越鲜艳、渐渐不真实起来。米洛不得不一手遮住眼睛，一手绝望地挥舞着。颜色却在继续变亮，越来越刺眼，然后，发生了一件更古怪的事。

　　就在米洛胡乱指挥的时候，天空的颜色慢慢从原本的蓝色，变成了棕褐色，接着变成深红色。空中飘下浅绿色的雪花，树木和灌木丛的叶子变成了亮眼的橘色。

　　所有的花朵忽然变成了黑色，灰色的岩石变成柔和的黄绿色，就连呼呼大睡的咔嗒也由棕褐色变成了漂亮的深

4

蓝色。万物的颜色完全变了样。米洛越是想把一切变回原样，事情就越糟糕。

"真是后悔死了。"米洛闷闷不乐地想，一只原本应该是黑色、现在却变成了浅蓝色的画眉鸟从他旁边飞过。"看来没法让一切恢复原样了。"

米洛努力试着像色彩大师那样指挥，但是一点用都没有。乐团还是继续演奏，而且节奏越来越快。紫色的太阳

4. 插画

这幅画中的光束和不落俗套的姿势都体现出罗克韦尔·肯特（1882–1971年）的影响。他是美国一位富于远见卓识的画家、版画家、插画家、作家。

一九二七年，肯特为重新命名且成立两周年的出版公司兰登书屋绘制了一个商标（下图）。第二年，肯特把这个带有围墙和花园的房屋用于兰登书屋出版的伏尔泰《老实人》中的一幅插画，以此描绘凯旋的主人公的家。

匆匆升起又匆匆降落，刚沉入西方不到一分钟，又立刻从东面升起。天空是绚烂的黄色，草地是诱人的紫色。太阳七次飞快升起降落，万物随之不断变换色彩。一个星期就在短短几分钟之内过去了。

米洛不敢求救，眼泪都快急出来了，他筋疲力尽，手臂垂落下来。忽然，乐团停止了演奏，所有的颜色也都消失了，夜晚再次降临。时间是早上五点二十七分。

"大家快醒醒！要日出了！"米洛如释重负地松了一口气，飞快地从指挥台上跳下来。

"睡一觉真舒服！"色彩大师说着，大步走上指挥台，"我感觉自己就像睡了一个星期。啊，今天早上我们有一点晚。我的午饭时间要缩短四分钟了。"

他轻拍一下手，让大家做好准备。这次，黎明完美降临！

"干得很不错！"色彩大师拍了拍米洛的脑袋，"说不定以后我会让你独自指挥整个乐队。"

咔嗒骄傲地摇了摇尾巴，可是米洛一句话也说不出来。

5　除了那些恰好在早上五点二十三分醒来的人，没人知道在这个奇怪的早晨有一周的时间溜走了。

"我们得出发了，"咔嗒说着，闹钟又响了起来，"还有好远的路要走。"

他们动身离开森林的时候，色彩大师点头致意，所有的野花竞相绽放，蔚为奇观，以纪念他们的拜访。

"真希望你们能多待一段时间，"阿列克难过地说，"在视野森林里有好多东西可以看呢。不过只要你睁大双眼，在任何地方都会看到美丽的风景。"

他们一直走着，谁也没说话。不一会儿，大家来到了汽车前。阿列克掏出一架望远镜递给米洛。

"这个，给你在路上用。"他轻声说，"路上总有些风景值得一看，却会被忽略。透过这个望远镜，你能看到所有的东西，不管是人行道裂缝中的青苔，还是夜空中最遥远的那颗星星。最重要的是，你会清楚地看到事物的本质，而不是它们表面的样子。这是我送给你的礼物。"

米洛小心翼翼地把望远镜放进汽车置物箱里，然后和阿列克握手告别。满脑子都是新思绪的米洛一脚踩上油门，车子驶出了森林。

不久，平坦的田野忽然变得坑坑洼洼，起伏不平，车子左摇右晃，他们胃里翻江倒海，眉头紧皱。他们快要到达最高的山顶时，面前忽然出现了一个深深的山谷。车子

6. "看起来像一辆大篷车！"米洛兴奋地喊道。

这个片段让人想起《柳林风声》中，蟾蜍先生这位活力四射的旅行者第一次向河鼠和鼹鼠炫耀他的"吉卜赛大篷车"时的兴奋劲头。

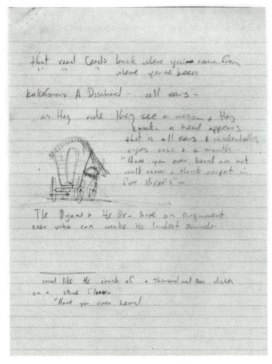

除了卷首地图的草图，这是目前已知的唯一一张贾斯特为《神奇的收费亭》画的画。（莉莉图书馆，第5档案盒34号文件夹）

7. **布赫谢·A. 嘈杂**

这个鬼头鬼脑的角色的原型是作者儿时的医生，一个"大嗓门、声音粗哑，还留着小胡子的人，这让我很多年都对长小胡子的人心有余悸"。（《N.J.笔记》第一卷，44页）

在几乎呈九十度角的路上疾驰而下，仿佛要赶着和下面的河流打招呼。来到谷底后，风越来越猛，直灌进岩石缝隙。他们眼前出现了一个色彩鲜明的小点，小点越来越大。

6　　"看起来像一辆大篷车！"米洛兴奋地喊道。

"是大篷车，嘉年华的大篷车。"咔嗒说。果然如他们所言，是一辆大篷车，就停在路边。车刷成了大红色，看起来

7　废弃了很久。车身上用黑色边框的白字写着"**布赫谢·A. 嘈杂**"，下面还有一行白色边框的黑色小字：**噪音医生**。

"要是有人在里面，他也许知道我们要去的地方还有多远。"米洛把车停在大篷车旁边。

他提心吊胆地踮脚走上了三级木台阶，轻轻敲了敲车门。车里传出一阵巨响，仿佛是一叠盘子从天花板上掉落，砸到了坚硬的石头地面上，米洛被吓得向后一跳。车门猛地被打开了，黑暗的车里传出一个粗哑的声音："你听过一叠盘子从天花板坠落到石头地面上的声音吗？"

刚才被吓得从台阶上滚下来的米洛赶紧坐直。咔嗒和骗人虫从汽车里出来，想看看到底发生了什么事。

"到底听没听过？"那个声音逼问道。它是如此刺耳，让人听了特别想清清自己的嗓子。

"之前没听过。"米洛边站起来边说。

"哈！我就知道你没有听过。"那个声音高兴地说，"你听见过蚂蚁穿着毛拖鞋在厚厚的羊毛地毯上走路的声音吗？"还没等到回答，这个奇怪而嘶哑的嗓音又说："好啦，不要在外面站着受冻了，快进来吧。幸好你们路过这里，你们看起来气色都不好。"

天花板上挂着的灯盏，投下昏暗的光，隐约照亮了车厢内部。他们小心地依次走了进去：先是咔嗒，他全身戒备，以防不测；然后是米洛，虽然害怕极了但还是满脸好奇；最后是骗人虫，随时准备拔脚就逃。 8

"好了，让我看看你们。"那个声音说，"真糟糕，真糟糕，问题相当严重。"

布满灰尘的大篷车里全是架子，架子上放满了奇怪的盒子和古老的药店里才有的瓶瓶罐罐，地板上全是零七碎 9
八的小东西，房间尽头有一张厚重的木桌，木桌上面堆满了书本、瓶子和小摆设，房间看起来就像很多年没打扫过了。 10

"你听过蒙着眼睛的章鱼剥开浴缸的包装纸的声音吗？"话音未落，就响起一阵刺耳的吱吱啦啦的声音。

邀请他们进屋的人正坐在桌子旁边，忙着称重和混合各种材料。只见他穿着一件长长的白大褂，脖子上挂着一个听诊器，额头前戴着一面小圆镜子，全身最醒目的就是

8. 拔脚就逃①

　　这个短语的起源可追溯到一六八五年。在塞奇莫尔战役中，叛军蒙茅斯公爵麾下的一名逃兵被国王詹姆斯二世的军队抓获。但是国王表示，只要他能跑过一匹马，就还他自由。传说这个逃兵赢得了比赛，而国王也没有食言。

9. 古老的药店里才有的

　　据说，最早的药店是第一批药剂师于八世纪开在巴格达。

10. 小摆设②

　　这是一个十九世纪的词，指代那些塞满维多利亚式房间的各种古董、小摆设以及其他收藏品。这个词可能源自法语"*de bric et de broc*"，意为"千方百计"。

---

① 英文原文为"run for his life"。
② 英文原文为"bric-a-brac"。

11. 您名字里的 A 是什么意思？

这个疯疯癫癫的医生的反应完全是马克斯兄弟的风格。

12. 你们严重缺少噪音。

在莉莉图书馆收藏的最终版打印草稿中，这句话之后的段落如下（后来被删掉了）：

"严重吗？"骗人虫一边气喘吁吁地问，一边快速坐下给自己扇着风。

"非常严重。"他从椅子上一下子跳起来喊道，"这么说吧，如果你置之不理，在九十或一百年内肯定会丧命。"（莉莉图书馆，第 5 档案盒 31 号文件夹）

那一撇小胡子和一对硕大无比的耳朵，每只耳朵都几乎和他的脑袋一般大。

"您是医生吗？"米洛尽量镇定地问。

"我是**布赫谢·A. 嘈杂，噪音医生。**"那个男人咆哮道。他说话的时候，传来一阵噼里啪啦的爆炸声和研磨东西的声音。

11 "您名字里的 A 是什么意思？"紧张的骗人虫结结巴巴地问，吓得一动都不敢动。

"表示声音越大越好①。"医生扯着嗓子喊道，伴随他的回答传来两声尖叫以及碰撞的声音，"过来，到我身边来，伸出你们的舌头。"

"和我想的一样，"他打开一本满是灰尘的大书，一页

12 页地翻着，"你们严重缺少噪音。"

他在大篷车里跳来跳去，从架子上取下很多瓶子，然后将这些颜色各异、大小不一的瓶子堆在桌子的一头。所有瓶子上都有整齐的标签：大叫、轻喊、砰砰、当当、轰隆、咕咚、嗖嗖、哗哗、噼啪、哗啦、嘘嘘、咚咚、吱吱、嘎嘎，以及混合喧哗。他把瓶子里的东西每个都倒了一点在大玻

---

① 英文原文为"as loud as possible"，以 A 开头。

13. 插画

费弗画的噪音医生跟格劳乔·马克斯在电影《赌马风波》中饰演的雨果·Z.哈肯布什医生的形象大致一样。

13

璃烧杯里，然后用一把木勺搅拌起来。他两眼一眨不眨地盯着，一直等着烧杯里的混合物冒烟、沸腾、冒泡。

"一会儿就好了。"最后，医生搓了搓手说。

米洛从来没见过这么令人不适的药，一点都不想尝它的滋味。"您到底是什么医生啊？"他满心疑惑地问。

"你可以认为我是一位专科医生。"医生说，"我精通于各种噪音，不管是最吵闹的，还是最温和的，不管是稍微

140

有点烦人的，还是十分刺耳的。比如说，你听过方形轮子的蒸汽压路机在满是熟鸡蛋的街道上行驶的声音吗？"他问道。与此同时，空气中充斥起吵闹的压碎东西的声音。

"可是谁会想要这么可怕的声音呢？"米洛捂着耳朵问。 14

"大家都需要。"医生吃惊地回答，"如今噪音非常流行。我忙得都来不及制造人们订购的噪音药丸、喧哗液、喊叫膏和吵闹补药了。现在所有人都想要这些噪音。"

他又开始搅拌玻璃烧杯里面的药。烟雾散去后，他继续说："几年前生意可没这么好。那时，大家都想听舒适的声音，除了战争或地震时大家会购买一些噪音，其他时间我根本没有生意。可是忽然之间，许多大城市建立了起来，对喇叭声、汽笛声、铃声、震耳欲聋的喊叫声、刺耳的尖叫声，还有我们现在经常使用的许多不和谐声音的需求越来越多，没有这些噪音人们都很不开心。为了满足这些需求，我只好拼命工作。只要你每天吃一点我的药，就再也不想听到任何优美的声音了。来，试一下吧。"

"要是您不介意的话，我不想喝。"骗人虫边说边退到了大篷车里最远的角落。

"再说，"咔嗒咆哮道，他可是打定了主意，心里对这位医生一点好感都没有，"世上根本没有噪音缺乏症这种

14. "可是谁会想要这么可怕的声音呢？"米洛捂着耳朵问。

建筑史学家和批评家刘易斯·芒福德在他影响甚广的作品《城市发展史》中，对现代城镇居民每天接触无数声音所产生的影响进行了总述："如今，大量的试验已经证实噪音可以产生深远的生理影响：音乐可以降低牛奶中的细菌数量，同样，一些因生活压力而加重的疾病，例如胃溃疡、高血压等，也淹没在了忙碌的机动车和飞机的噪声中。"（《城市发展史：起源、演变与前景》，纽约：哈考特布雷斯出版公司，1961年，473页）

15. 我就把这药水都给吵吵①当午饭了

吵吵这个名字包含两个双关语，与"din（喋喋不休的大声喧哗）"是同音词，与"djinn（发 gin 音）"看起来同音实则押韵。"djinn"是阿拉伯语"jinni（或 genie）"的变体。就像阿拉伯民间传说中的魔仆一样，贾斯特笔下的吵吵也会变形。在主人的口令下，他能把自己缩小进一个容器内，还能把自己变成人形或者其他样子。

二○○七年，在谢尔顿·哈尼克和阿诺德·布莱克根据《神奇的收费亭》改编的音乐剧中，噪音医生有三个助手，他们的名字都叫分贝。

疾病。"

"当然没有了。"医生给自己倒了一小杯药水，"这就是它为什么这么难以治愈的原因。我只治疗不存在的疾病，这样就算我不能治愈，也没有什么坏处，当然这只是我们这行的潜规则。"见没人想喝他配制的药水，医生伸手拿下架子上的深琥珀色瓶子，轻轻擦去上面的灰尘，将它放到面前的桌子上。

"好吧，要是你们想一辈子都遭受噪音缺乏症的折磨，我就把这药水都给吵吵当午饭了。"只听"砰"的一声，他打开了瓶子上的木塞。

一时间，车厢里一片安静。米洛、咔嗒，还有骗人虫都大气也不敢出地盯着瓶子，想知道噪音医生接下来要做什么。然后，他们听见仿佛从几英里外传来一阵低沉的轰隆隆的声音。声音越来越大、越来越近，直到变成震耳欲聋的喊叫，似乎有什么正从眼前小小的瓶子里钻出来。然后，瓶子里蹿出一阵蓝色烟雾，烟雾一直冲向天花板，慢慢扩大，最后变成了一个有手有脚、长一对金黄色眼睛、噘着嘴巴的巨人。烟雾巨人一从瓶子里出来，就一把抓住药水瓶，仰起那奇怪的脑袋，咕咚咕咚几口就把药水喝光了。

"啊，很好喝，主人。"他的低吼声让整个大篷车震动

---

① 英文原文为"DYNNE"。

起来，"我还以为您不会放我出来呢。里面实在太挤了。"

"这是我的助手，可怕的吵吵。"噪音医生说，"请不要介意他的样子，他原本没有外形。他是我一手养大的孤儿，并没有家庭教师或其他人来教……"

"没人管才好呢。"吵吵打断医生的话，弯腰大笑。（想想，一个巨大的蓝烟雾巨人弯腰大笑是多么恐怖！）

"我第一次见到他的时候，"医生并不理会吵吵的爆笑，"他独自住在一个废弃的苏打水瓶子里，没有亲人也没有朋友……"

16. 插画

让人意外的是，费弗在这里设计了一个完全来自精神世界的角色，看起来很像漫威漫画中的超级英雄，比如一九六一年秋斯坦·李和杰克·科比创作的"神奇四侠"中的石头人。

17. 请不要介意他的样子，他原本没有外形。

先是出现了幻觉城，一个虚幻的镜子城市，现在出场的是吵吵，一个神秘的烟雾人。在米洛继续寻找韵律和理性的路上，不被烟雾或镜子之类的东西分散注意力对他来说是有益的。

18. 没人管才好呢。[①]

书中几次戏仿"没有消息就是好消息（no news is good news）"这个句式，此处是第一次。被模仿的这句话最早出现在英国作家、历史学家詹姆斯·豪厄尔的《熟悉的来信》（1640 年 6 月 3 日）中。

---

① 英文原文为"No nurse is good nurse"。

19. 没有噪音才好呢。[①]

这当然是骗人虫的台词了，他就像卡罗尔笔下的爱丽丝一样，在某些场合会不经意地发表最不合适且不友好的意见。

20. 要是深夜的时候邻居把收音机开得震天响

一九三一年，三千万个美国家庭中就有一千二百万个拥有至少一台收音机。到三十年代末，大约有四千四百万台收音机投入使用。到五十年代，电视以差不多的速度普及开来（见 www.old-time.com/halper）。

"没亲戚才好呢。"吵吵再次爆笑，就好像几个汽笛同时鸣响，他还拍了拍膝盖。

"我就把他带到这里。"噪音医生恼火地继续说道，"尽管他没有形状和五官，我还是训练他……"

"没有鼻子才好呢。"吵吵再次爆发出雷鸣般的声音，变得歇斯底里。

"我训练他做我的助手，帮我配制噪音。"医生终于说完了，用手帕擦了擦额头。

19　"没有噪音才好呢。"骗人虫愉快地说，以为抓住了这件事的本质。

"一点意思都没有。"吵吵啜泣着，躲到角落里伤心去了。

"吵吵到底是什么呢？"米洛这时已经从看到吵吵的震惊中恢复过来。

"你是说你从来没见过可怕的吵吵？"噪音医生吃惊地说，"我还以为大家都见过他呢。要是你在自己房间里玩，弄出了很多噪音，人们会对你说什么？"

"别吵了[①]！"米洛说。

20　"要是深夜的时候邻居把收音机开得震天响，你会对他

---

① 英文原文为"that awful din"，吵吵的名字"Dynne"就源于此。

144

---

① 英文原文为"No noise is good noise"。

们说什么？"

"别吵了！"咔嗒说。

"要是你居住的街道正在维修，钻头没日没夜地响，大家会说什么？"

"别闹了！"骗人虫自告奋勇地回答。

"**闹闹**，"吵吵恼怒地说，"是我祖父的名字。他在一七一二年的安静瘟疫中去世了。" [21]

看到吵吵那么不开心，米洛觉得很抱歉，他把自己的手帕递给了吵吵。很快，手帕就沾满了蓝色烟雾状的泪水。

"谢谢你！"吵吵抽泣着说，"你真好！不过我真不理解你为什么不喜欢噪音，为什么呢？上周我听到了一个十分动听的爆炸声，感动得哭了两天。"

吵吵百思不得其解，又开始啜泣起来，那声音就像好几双手的指甲在挠黑板。哭着哭着，他把头埋到医生的膝盖上。

"他很多愁善感，对吧？"米洛说，他试着安慰情绪多变的吵吵。

"的确。"噪音医生赞同道，"不过他说得没错，噪音是 [22] 世上最宝贵的东西。"

"ABC 国王说词语是最宝贵的。"米洛说。

21. 一七一二年的安静瘟疫

德国人在一七一二年经历了一场大规模流感，但是众所周知，这一事件与"安静"没有任何联系。

22. 噪音是世上最宝贵的东西

虽然不太可能有人同意噪音医生的说法，但在一九七〇年代，噪音的确成为一种引人注意的现象，被认为在特定情形下可以且应该具有市场价值。随着过度的城市噪音逐渐被认定为一种污染，环保主义者和政府监管部门诉诸现代经济学中"外部效应"这一概念，提出那些强干扰性噪音的制造者应承担法律责任——要么降低噪音，要么付出一定代价。美国俄勒冈州的波特兰市于一九五五年颁布了第一部噪音综合治理法规。

"**胡说！**"医生吼道，"婴儿想吃东西时会怎么做？"

"会尖叫。"吵吵高兴地抬起头来回答。

"汽车没油的时候会怎样？"

"会嘎吱叫！"吵吵兴奋地跳了起来。

"河流想要更多水时会怎样？"

"会哗啦响！"吵吵大喊，无法控制地爆笑起来。

"新的一天开始时会发生什么？"

"天会亮^①！"吵吵欢快地躺在地上，脸上洋溢着幸福的喜悦。

"你看，就是这么简单。"医生对米洛说。但米洛还是一点都没搞明白。医生转头对满脸泪水却又面带微笑的吵吵说："你是不是该走了？"

"去哪里？"米洛问，"也许我们同路。"

"我可不这样认为。"吵吵边说边从桌子上抓起一把空袋子，"我要去搜寻噪音了。你瞧，我每天都要在王国内四处奔波，把所有了不起的恐怖声音和美妙的嘈杂声收集起来，装进我的袋子里，带到这里给医生制药。"

"他干得很不错！"噪音医生捶了一下桌子。

---

① 英文原文为"It breaks"，意为"天亮"，"break"也有"打破"的意思。

"所以哪里有噪音,哪里就能找到我。"吵吵感激地笑着,"我得赶紧走了,因为我知道今天肯定会有刹车声、碰撞声以及喧闹声。"

23

"你们要去哪儿？"医生一边配制另一瓶药水,一边问米洛。

"数字国。"米洛回答道。

"真是不幸,"医生说,这时吵吵拖着步子走到了门口,"真是太不幸了,你们必定会路过寂静山谷。"

"很糟糕吗？"骗人虫忧心忡忡地问。

吵吵在门口站住,没有五官的脸上露出特别恐慌的表情,嗓音医生也浑身战栗,发出像是脱了轨要冲下山谷的货车一样的声音。

"你可以问我,但是你很快就会明白了。"医生伤心地跟他们告别时只说了这么一句。吵吵也飞奔而去。

23. 以及喧闹声

约翰·弥尔顿创造了"喧闹(pandemonium)"一词,将其作为《失乐园》中地狱之城的名字,那里是撒旦的地盘和恶魔们的会议室。这个词来源于希腊语,字面意思是"所有的魔鬼"。

寂静山谷

再次在大路上颠簸前行的时候，米洛心想，这个山谷多么让人心旷神怡啊！骗人虫很投入地哼着古老的曲子，看起来十分享受，咔嗒也一脸惬意地吸着鼻子。

"我完全不明白噪音医生到底在担心什么。这条路上才不会发生什么不好的事呢。"这个想法刚刚蹿进米洛的脑海，他们就穿过了一扇沉重的石头大门，之后，周围的一切便发生了变化。

一开始很难说清到底是发生了什么改变——周围的一切看起来与刚才没有什么不同，闻起来也一样——但不知为什么，听起来却完全不同了。

"这，发生了什么事情呀？"米洛问。他的确问了，但是徒劳无益，因为尽管他的嘴唇动了，却没有发出任何声音。 1

他忽然意识到哪里不对劲儿了，因为咔嗒发出的嘀嗒声完全消失了，骗人虫也变得寂然无声，尽管他还在唱歌。所有的声音都消失了，无论是风拂过树叶的沙沙声，还是汽车行驶时的吱嘎声，抑或是昆虫在田野里飞舞的嗡嗡声。周围听不到一丁点声音，仿佛有人扭动了开关，不可思议地将世界上所有的声音都关掉了。 2

骗人虫忽然明白了眼前的处境，惊慌失措地跳了起来。咔嗒也焦急地查看着自己是不是还在计时。这无疑是一种怪异的感觉：无论你聊天闲谈、喋喋不休、冲来撞去的声音是大还是小，效果都一样，那就是一片寂静。

"简直太可怕了！"米洛边想边放慢了车速。

他们三个开始徒劳地大喊大叫，连车开往何方都无暇顾及，直到把车开进了一大群人中间。这群人正沿着大路游行，有些人正扯着嗓门唱歌，但是声音完全听不见，有一些人扛着大幅的标语，上面写着：

打倒寂静！

没声音等于没饭吃！

1. **他的嘴唇动了，却没有发出任何声音**

寂静山谷和现实城类似，因为它也被当地居民忽略并逐渐消失在视野中。同样，在这个山谷里，贾斯特向我们展示了"声音战胜思想，甚至声音本身"(《N.J.笔记》第一卷，47页)，再一次强有力地展示了世界中充斥着涣散的精神的样子。

2. **周围听不到一丁点声音**

到了一九六〇年，美国那些交通阻塞、过度拥挤的城市是世界上最能体验感官超负荷的地方。贾斯特对这一问题的讽喻跟他建筑师和城市规划专业的身份有关。

3. 插画

费弗画这幅画时还只在《村声》上发表过一幅条漫。这幅条漫里有抗议集会之类的内容，随处可见那种漫画式的平脚板形象。这幅漫画发表于一九五八年一月二十九日，一个穿着商务西装的男士孤零零地挥舞着一个标语牌，上面的字完全被墨水涂掉了，旁白记录了这个郁郁寡欢的男士徒劳地试图把自己跟这个或那个有意义的词语或者口号联系在一起，并融入声援的人群，但总是一次又一次地以失败告终，因为总有新团体出现，并证明上一个团体的奋斗目标毫无价值。最终，这位男士的牌子破了，他还是像以前一样孤零零一个人，但不再执着于他苦甜参半的白日梦——有朝一日可以加入一个成员们都丧失信心、却还团结在一起的团体。

听得到，呱呱叫!

人人皆有声!

还有一张巨大的横幅上简单明了地写着:

我们要听!

除了这些标语和队伍后面拖着的那架黄铜大炮，他们看起来与任何一个小山谷里的居民没有两样。

车停下来之后，有个人举起一块牌子，上面写着"欢

3

迎来到寂静山谷"，其他人竭尽全力大声欢呼，虽然根本就听不见。

"你们是来帮我们的吗？"一个人举着牌子往前一步。

"拜托，请帮帮我们！"另外一个人也来帮腔。

米洛使尽浑身解数想要告诉他们自己是谁、准备去哪里，都无济于事。就在他解释的时候，又有四块牌子冒了出来：

仔细眯看

我们

会告诉你

我们悲惨的遭遇

他们中的两个人举起一块大黑板，另外一个人以最快的速度在上面书写，解释为什么寂静山谷里寂然无声。

"离这里不远处有个地方，"他写道，"原本回声会在那里汇聚、风会在那里栖息。那里有一座巨大的石头城堡，里面住着这片土地的统治者——声音守护人。很久以前，智慧王国的老国王把恶魔赶到遥远偏僻的山里之后，任命她统管过去、现在和未来的所有声音和噪音。

4. 在巨大的地下储藏室里为它们分类归档

据说最早的人类声音的录音是一段女声演唱的法国民歌《致月光》十秒钟的片段，一八六〇年四月九日由一种叫声波记振仪的设备录制。该设备为法国发明家爱德华－莱昂·斯科特·德·马丁维尔发明。二〇〇八年三月二十八日，美国录音收藏协会在斯坦福大学举办的一次会议上宣布了这一录音的发现。该录音比托马斯·爱迪生录唱的《玛丽有只小羊羔》早十七年。

"许多年来，她都是一位睿智英明、受人爱戴的统治者。每天清晨太阳一升起，她就会释放出一天的声音，让它们乘着风穿越整个王国；每个夜晚月亮落下的时候，她便收集起所有陈旧的声音，在巨大的地下储藏室里为它们分类归档。"

书写那人停下笔歇口气，擦了擦额头的汗水。这时，黑板上已经密密麻麻写满了字，他把之前写的全部擦掉，继续开始写。

"她心胸开阔、宽容待人，无论我们犯了什么错，她都能原谅。她为我们提供了所有可能用到的声音：干活时的歌声、炖汤时的冒泡声、斧头砍东西的声音、树木倒下的声音、铰链滚动的嘎吱声、猫头鹰鸣叫的咕咕声，还有鞋子踩在雪里的咯吱声、雨滴轻敲屋檐的美妙声音、吹进心田的悠扬笛声，以及路上的冰碎裂时的噼啪声，这一切都是她给的。"

那人再次停了下来，怀念的泪水涌出了眼眶，从脸颊一直流到嘴里，泪水里承载着对过去美好时光的回忆，既甜美又苦涩。

"所有的声音一旦使用过后，就必须小心翼翼地按字母排好顺序，整齐保存，以供将来参考。大家快乐和平地生活在一起，整个山谷宛若声音的乐园，四处充盈着悦耳动听的声音。可是，后来，一切都变了。

"越来越多的人来这里定居，刚开始的时候人还比较少，后来人们几乎是蜂拥而至。他们带来了新的生活方式和新的声音，这些声音有的非常动听，有的则不然。但是人人都忙着手头的事，几乎没有时间去聆听周围的声音。结果正如你所见，没人聆听的声音永远消失了，再也无法找回来。

"人们的笑声越来越少，抱怨越来越多；唱歌的时间越来越少，大吼大叫的时间越来越多。人们的声音越来越尖、越来越刺耳。后来，鸟儿鸣叫的声音和微风轻拂的声音都很难听到了，很快，人们便不再聆听。"

那人又擦掉黑板上的字，继续写。一旁的骗人虫努力抑制住哽咽。

"声音守护人变得忧心忡忡、郁郁寡欢。一天天过去，可收集的声音越来越少，其中有很多声音几乎没有收集的价值。许多人认为这是由天气造成的，另外一些人则去抱怨月亮。不过大家一致认为，问题是从韵律公主和理性公主被驱逐后开始的。但是，不管原因是什么，人们都一筹莫展。

"之后有一天，噪音医生带着他装满药物的马车和蓝色

5. 结果正如你所见，没人聆听的声音永远消失了，再也无法找回来。

这一评价暗指哲学家和科学家探究了几个世纪的一系列议题，大致是：如果森林里的一棵树倒了，但是没人听见，那么这棵树是否发出了声响？最好的答案是既肯定又否定：从机械意义上来说，树倒下时产生了声波，因此发出了声音；但是从主观体验的角度来说，它没发出声音，因为没有同大脑或者其他有感知器官相连的感受器，例如耳朵，捕捉到并理解这些声波。贾斯特在这里引用这一古老的难题是为了强调人们所处的一种情形，即身体虽然在场，但没有集中注意力去感知。

6. 保证治好所有人，解决一切问题

这里，给米洛和他的伙伴讲述这个故事的寂静山谷的抗议者将噪音医生描述成了一个江湖郎中。这一形象第一次出现是在十六世纪的英国，当时被称作"庸医"（也就是我们这里提到的江湖郎中），在美国成立之初的几十年被称作"巫医"。后者是对美国土著的萨满巫师含沙射影的称呼，让人联想到那些无耻的四处叫卖自己灵丹妙药的艺术骗子兼治疗师。为了吸引人群，他们通常把脸涂黑，边走边玩杂耍来热场。标准石油公司创始人的父亲威廉·A.洛克菲勒医生就是这样的骗子，同属于 P.T. 巴纳姆之流。据说，洛克菲勒常常吹嘘："我一有机会就骗我的儿子们，好让他们变精明。"（《世界英语俚语词典》，595—596 页）

烟雾巨人吵吵一起出现在了山谷。他给山谷的居民做了一次彻底的检查，并保证治好所有人，解决一切问题。于是，声音守护人让他试一试。

"他给每个大人和小孩喂了几勺特别难吃的药。那药确实有效果——但却不是我们期望的那种效果，他什么都治好了，就是没有治好噪音。声音守护人无比愤怒，她将医生永远地驱逐出了山谷，并颁布了以下法令：**即日起，声音山谷将保持寂静！因为没人欣赏声音，所以我要将它废除。请诸位速速将所有尚未使用过的声音送归城堡！**"

"从那之后就一直这样了。"写字那人满脸悲伤地写道，"我们无计可施，根本不知道怎么改变现状。如今，我们每天都会遇到新的难题。"

一个矮小的男人挤过人群，将手中抱着的一堆信件和便笺交给了米洛。米洛拿起一张，只见上面写道：

尊敬的声音守护人：

　　我们上周有一场雷阵雨，但是雷声现在还未到。请问我们还要等多长时间？

您真挚的朋友

154

他又拿起一封电报，上面说的是：

演奏会非常成功，我们何时可听到音乐？

"现在你明白了吧？"那人继续写，"这就是为什么我们需要你帮我们进攻城堡、解放声音。"

"我能做什么呢？"米洛写道。

"你去拜访声音守护人，从她的城堡里带回一个声音，不管多小都可以，我们需要用它来装填大炮。哪怕是用最小的声音攻击，城堡也会崩塌，那么其他的声音就自由了。这确实不是易事，因为她很不好骗，但是请你试一试。"

米洛只稍微考虑了一下，便作了决定，果断决定前去。

没多久，米洛就一脸英勇地站在了城堡门前。他在一张纸条上整齐地写下了"咚、咚、咚"，然后从门底下塞了进去。很快，那扇巨大的门便打开了，他连忙走进去，门紧跟着关闭了。他听到一个温和的声音响起："来这边，我在客厅里。"

"我能说话了吗？"米洛高兴地喊了出来。能再次听到自己的声音真是太好了。

155

7. **来这边，我在客厅①里。**

客厅一词来源于法语词"parler"，意为"说话"。在中世纪的修道院里，"parlor"指修道室，僧侣们可以在那里自由自在地聊天，而不用努力保持祈祷时的沉默。维多利亚时期，这个词指装修精美的住宅的展示厅。这是一个较为正式的房间，用来接待客人，并展示主人最宝贵的财物。

———————————
① 英文原文为"parlor"。

8. 这台收音机非常庞大

这台引人注目的斯特龙伯格－卡尔森牌深色木质落地式收音机在款式和复古风格上，都跟贾斯特位于布鲁克林区弗拉特布什大街的家中摆在餐厅的收音机相差无几。（见 www.antiqueradios.com）

9. 这是我最喜欢的节目——《沉默十五分钟》

十五分钟是早期系列广播剧每集的标准播放时间。然而沉默是所有主播的大敌。

作曲家约翰·凯奇却不这样想。一九五二年，他首次在音乐会上让听众体验寂静，以此来替代一场较为传统的音乐会。一些批评家对凯奇不屑一顾，认为他是个

"对，但是只能在这里说。"那人柔声回答，"现在来客厅吧。"

8 米洛缓慢地穿过门厅，进入了一间小房间。声音守护人正坐在里面专注地听收音机。这台收音机非常庞大，它的开关、转盘、把手、仪表和扬声器布满整面墙壁，可是，它并没有播放任何节目。

9 "是不是很动听？"她轻叹道，"这是我最喜欢的节目——《沉默十五分钟》，之后是《半小时的安静》，再之后是《宁静的插播》。喂，你知道吗？安静的种类几乎和声音一样多，但是，很可惜，如今没有人注意这些。你曾聆

10 听过破晓前那美妙绝伦的寂静吗？"她问，"或者是暴风雨刚刚平息后的安静和沉寂？当有人问你问题你却不知道怎么回答的时候，我想那种静默你是懂的；夜晚降临时乡村道路上的寂然无声也别有一番风味。一屋子人等着一个人讲话时的肃静是不是也很特别？而最美妙的是关上门独自一人待在屋子里所面对的那种寂静。每一种寂静都独一无二、与众不同，如果你仔细聆听的话，就会发现它们是那么悦耳动人。"

她说话的时候，从头到脚挂在她身上的几千个小铃铛发出清脆的声响，仿佛是在回应她。这时，电话响了起来。

对一个喜欢寂静的人来说,她可真是能言善道,米洛想。

"我曾经可以听到任何时候从任何地方发出的任何声音,"声音守护人边说边指着那面收音机墙,"但是现在,我只能……"

"很抱歉,"电话还在响个不停,米洛打断了她,"您不打算接电话吗?"

"不,不,当然不,在听节目的时候怎么可以接电话呢?"

爱作秀的骗子。凯奇则反击纯粹的寂静一般情况下是不存在的,日常生活中那些无意间发出的声音能给任何敞开心扉聆听的人带来不可名状的快乐。凯奇这种极简的、抽象的、以及带有神秘色彩的音乐理念与同时代的罗伯特·劳申伯格、赛·托姆布雷、阿道夫·弗雷德里克·莱因哈特的全白及全黑画作形成了艺术上的呼应,都来自于想让艺术摆脱技巧及传统表现手法的渴望。

10. 但是,很可惜

在莉莉图书馆的最终版打印草稿中,这让人难忘的一段是这样写的:"'为什么安静的种类几乎和声音一样多,却没人注意它们?'"贾斯特在此处用铅笔加上了"如今"二字,从而进一步强调了让人怀念的往昔与现在的对比:以前人们很关注声音,而现在的人则对声音毫不在意。在早已不存在的后期草稿中,作者又润色了这一段,把这句话分成两句并加了些文字:"'喂,你知道吗?安静的种类几乎和声音一样多,但是,很可惜,如今没有人注意这些。'"(莉莉图书馆,第5档案盒64号文件夹)这些变化累加起来的效果就是将对安静的忽视看作人类共同的损失,而不仅仅是个人的不幸。

她回答，顺便将寂静的音量调大了一些。

"可能有什么重要的事也说不定。"米洛坚持道。

"根本没什么要紧事，"她安抚米洛，"这是我自己打的。待在这里太孤独了，四周寂静一片，根本没有声音可分配和收集，所以我每天给自己拨七八次电话，来确认自己是否还好。"

"那么您还好吗？"米洛礼貌地问。

"恐怕不是很好。我整个人都好像静止、凝固了。"她发着牢骚，"啊，对了，你怎么会来这儿？啊——你是来参观我的地下室吧？它们一般只在周一下午的两点到四点对公众开放。可是，看你远道而来，我就破次例吧。请跟我来。"

她飞快地跳起来，走出客厅。身上的小铃铛伴随着她的动作发出一阵清脆悦耳的和声。

"你不觉得这些铃铛声很好听吗？我爱死它们了，"她说得很快，"而且它们非常有用，因为我经常会在这个巨大的城堡里迷路，这个时候，我只要听听它们的声音，就知道自己在哪儿了。"

他们走进了一间很小的像笼子一样的电梯，四十五秒后，电梯停在了一间巨大的地下室。地下室里遍布一排排文件柜和储藏箱，它们向各个方向延伸，甚至堆到了天花板。

"有史以来的所有声音都保存在这里。"声音守护人边说边牵着米洛的手穿过一条走廊。"看这儿，"她打开一个抽屉，取出一个小小的棕色信封，"这是一七七七年那个冰冷的夜晚，乔治·华盛顿穿过特拉华州时吹的口哨声。"

米洛凑过去听了听，毋庸置疑，这确实是乔治·华盛顿的口哨声。他看着声音守护人关上抽屉，问："可是您为什么要把它们全部收集起来呢？"

声音守护人一边带着米洛在走廊里漫步，一边向他解释："如果不把它们收集起来的话，空气里就会挤满陈旧的声音，它们会四处冲撞、蹦来跳去，那样麻烦可就大了，因为你不知道自己听到的是崭新的声音还是陈旧的声音。而且，我也喜欢收藏东西。声音的种类比世界上任何一种事物的种类都要多，它值得收藏。你看，我这里什么声音都有，不管是一百万年前的一只蚊子的嗡嗡声，还是你妈妈今天早晨对你说的话，如果你两天后再来，我会告诉你她明天讲了什么。这其实非常简单，我演示给你看。你先说个词——什么词都行。"

"你好！"米洛此刻只能想到这么个词。

"你觉得现在它去了哪里呢？"声音守护人微笑着问。

"我不知道，"米洛耸了耸肩，"我总觉得……"

11

12

13

159

11. 有史以来的所有声音都保存在这里。

这一幻影般的场景表明了贾斯特和阿根廷作家博尔赫斯的关联，后者的短篇小说《巴别图书馆》于一九四一年以西班牙语首次发表，并于一九六二年在美国出版了两个英文版本。在这个故事中，博尔赫斯想象出了一个梦魇般的场景：在一座中央资料库中，印刷文字的每一种可能的组合都以图书的形式被收集起来，并随意放在书架上。胡言乱语和岁月沉淀的智慧并排陈列，找到通往后者的道路几乎到了不可能的地步。贾斯特笔下的声音守护人则采用了更传统的档案管理方法，有意识地将全宇宙的声音按字母顺序保存下来。

12. 而且，我也喜欢收藏东西。

贾斯特是个收藏爱好者，终生都在收集地图。他保存了很多《神奇的收费亭》及他的其他书的草稿和笔记。这些收藏目前都保存在印第安纳大学的莉莉图书馆，与厄普顿·辛克莱、伊恩·弗莱明的作品以及伊丽莎白·鲍尔收集的低幼图书存放在一起。

13. 你觉得现在它去了哪里呢？

"我认为几乎每个孩子都想知道声音、事件、看法出现后还会发生什么。它们会一去不复返吗？失去了就不可挽回吗？还是它们可以被恢复或者正等着被带回来？收集、组织、分类、重复使用或者再体验声音似乎可以引起小读者的兴趣。这一点在我收到的很多信件中都有所提及。"（《N.J.笔记》第一卷，48页）

"许多人都和你一样。"她轻哼了一声，目光凝视着某一条走廊，"来，让我看看。首先我们要找到存放今天的声音的储藏柜。啊，找到了。然后我们就按查找首字母的方法在 G 名目下找——G 代表问候语①，然后我们再找米洛的首字母 M。啊，它已经在信封里了。所以，你看，整个体系都是自动化的。惭愧的是，我们几乎不再使用它了。"

"这简直太棒了！"米洛大吃一惊，"我可以要一个小声音做纪念吗？"

"当然……"她满脸骄傲地顺口答道，但是立即又想到了什么，于是补充道，"不能！千万不要试图拿走这里的任何声音，这是违反规定的。"

米洛一下子变得垂头丧气。他根本不知道如何才能偷出一个声音，哪怕是最小的声音，因为他的行动完全处在声音守护人的监视之下，根本逮不到机会。

"接下来我们去看一下车间吧。"她带着米洛飞快地穿过另一扇门，进入了一间庞大的实验室。这间实验室已经废弃很久了，里面堆满了陈旧的设备和零件，因为没人打理，东西都生了锈。

---

① 英文原文为"greeting"，意为"问候"，首字母为 G。

"这里就是以前制造声音的地方。"她解释道，语气里带着对过往的留恋。

"声音需要制造吗？"米洛问，他几乎被声音守护人所说的一切震住了，这可是闻所未闻啊，"我以为它们是自然存在的。"

"没人知道我们为了制造声音付出了多少努力。"她不无抱怨地说，"你知道吗？以前，这个车间里满满当当的都是人，人们为了制造声音从早忙到晚。"

"可你们是如何制造出一个声音的呢？"米洛问。

"哦，这个非常容易。"她回答，"首先必须确定一个声音的样子，因为每个声音都有其精确的形状和尺寸，然后在车间将它们制造出来，再把每个声音研磨三次，直到它成为肉眼看不见的粉末，之后，每次要用它的时候，就往空气里撒一点粉末。"

"可我可从来没见过任何声音啊。"米洛仍然不明白。

"你是从来没在外面见过。"她边说边指着四周，"只有在至寒的清晨，它们被冰冻住的时候，人们才可能看到。但是在这儿，我们随时随地都能看见它们。过来，看这个。"

她拿起一根木槌，在旁边的低音鼓上敲了六下，只见六个巨大的棉球静静地滚落到了地板上。它们就像羊毛一

14. 因为每个声音都有其精确的形状和尺寸

通感者们注意了！在接下来的段落里，贾斯特给笑声、掌声、乐音及其他常见的声音都匹配了让人信服的视觉等同物，向我们展示了不管我们神经系统的特殊连接与通感有关还是无关，建立隐喻联系的能力都极大地丰富了我们的感官生活。

15. 插画

　　下面这张草图展示了作者写作时的敏捷思路。注意，清单的内容为这幅插画对应的段落提供了灵感。（莉莉图书馆，第 5 档案盒 34 号文件夹）

样蓬松，每个直径大约两英寸。

"你看，"她边说边把几个棉球放进研磨机里，"听着。"她取了一点无形的粉末扔到了空气中，随后，空气里响起了"咚、咚、咚"的声音。

"你知道鼓掌的声音是什么样的吗？"

米洛摇摇头。

16

"你来试一下！"她命令道。

米洛拍了一下手，只见一张洁净的白纸飘落到地板上。他又拍了三下手，地板上出现了三张相同的白纸。接着，他以最快的速度鼓掌，空中便飘满白纸，宛若瀑布。

"是不是很简单？其实所有的声音都是这样，只要动脑筋想一下，马上就能知道每个声音会是什么样。比如说笑声。"说完，她欢快地笑了起来，千万个明亮耀眼、五彩斑斓的小泡泡便在空中飞舞起来，之后又悄无声息地破裂了。"讲话也是这样，"她继续说，"有些轻松欢快，有些尖锐率直，但是我觉得，大部分都是沉闷无趣的。"

"那么，音乐又是怎样的呢？"米洛兴致盎然地问。

"在这儿——我们在织布机上织出音乐来。交响乐呢，就是一块华丽的大地毯，里面镶嵌着各种节奏和旋律；协奏曲就是挂毯；其他各样的布料就是小夜曲、华尔兹、前

16. 你知道鼓掌的声音是什么样的吗？

　　声音守护人这一让人疑惑的问题似乎是对禅宗谜题"一只手的鼓掌声是什么样的？"的回应。她就事论事的回复以及费弗的整页插画都让人想起庆祝游行时抛撒的纸带，每当纽约市为国家治理、太空探索及体育界的杰出人士举办规模盛大的庆典时就会出现这样的场景。

奏曲和狂想曲。我们还有你们经常唱的歌曲呢。"说着说着，她哭了起来，拿起一块颜色鲜亮的手帕。

停了一会儿，她用无比悲伤的口气说："我们还有一个部门，专门负责把大海的声音放到贝壳里。以前，这里是一个多么快乐的地方啊！"

"那您现在为什么不为大家制造声音了呢？"米洛急切地喊了出来。他的声音是如此之大，以至于把声音守护人吓得往后退了一步。

"年轻人！别这么乱喊！要说这里还需要什么的话，那就是噪音越少越好。到这儿来，我把所有的事都讲给你听——马上把那个放下！"她最后一句话是对米洛的警告，因为她看见米洛正努力把一个大鼓声往口袋里塞。

很快，他们再次回到客厅。声音守护人坐到椅子上，小心翼翼地将收音机调到《一小时的特别宁静》节目。米洛又把刚才的问题提了一遍，不过这次，他压低了声音。

"把声音关起来，我一点都不开心。"她轻声说，"假如我们认真聆听，就能发现有些时候它们更胜于言语。"

"如果真是这样的话，"米洛对她的话毫不怀疑，"您为什么不把它们释放出来呢？"

"我绝不！"她大叫道，"人们只会用它们制造出模样丑陋、不堪入耳的可怕噪音，我把那些噪音都留给了噪音医生和可怕得不得了的吵吵。"

"但是噪音里也有好的声音呀，对吧？"米洛努力想让声音守护人改变主意。

"没错，可能是这样。"她回答，但仍然很顽固，"但是，如果他们不打算制造我喜欢的声音，那么就什么声音也别想制造。"

"可是——"米洛想再次开口劝说，又忽然停了下来。 17 他本来打算说这样并不公平，可估计冥顽不化的声音守护人根本不会听。这时他忽然灵机一动，想出了能将小声音带出城堡的方法。就在"可是"这个词即将出口但还没有飘到空中的一刹那，他紧紧地闭上了嘴。这样一来，他刚才说的那个"可是"就被他关在了嘴里，只要他不松口，它就不会跑掉。

"行了，我也不能让你一整天都待在这里。"声音守护人不耐烦地说，"把你的口袋翻出来让我检查一下，如果没有偷东西，你就可以走了。"

米洛听话地翻出口袋让她检查，然后向她点头道别——他可不能张嘴说"谢谢您"或是"再见"什么的，否则关在嘴里的声音就会溜走了——之后，他飞快地跑出了大门。

17. "可是——"米洛想再次开口劝说

这里，米洛可以说的话有很多，但他选择了"可是"这个表示转折的词来攻破声音守护人那座不可理喻的顽固城堡实在很有创意。

1. 它就在我的嘴里。[①]

　　这个表达和一种有趣的记忆提取现象有关。心理学家已经研究了这一现象四十多年，至今仍没有满意的解释。贾斯特使用了这个表达的字面意思，达到了一种喜剧效果。

倒霉的结论岛

　　米洛一路都把嘴闭得紧紧的，丝毫不敢放松。他脚下生风般飞速赶回汽车旁。人们看到他回来，无不喜出望外。咔嗒欢快地冲到路上迎接他，于是只剩骗人虫独自接受来自周围人的欢呼和喝彩。

　　"声音呢？带来了吗？"一个人急匆匆地在黑板上写道。之后大家都焦急地等待着米洛的回答。

　　米洛屏住呼吸，拿起粉笔，简单地在黑板上写道："它就在我的嘴里。"

　　好几个人兴奋地把帽子抛到了空中，一些人开始大喊大叫，要是有声音的话，欢呼声一定震耳欲聋。人们把那

---

① 英文原文为 "It's on the tip of my tongue"，这句话还可以理解为"话就在嘴边"。

台沉重的大炮推向前，把炮口对准城堡最厚实的城墙，并满满当当地装上了火药。

米洛踮起脚，贴着大炮口张开了嘴。那小小的声音悄无声息地落了下去。一切都准备就绪。不久，导火线被点燃了，噼里啪啦，火花飞溅。

"但愿不要有任何人受伤。"米洛想。他还来不及想更多，一团巨大的灰白色烟雾就从大炮里冲了出来，随之而来的是几不可辨的、极小声的——

可是

它在空中划出一条高高的、冗长的弧线，冲向城堡，几秒钟后轻轻地击在了大门右边。好一会儿，周围都被不

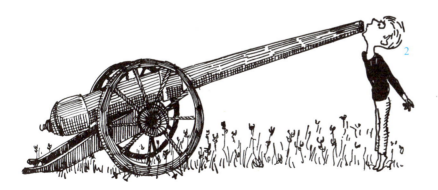

2. 插画

朱尔斯·费弗绘制"可是（but）"炮弹从大炮中射出的练习稿。

在一组题为《要事》的笔记中，贾斯特记录了他对一系列叫作"可是人类"的角色的想法，"可是人类，像但不是人类，也许是山羊"。（莉莉图书馆，第 5 档案盒 34 号文件夹，第 48 条）这一初步概念后来变成了此处插画中的场景。

作者选择这个以字母 B 开头的词语作为从大炮中发射而出的炮弹是出于发音的考虑。语言学家将字母 B 的发音称为爆破音，即通过关闭口腔使空气流通受阻，接着快速释放气流而发出声音。

祥的寂静笼罩。整个世界似乎变得比以前更安静、更沉寂了，仿佛连空气都停止了流动。

但紧接着，响起了爆炸、怒吼和雷鸣般的破碎声，然后是倒塌、坍裂、坠落的声音。城堡坍塌了，石头不断滚落，地下室也猛地裂开了口，声音们散溢到了空中。

有史以来的所有声音，从一片空寂的从前，到过于喧闹的后来，无论是嘴里发出的还是制造出来的声音，都一股脑冲了出来。一时间周围喧腾一片，仿佛世界上所有人同时发出了笑声、口哨声、喊叫声、哭声、唱歌声、窃窃私语声、哼哼声、尖叫声、咳嗽声和喷嚏声。空气里还飘动着古老的演讲和吟诵声、战争里的枪声、婴儿的哭泣声、汽车的喇叭声、瀑布的坠落声、电扇的转动声，以及骏马的奔驰声，还有无数其他声音。

这些震耳欲聋、分外混乱的声音持续了不久，就如突如其来时一样，很快消失在了山的另一边，去寻求崭新的自由了。周围再次恢复了正常。

人们开始忙着用久违的声音谈天。当烟雾和灰尘散去之后，只有米洛、咔嗒和骗人虫注意到声音守护人正郁郁寡欢地坐在一堆碎石子上。

他们过去安慰她。

"非常抱歉。"米洛同情地说。

"但是我们不得不这么做……"咔嗒一边绕着废墟嗅来嗅去一边补充道。

"这场混乱真是太可怕了！"骗人虫评论道。他说话总是那么不合时宜。

声音守护人脸上带着浓得化不开的悲伤，她环顾着四周。

"要再次把那些声音收集起来不知道要花多少年，"她啜泣着说，"要想把它们重新整理好，还要花上更长的时间。

不过，这都是我的错。因为，不可能光靠安静来改善声音，关键还是要在合适的时间使用合适的声音。"

她说话的时候，远处传来了熟悉的"扑通、扑通、扑通"的声音，这无疑是吵吵那沉重的脚步声，他应该正在翻越山岭。等他最终走近的时候，人们看见他拖着一个大到不可思议的麻袋。

"有人用这些声音吗？"吵吵呼呼地喘着粗气，抹了一把额头上的汗水，"它们一下子全拥进了山里，可是对我来说它们都不够吓人，所以我用不着。"

声音守护人往袋子里瞅了瞅，发现所有逃出地下室的声音都在里面。

"你真是太好了，把它们都带回来了！"她高兴地叫了起来，"等我的城堡修好，你和医生一定要来做客，到时我们一起听一场无与伦比的音乐会。"

吵吵被这个邀请吓得够呛，马上找借口推托，一溜烟地跑走了。

"希望我没有冒犯他。"声音守护人有点担心地说。

"没关系，他只是比较喜欢那些让人感觉不舒服的声音罢了。"咔嗒解释道。

"对啊，"她轻叹道，"我老是忘记，这个世界上有很多人喜欢难听的声音。不过我想它们的存在是必要的，因为只有当你知道难听的声音为何难听，才能真正懂得悦耳的声音为何动听。"稍作停歇，她又说："只要韵律和理性回归，这里一定会有所改善。"

"所以我们才打算去救她们！"米洛一脸自豪地说。

"这次旅程将会多么漫长、多么艰苦啊！你们得补充点营养才行！"声音守护人一边大声说，一边递给米洛一个包扎整齐、用绳子系着的棕色小包裹。"记着，它们可不是用来吃的，而是用来听的。因为你们一定会像需要食物那样需要声音。这里面有夜晚街道的嘈杂声、火车的鸣笛声、枯叶燃烧的噼啪声、百货商场里的喧嚷声、吃面包的咀嚼声、弹簧床的咯吱声，当然，还有各种各样的笑声。每样都有一点。我想，等你们到了遥远偏僻的地方，会很高兴听见这些声音的。"

"一定会的！"米洛感激地回答。

"沿着这条路一直走到海边，然后向左拐，"声音守护人告诉他们，"很快便能抵达数字国了。"

还没等她把话说完，米洛他们就道声"再见"，匆匆上路了，很快便把寂静山谷抛在了身后。

3. 记着，它们可不是用来吃的，而是用来听的。

"有怀旧意义和能给人带来滋养的声音、气味以及其他很多感觉我们都体会过，但我们常常忘记它们，或者认为它们没那么重要。"（《N. J. 笔记》第一卷，48 页）

4. 骗人虫欢快地嚷着，话音未落他就跳出了汽车

三人中，骗人虫最先跳到了"结论岛"这片荒芜的土地上。贾斯特回忆道："'得出结论'是童年时一直困扰我的话。老师、父母都一直提醒我这种行为很危险。无论如何，都不要在还没有深思熟虑或者找到足够的证据前就去行动、做决定或者做出推测。

"卡尔文·柯立芝身上发生过一个经典故事。有一次他乘火车旅行，经过一大片农田时看到了一群绵羊。他的一位朋友注意到羊已经剪过毛了。柯立芝思索了半天，回答道：'是的，至少这一边剪过了。'"不要着急下结论！（《N.J.笔记》第一卷，49页）

海岸旁非常宁静，大路平坦，海上风平浪静，只有浪花嬉闹着拍打沙滩。远方有一座被棕榈树和鲜花覆盖的美丽小岛，似乎正从潋滟水光尽头向他们发出热情的邀请。

4　　"这会儿肯定不会再有什么事了。"骗人虫欢快地嚷着，话音未落他就跳出了汽车，唰地冲到了小岛上。

"我们有的是时间。"咔嗒说，压根儿没有注意到骗人虫已经不见踪影——他自己也猛地跳起，消失了。

"没错，今天真是棒极了！"米洛正全神贯注地开着车，

根本没注意到他的伙伴早已不见。刹那间，他也抵达了小岛。 5

米洛落在咔嗒和吓坏了的骗人虫身边时，竟然发现这个小岛完全变了样子：这里根本没有繁茂的棕榈树和盛开的鲜花，只有遍地的石头和树桩，而且那些树都枯死很久了，歪歪扭扭地挤在一起。这根本就不像是他们在路上看到的那个小岛。

"很抱歉，打扰一下。"米洛逮着一位路人问，"请问这里是哪儿呀？"

"很抱歉，"那人回答说，"你能告诉我我是谁吗？"

这个人穿着一件毛糙糙的花呢夹克、一条扎口灯笼裤，还套着一双长长的羊毛袜，头上戴的帽子竟然前后都有帽舌，一脸茫然困惑的样子。

"你不知道自己是谁吗？"米洛不耐烦地说。

"那你也应该知道你在哪儿。"那个人用同样恼火的口气回答。

"啊，这可麻烦了。"米洛悄声对咔嗒说，"不知道咱们能不能帮他。"

他们商量了一会儿，最后骗人虫抬起头说："你能大概 6 描述一下你自己吗？"

"当然可以。"那个人欢快地回答，"我想长多高就能长

5. 刹那间，他也抵达了小岛。

贾斯特做了五页的角色笔记。他曾经考虑创作一个"搭车人"，一个总是带米洛走捷径的角色。他们一起来到结论岛，为了走出去费了不少功夫。在我们的认识中，"搭车人"代表的是那些不想付出努力却想有所收获的寄生虫。（莉莉图书馆，第 5 档案盒 34 号文件夹，第 22 条）

6. 你能大概描述一下你自己吗？

下面的自我介绍像是对沃尔特·惠特曼神谕般的《自我之歌》的拙劣模仿。惠特曼的这首诗由短句构成，节奏明快，讴歌了他的祖国和人民。但他后弗洛伊德式焦虑迷惘的心灵充满了矛盾，他的独白就像是为费弗的漫画所配的说明文字。在为书中这个人物绘制的插画中，费弗在他的衣服上画了极度杂乱的图案，并将他的姿势描绘成像胎儿一样蜷缩着。

多高！"说完，他的身体忽然拔高，一直到地上的人只能看见他的鞋子和袜子为止。"我想变多矮就能变多矮！"说完，他的身体忽然萎缩，变成了鹅卵石般大小。"我可以无比慷慨！"他边说边递给他们每人一个大红苹果。"也可以极度吝啬！"他咆哮着，把送给他们的苹果又抢了回去。

"我可以变得强壮有力！"他吼叫了一声，将一块巨大的石头举过头顶。"也可以变得弱不禁风！"他开始呼呼地喘气，整个人也摇摇晃晃的，仿佛支撑不了那顶帽子的重量。"我要多聪明就有多聪明！"他开始使用十二种不同的语言说话。"我要多愚笨就有多愚笨！"说完，他开始把两只脚

往一只鞋里套。

"我能像舞蹈家一样灵活！"他哼起歌，踮起一只脚保持平衡。"也能像傻子一样笨拙！"他喊叫着，把大拇指往眼睛里插。"我能快如疾风！"说完，他眨眼间就绕着整个岛跑了两圈。"也能慢如蜗牛！"他边抱怨边向一只蜗牛挥手道再见。

"现在，你们有头绪了吗？"

米洛和伙伴们再次凑到一起，窃窃私语了一番，终于得出了结论。

"这再简单不过了。"骗人虫一边说一边挥舞着他的手杖。

"如果你所说的都是真的……"咔嗒紧接着说。

"那么毫无疑问，"米洛欢快地宣布，"你就是无所不能的万能人。"

"对啊，没错，正是如此。"那个人大喊大叫起来，"我怎么就没有想到呢？我真是要多高兴就有多高兴。"但接着他又坐下，把脸埋到手心里，叹着气说："但我也感到要多悲伤就有多悲伤。"

"好了，现在你能告诉我们这是哪儿了吧？"咔嗒一边问，一边打量着这个荒凉的小岛。

"哎呀，"万能人说，"你们是到了结论岛。别客气，你

7. 你就是无所不能的万能人。

　　贾斯特构思的另一个没有在书中出现的角色是"复制者"，这个人物"可以变身成其他任何事物"。（莉莉图书馆，第 3 档案盒 1 号文件夹，第 24 条）

们随意些，就当是自己家一样，爱在这儿待多久就待多久。"

"可是，我们是怎么来到这儿的？"米洛问，怎么也没想明白。

"当然是跳过来的，"万能人解释说，"大部分人都是这样来到这座岛上的。原因非常简单，每当你决定了要做的事情又没有充足的理由时，不管是否乐意你都会跳到结论岛上。这是趟非常容易的旅行，我都来了好几百遍了。"

"但是，这儿也太荒凉破败了吧。"米洛说。

"没错，这儿确实让人觉得不舒服。"万能人承认道，"从远处看的话要好得多。"

就在他说话的工夫，至少有八九个人从各个方向来到了岛上。

"好吧，现在我准备跳回去。"骗人虫宣布。他弯弯身，做了做准备活动，然后用尽全身力气往外跳，可是，他只跳了两英尺远，就扑通摔在了地上。

"这根本没用。"万能人责备道，把他拉了起来，"你永远也不可能跳出结论岛。回去可不像来的时候那么容易。所以这儿总是人满为患。"

的确如此，他们的视线所及之处都是人，这些人聚集在荒凉海岸边的石头上，面色忧郁地眺望着大海。

8. 但是我觉得不必太担心，因为你即便在智慧之海里游上一整天，出来的时候身上也还是干的。

"避免下结论最初给我造成很大困难。而游过智慧之海（出来的时候身上完全是干的）似乎很准确地描述了许多人的生活状态。"（《N.J.笔记》第一卷，49—50页）

"难道这里就没条船吗？"米洛问，他一心挂念着行程，不免有点焦急。

"没有。"万能人摇摇头回答说，"离开这里的唯一办法就是游泳，不过得游很长时间，非常辛苦。"

"我可不想弄得湿淋淋的。"骗人虫很不高兴地抱怨道，一想到那种情形，他就禁不住发抖。

"那些人也是这样想的，"万能人难过地说，"所以他们就只能困在这儿了。但是我觉得不必太担心，因为你即便在智慧之海里游上一整天，出来的时候身上也还是干的。

8

9. 但是从现在开始，除非有充足的理由

　　米洛的认知能力正在发展，已经越过了让·皮亚杰认知发展理论中的具体运算阶段。处于这个阶段的孩子，意识大部分局限在之前和现在的经验中，而到了形式运算阶段，他们才会具备抽象思维和长期规划能力，这可以极大地提高他们在现实生活中的行动能力。

好多人都是这样。很抱歉，我不能陪你们了，我得去欢迎新访客。你们知道的，我非常好客。"

　　尽管骗人虫全力抗议，米洛和咔嗒还是决定游泳离开。他们完全不顾骗人虫的不满，拖曳着他向海边走去。

　　万能人忙着去解答更多问题了，他们最后听到他说的一句话是："啊，抱歉，你能告诉我我是谁吗？"

　　他们在海里一直游啊游、游啊游，不知游了多久。咔嗒坚持不懈地给米洛鼓劲，米洛才能这么长时间地与冰冷的海水抗争。等他们终于到达岸边的时候，已经筋疲力尽。除了骗人虫，他们浑身上下都湿透了。

　　"其实也不算坏嘛。"骗人虫一边说着，一边整理自己的领带，掸掸衣服，"我还会再去那儿拜访的。"

　　"我肯定你会去的。"米洛上气不接下气地说，"但是从现在开始，除非有充足的理由，我决不做任何决定。去一趟结论岛真是够呛，这个时间耗费不起啊。"

　　汽车还停在他们离开的地方，不一会儿，他们就再次上路了。他们离开了海岸，开始向山脉驶去。走了不久，温暖的太阳和柔和的微风便让他们的身体恢复了干爽。

　　"希望我们能尽快到达数字国。"米洛忽然想到他们还没有吃早餐，"不知道还有多远。"

十二面体人

就在这时，前方的路分成了三条，一旁的大型路标指着三个方向。仿佛是回应米洛的问题，路标上清晰地写着：

数字国

5	英里
1,600	杆
8,800	码
26,400	英尺
316,800	英寸

1. 十二面体人

在早期的角色构思笔记中，贾斯特想的不是十二面体人，而是"一个二维（没有厚度）人物，名叫 J. 雷明顿·长菱形，是数学家的助手。后来作为奖励，他有了三维形象"。（莉莉图书馆，第 5 档案盒 34 号文件夹，第 6 条）这一构想与《绿野仙踪》很像。

2. 我们走半英寸吧

米洛又回到了仓促得出错误结论的状态。这说明了心理学上一个不言自明的道理：人的发展不是直线前进的，而是时断时续的。

633,600   半英寸①

······   ······

"我们走英里吧，"骗人虫建议，"这个最短了。"

2 "我们走半英寸吧，"米洛也提出了自己的建议，"这个比较快。"

"但是我们究竟应该选哪条路呢？"咔嗒问，"这总有区别吧？"

正当他们争论不休的时候，一个非常不可思议的小东西敏捷地从路标后面走了出来，一面向他们走来，一面说："是的，当然，当然有区别，这是毫无疑问的。"

这个人的外貌，怎么说呢，就是各种各样的线条和角连在一起构成的一个坚固的多面体——有点像立方体的角全部切掉之后又切掉所有角的样子。他身上每条边上都标着一个小写字母，每个角上都标着一个大写字母，头上戴着一顶潇洒的贝雷帽，看上去目光专注、表情凛然。看看他的画像，你就明白我的意思啦。

走到车边的时候，他脱下帽子，用清晰洪亮的声音说道：

---

① 以上均为英制长度单位，每一组实际长度相同。

180

"我有许多角。

"面也有不少。

"我是十二面体人。

"来者是何人？"

"十二面体人是什么？"米洛问。这个名字真是太奇怪了，米洛都觉得有点拗口。

"你自己看。"说着，那人慢慢地转了一圈，"十二面体就是有十二个面的几何体。"

就在他说话的同时，另外十一张脸出现了，每个平面上都有一张脸，每张脸上都带着不同的表情。

3

4. 在这里，是什么就叫什么，一点都不混乱。

在这里，十二面体人完美演绎了万物皆为数学的状态。但正如贾斯特在这个场景以及之后数字国的其他场景中证明的那样，数学的准确性与真理和智慧并不是一回事。乔纳森·斯威夫特的《格列佛游记》、威廉·布莱克的诗句"艺术是生命之树，科学是死亡之树"，还有尼采所言"如果人类从一开始就知道自然中没有一条笔直的线，没有实际的圆，也没有绝对的大小，那么数学就不会出现"，都直言不讳地批评了现代西方社会普遍存在的对定量和科学的崇拜。一九三一年，美籍奥地利裔数学家、哲学家库尔特·哥德尔发表了两个"不完全性定理"，直指数学基础结构中不能提前预知的局限性，震撼了科学界。

贾斯特对数学有自己的观点。他回忆道："我开始意识到拥有负数这个概念的学科一定非常幽默搞怪，因为它可以让你衡量比一无所有还要少是什么概念。"（《N. J. 笔记》第一卷，51-52 页）

"一般来说，我每次只使用一张脸，"说着，他换了一张微笑的脸，其他的脸又消失了，"这样就能避免过度使用，可以减少磨损。对了，你叫什么名字？"

"米洛。"米洛回答。

"这真是个奇怪的名字。"十二面体人换上了一张蹙眉的脸，"而且，你只有一张脸。"

"这不好吗？"米洛伸手去摸自己的脸，看看它是否还在。

"你要是总用一张脸应付所有的事，那么它很快就磨损殆尽啦。"十二面体人回答，"你看看我，我有一张微笑的脸、一张大笑的脸、一张哭泣的脸、一张皱眉的脸、一张思考的脸和一张生气的脸，除此之外，我还有其他六张脸呢。是不是所有只有一张脸的人都叫米洛？"

"不，不，当然不。"米洛回答说，"有的叫亨利，有的叫乔治，有的叫罗伯特，有的叫约翰，名字多了去了。"

4　　"多么混乱、多么可怕啊！"那人叫喊着，"在这里，是什么就叫什么，一点都不混乱。三角形都叫三角形，圆形都叫圆形，只要是相同的数字就叫一样的名字。想象一下，如果我们把数字 2 叫作亨利、乔治、罗伯特、约翰或是别的什么名字，那会发生什么事呢？那样的话，你就得说，罗伯特加上约翰等于 4。如果 4 又叫阿尔伯特的话，那可就没完没了，混乱死了。"

"我从来没从这个角度想过。"米洛老老实实地说。

"那我建议你从现在开始就这么想。"十二面体人换了一张训诫的脸劝告他们，"这里可是数字国，一切必须十分精确。"

"那么，或许你能帮我们决定应该走哪条路。"米洛说。

"这当然没问题。"十二面体人高兴地回答，"我先问你们一个问题：三个人乘着一辆时速为三十英里的轿车在上午十一点三十五分出发，十分钟要走五英里的路程；另外三个人乘着一辆时速为二十英里的小汽车也在同样的时间出发，不过他们走另一条路，十五分钟要走两倍于第一段路的二分之一的路程；与此同时，一条狗、一只甲虫和一个男孩行驶在第三条路上，他们在十月中旬出发，要用相同的时间走完等长的路程，或是用等长的时间走完相同的路程。你们觉得，哪组人最先到达？哪条路最好走？"

"十七！"骗人虫一边在纸上匆匆计算，一边说出了他的答案。

"嗯，我不太确定，可是……"米洛在脑中疯狂算了半天也毫无结果，只好吞吞吐吐地说。

5

5. "十七！"骗人虫一边在纸上匆匆计算，一边说出了他的答案。

在这个段落的前几稿中，贾斯特让米洛在骗人虫猜出答案之后立刻说：

"蓝色。"米洛回答了问题中他唯一能确定的部分。
"你得比这个做得更好……"（莉莉图书馆，第 5 档案盒 63 号文件夹）

从这一段可以看出一些作者自己的经历，贾斯特小时候就经常把数字和颜色联系在一起。

哈佛学者阿比盖尔·利普森对这段话进行了分析，认为它揭示了学生学习数学时经常用到的一系列解决问题的方法。利普森认为，骗人虫如此迅速地回答问题代表了没有经验的学生在数学课上的反应，或是因为紧张，或是出于对闪现的直觉的盲目信任，他们似乎认为最重要的事就是立刻回答老师的提问。她注意到，与骗人虫恰恰相反，米洛回答问题的时候十分犹豫，尽管表现出痛苦的自我怀疑，却暗示了一种更理智、因此更有效的态度。如果米洛能认识到困惑并不是自己无能的表现，而恰恰是解决问题的必要开端，他也许会更有勇气运用理性的力量去回答问题。在尝试解决问题的时候，咔嗒表现得更加冷静和自信，不慌不忙，正像是一只闹钟狗的节奏，这表明它比两个同伴更成熟。（《通往数字国之路：解决问题的冒险》，阿比盖尔·利普森著，刊于《学校科学与数学》，第 95 卷，1995 年 10 月，282–289 页）

6. 只要答案正确，谁还在乎问题是不是有错啊

通过做假账来掩盖一个不期望看到的真相——比如市政或者公司的真实财务状况——是一种在摆弄数字的人和他们的官僚主子之间常见的操作。数字虽然不会撒谎，却可以歪曲事实，可以通过耍花招，或者就像十二面体人那样纯粹愚弄你的大脑。

"你这样可不行，应该算得更清楚些。"十二面体人责备道，"否则你永远不知道自己走了多远，或是否已经到过那儿。"

"我不大擅长解题。"米洛承认。

"真是太遗憾了！"十二面体人叹了口气，"计算是这么有用。那么，这个你知道吗？如果一只身长两英尺、尾长一英尺半的海狸能在两天之内建起一座十二英尺高、六英尺宽的大坝，那么若要建造胡佛大坝①，就需要一只身长六十八英尺、尾长五十一英尺的海狸。"

"从哪儿找那么大的海狸呀？"骗人虫嘟囔道，铅笔头"啪"的一声折断了。

"我也不知道。"十二面体人回答，"但是如果你们能找到它，肯定知道怎么处理。"

"真是太荒唐了！"米洛反驳道，他的脑袋现在灌满了数字和问题。

"也许吧，"十二面体人承认，"但是答案绝对精确，只要答案正确，谁还在乎问题是不是有错啊！如果你想要意义的话，就得自己去找。"

---

① 英文原文为"Boulder Dam"，是美国最大的水坝，横跨科罗拉多河。

"这三组人会在相同的时间到达相同的地点。"咔嗒突然插嘴，他一直在耐心地计算第一道题。

"完全正确！"十二面体人喊道，"我准备亲自带你们去。你们现在知道了吧，问题就是这么重要。如果你做错了这道题，就可能走错路。"

"我完全不知道自己错在哪儿。"骗人虫费劲地检查着他的计算。

"如果三条路线都能在相同的时间到达相同的地点，那么它们不就都是正确的路线了吗？"米洛问。

"当然不是！"十二面体人大叫了起来，他换上最生气的表情，怒视着米洛，"它们都是错的。虽然你可以选一条路，但这并不意味着这些路就是对的。"

他走向路标，快速地将它旋转了三次。原来的三条路消失了，一条崭新的路冒了出来，这条路正向路标现在所指的方向延伸。

"去数字国的每条路都是五英里长吗？"米洛问。

"恐怕是这样，也只能这样。"十二面体人一边回答，一边跳到了汽车后边，"我们只有这一块路标。"

这条新路上坑坑洼洼的，到处都是石子，汽车每次碾

7. 虽然你可以选一条路，但这并不意味着这些路就是对的。

尽管十二面体人举出的建大坝的例子十分荒谬可笑，不过他也提出了一个很好的观点。米洛在冒险旅途中逐渐成长，解决问题的时候不再那么关注自我，因此他现在已经能够理解十二面体人的观点了。

阿比盖尔·利普森发现："在努力解决问题的时候，米洛发现条条大路都通往数字国。而且他意识到'三条路中哪条路是正确的''所有可能的路中哪条是正确的'以及'哪条路通往数字国'并不是一模一样的问题。"（《通往数字国之路：解决问题的冒险》，287 页）在利普森看来，十二面体人的主要观点是：有效解决问题需要先考虑这个问题所有不同的方面，然后在这些假设的迷宫般的解决办法中，找到能够达成目标的那一个。

8. 你得去把它们挖出来。难道你对数字一无所知吗?

贾斯特在构思这一段落的时候解释道:"如果词语长在树上,那么数字一定得更不容易得到,比如你不得不把它们从矿里挖出来。"(《N. J. 笔记》第一卷, 52 页)这个挖矿的比喻部分来自作者小时候学数学的痛苦经历,同时也暗示了作者后来对数学的力量和美感的欣赏。他意识到这一点是受一位宾夕法尼亚大学的建筑学教授启发,这位教授把数字和公式比作"珠宝"。(《N. J. 笔记》第一卷, 55 页)

9. 哪儿来的《两只老虎》

在给这一段情节搜集素材的时候,贾斯特列出了下面这些与数字相关的短语[①]:

> 四十大盗,
> 四个冲洗器,
> 90 像六十,
> 三只瞎老鼠,
> 两只老虎,
> 十个保龄球,
> 地球的四个角落,
> 七大洋。
> (莉莉图书馆, 第 3 档案盒 44 号文件夹)

[①] 这些短语中,有的除了字面意思,还有其他更常用的意思,例如"90 像六十",英文为"90 like sixty","like sixty"意为"飞快地";"四个冲洗器"英文为"four flusher",意为"招摇撞骗";"地球的四个角落"英文为"four corners of the earth",其实意为"地球的各个角落"。

到石子都会将十二面体人甩到空中。他每次掉落的时候都会有一张脸着地,或是生气,或是微笑,或是大笑,或是不悦,就看朝下的那张脸是什么表情了。

"我们很快就到啦。"在又一次飞到空中之后,十二面体人高兴地宣布,"欢迎来到数字王国。"

"可是,它看起来不怎么样啊。"骗人虫说。地势越来越高,可是四周连一棵树、一根草都看不到,能见到的就只有石头。

"这就是数字被制造出来的地方吗?"米洛问着,汽车又颠簸了一下,这次,十二面体人直接沿着山坡滚了下去。他头脚颠倒,痛苦地咕哝着,最后停在一个貌似洞穴入口的地方,哀伤表情的那面朝上。

8 "它们不是制造出来的。"他说,就像什么事情也没有发生过一样,"你得去把它们挖出来。难道你对数字一无所知吗?"

"嗯,我不认为它们有多重要。"米洛急促地回答,不好意思承认自己对数字一无所知。

"数字不重要?!"十二面体人吼道,脸因愤怒而涨得

9 通红,"没有数字 2,哪儿来的《两只老虎》?没有数字 3,你们能有《三只瞎老鼠》吗?没有数字 4,地球上能有四

个方向吗？没有数字 7，你们怎么去七大洋航行？"

"我的意思是……"米洛想为自己辩解，但是十二面体人怒气冲天，根本就听不进米洛的话，一个劲地大喊大叫。

"如果你有伟大的梦想，那么如何才能知道它到底有多大？你不知每条九死一生的路宽度都不同吗？要是你不知道世界有多广阔，如何去周游它？如果你要把事情做到底，怎么能不知道'到底'是到哪里。"他一边嚷嚷一边把胳膊举过头顶摇晃，"看吧，懂了吧？数字是这个世界上最美丽、最珍贵的东西。跟我来，我带你们看看。"他转身昂首阔步地走进洞穴。

"来呀，快来。"他的喊声从漆黑的洞穴里传了出来，"我可不能老是等你们。"不一会儿，米洛他们都跟着他走进了山洞。

过了好几分钟，大家才适应了洞里昏暗的光线。此前，他们一直能听到周围到处都是奇怪的抓搔、刮擦、轻叩以及窸窸窣窣的声音。

"戴上这个！"十二面体人命令道，接着递给每人一个顶上带灯的头盔。

"我们这是要去哪儿啊？"米洛悄声问。这种地方让人感觉应该放低声音说话。

10. 插画

乍一看会以为这个矿工已经准备好开挖了，不过仔细观察后，会发现他把斧子拿反了。费弗后来把这个错误归咎为画静物时的习惯性紧张。

11. 插画

朱尔斯·费弗十几岁时，用铅笔画了一个挥舞着大锤的人。受那时流行的超级英雄漫画启发，年轻的费弗开始学习捕捉人物的动态，且还没有发展出对喜剧效果的兴趣，例如大腹便便的男人。

"这儿就是我们要去的地方。"十二面体人做了一个横扫四方的手势，"这里是数字矿。"

米洛眯着眼睛在黑暗里看了一会儿才发现，他们已经走进了一个巨大的洞穴。这个洞穴只靠钟乳石反射的微弱、阴森的光来照明。那些巨大的钟乳石就悬在头顶上，感觉十分不祥。无数的通道和走廊使墙壁看起来就像马蜂窝，它们弯弯绕绕地从地面延伸到屋顶，通向各个方向。米洛发现这里到处都是和他个头差不多的小个子男人。他们正在挖呀、砍呀、铲呀，把装满石头的推车从一个地方或拉

188

或拖地弄到另外一个地方。

"来这边，"十二面体人说，"小心脚下。"

他说话时，回声一遍遍地在洞穴里回荡，与四周的嗡嗡声混杂在一起。咔嗒小步跑在米洛身边，骗人虫则迈着优雅的步子跟在后边。

"这是谁的矿？"米洛一边问，一边绕过两辆装得满满的手推车。

"我头上的四百八十二万七千六百五十九根头发可以作证，这当然是我的矿！" 洞穴里猛地传来一阵咆哮，紧接着，一个人影朝他们走了过来。他不是别人，正是数字国的 123 国王。

他身上穿着一件飘逸的长袍，上面密密麻麻地写着复杂难解的数学公式；头上戴着一顶尖尖的帽子，让他看起来非常睿智；左手拿着一根长长的手杖，一头是铅笔状，另一头是橡皮。

"这个矿真是太棒了！"骗人虫赶紧道歉，他总是会被很高的声音吓到。

"这是本国最大的数字矿！" 123 国王十分自豪。

"这里有什么珍贵的矿石吗？"米洛兴致勃勃地问。

"珍贵的矿石！" 国王再次咆哮起来，声音比刚才还大。

12. 我头上的四百八十二万七千六百五十九根头发可以作证

不算胡子，人头上的毛发有接近十万根。

13. 这不就是一个数字 5 吗?

数字 5 是第三个奇数,也是斐波那契数列的第五个数字。大多数哺乳动物一只手上的手指和一只脚上的脚趾都是五个。地球上有五大洋,摩西的经书也有五本,人类有五种感官,地狱有五条河,柏拉图立体有五种(正十二面体是其中之一),五角星是世界上最广泛使用的符号之一。

14. 各式各样的 0

0 在数学中扮演两种完全不同的角色,而且对数学运算来说都很重要。首先,0 在准确表达数值时是一个占位符号,比如 206 和 1004。0 的第二种用法是代表空值的整数,最早于公元九世纪由印度数学家使用。在这一用法中,什么都不存在本身就是一种存在,这成为许多哲学论证和诗歌想象的基础。

在题为《要事》的工作笔记中,贾斯特写道:"数字国里 0 的使用。虽然 0 代表无,但我们也不能忽视后果,肆意使用。"(莉莉图书馆,第 5 档案盒 34 号文件夹)

接着,他弯下身子朝米洛低语道:"我长袍上的八百二十四万七千三百一十二条线可以作证,这里有很多珍贵的矿石。你来看。"

国王将手伸进一辆手推车里,摸出了一个小小的东西,用力在长袍上擦了擦。当他把那个东西拿到亮处的时候,它发出了耀眼的光芒。

13 "这不就是一个数字 5 吗?"米洛不以为然地说,那的确只是一个数字 5。

"你说得很对,"国王赞同地说,"但是,它和你在别的地方找到的任何珠宝一样珍贵。让我们来看看别的。"

国王捞起一大把石头,把它们倒进了米洛的怀里。这

14 些石头包括从 1 到 9 的所有数字,甚至还有各式各样的 0。

"我们把它们挖出来,然后抛光。"十二面体人一边主动解释,一边指着一群正围着抛光轮忙个不停的工人说,"之后,我们就把它们发往全世界。太了不起了,对不对?"

"的确非同一般!"咔嗒对数字怀有特殊的喜爱之情。

"原来数字就是这么来的啊。"米洛满怀敬畏地看着那堆闪闪发亮的数字说。他尽可能小心地把那些数字还给十二面体人,但还是有一个数字掉在了地上,摔成了两半。骗人虫害怕地缩到了一边,米洛也吓坏了。

15. 我们可以用这些碎掉的数字做分数。

英语中"分数 (fraction)"这个词来自拉丁文"*fractus*"，意思是"打破的"。这层含义可能起源于古代集市的交易方式。

15　　"哦，别担心。"123 国王弯腰把碎块捡了起来，"我们可以用这些碎掉的数字做分数。"

"你们难道没有钻石、翡翠或是红宝石之类的吗？"骗人虫很不耐烦地问，他对迄今为止见到的一切十分失望。

"当然有！"国王一边回答，一边将他们带到了洞穴的后方，"来这边。"

那里堆积着大堆各种各样的宝石，几乎堆到了洞顶。里面不仅有钻石、翡翠和红宝石，还有蓝宝石、紫水晶、黄玉、月光石和石榴石。他们三个都是第一次见到这么多珍宝。

"这可是一堆大麻烦，"123 国王叹气道，"没有人知道它们有什么用。所以一挖出来，我们就把它们扔掉了。"他从口袋里取出一只银哨子吹了起来，"现在，我们去吃午饭吧。"

惊得目瞪口呆的骗人虫生平第一次无话可说。

1. 通往无限之路

"无限（infinity）"一词来自拉丁语中的"*infinitas*"，意为"无界"。诗人威廉·布莱克在批判工业时代金钱至上的价值观时引用了这一概念，他告诫道："如果感知的障碍被清除，人们将看到事物的真实面目，无限。"（《天堂与地狱的婚姻》）华兹华斯、爱默生、梭罗也曾就此话题发表过高见，贾斯特深受他们的影响。

通往无限之路

这时，八个身强力壮的矿工扛着一口咕嘟咕嘟冒泡、嗞嗞作响的巨大的锅冲进了洞穴，大团大团让人垂涎欲滴的香气从锅里飘出来，缓缓地升到洞顶。空气里顿时弥漫着一股香甜又辛辣的味道。香味不紧不慢地飘过，在每个人的鼻间稍作停留，撩逗着所有人的味觉。一些人开始流口水，还有几个人的肚子咕咕地叫了起来。米洛、咔嗒和骗人虫一脸羡慕地看着工人们放下工具，围在那口大锅前大快朵颐。

"你们也吃点东西吧。"123 国王递给他们每人一碗热气腾腾的饭。

"好的！"米洛开心地说，他早就饿得够呛了。

"谢谢您！"咔嗒也感激地说。

骗人虫什么都没说，因为他一拿到饭就埋头吃了起来。不一会儿，他们就把碗里的饭吃了个精光。

"再来一碗吧。"国王一边说，一边又往他们的碗里盛满饭。他们吃得很快，以丝毫不逊于第一碗时的速度吃光了第二碗。

"别停，继续。"国王又给他们添了一碗，

　　　　一碗。

　　　　　　又一碗。

　　　　　　　　又一碗。

　　　　　　　　　　又一碗……

"好奇怪啊！"米洛吃完第七碗饭的时候想，"为什么我每吃完一碗，都觉得比以前更饿？"

"再来一些吧。"国王继续给他们添饭，现在他们吃饭的速度差不多和添饭的速度一样快。

不一会儿的工夫，米洛便吃了九碗饭，咔嗒则吃了十一碗，骗人虫更是头也没抬地吃了二十三碗。这时，国王又吹了一声哨子，很快就有人来搬走了大锅，矿工们也各就各位，继续工作。

2. 这可是本国的特色菜——减法炖。

贾斯特，这位充满热情的家庭厨师，为二〇〇八年出版的英国平装版《神奇的收费亭》创作了减法炖菜谱：

原料

4 磅（也可能是 6 磅）什么都没有

5 磅各种各样不存在的原料

6 杯（也可能是 9 杯）稀薄的空气

比一丁点还少的非芹菜类的东西——要切碎

3.5 汤匙不当季的佐料

7 大片没有的东西

半杯空虚

一小撮零

一条不那么可恨的东西

一大捆不在那儿的随便什么

制作步骤：

把什么都没有切成大块，各种各样不存在的原料切成小块，然后一起放进大锅里。把稀薄的空气扔进去，然后把其他所有切碎了的、磨成粉的、踩过的以及忘了的原料都投进去。

大火烧开，然后盖上盖子，小火慢炖到恰到好处。可以尝一尝，如果还没熟就多炖一会儿，但是别烧煳了。用深碗盛，以防洒出来。可以发挥你的想象力来给这道菜加上装饰。

做出来有 8 人份。

如果还剩下一些原料，可以将其磨碎做成一条面包。用中火烤制。

做出来有 12 人份。

如果还有剩下的原料，就做成小而圆的炸丸子。

做出来有 16 人份。

"啊哈，啊哈，啊哈……"骗人虫急促地喘着气，他忽然意识到自己饥饿的感觉差不多是刚开始的二十三倍，"我觉得我就要饿死了。"

"我也是。"米洛抱怨道，他从来没觉得这么饿过，"可我已经吃了那么多东西。"

"很好吃，对不对？"十二面体人一边兴高采烈地插嘴，一边擦着嘴边残留的肉汁，"这可是本国的特色菜——减法炖。"

"我说呢，怎么越吃越饿，比刚开始的时候饿多了。"咔嗒虚弱地靠在一块大石头上说。

"当然了，"国王说，"你以为呢？吃得越多就越饿，这里的人都知道。"

"他们知道？"米洛很是怀疑地问，"那他们什么时候能吃够啊？"

"够？"国王不耐烦地说，"在我们数字国，饱了就吃饭，饿了就不吃。这样的话，即使什么都没吃，也会觉得很饱。这是一种非常经济的体系。你们吃了那么多，肯定是因为之前太饱了。"

"这非常有逻辑性。"十二面体人解释说，"你想要的越多，得到的就越少；你得到的越少，拥有的就越多。这是很简单的算术。假如你有一些东西，又添了一些东西，那结果会怎么样？"

"东西更多了。"米洛很快回答。

"非常正确。"十二面体人点点头，"那么，假如你有一些东西，没有添加任何东西，结果又怎样呢？"

"还一样。"米洛回答，却不像刚才那么肯定了。

"很好。"十二面体人喊道，"那么，再假如，你有一些东西，又添加了一些比没有还少的东西，结果怎样呢？"

"严重匮乏！"骗人虫极度痛苦地喊道，他忽然明白过来，为什么吃了二十三碗饭后竟然更加饿了。

"倒也没那么糟。"十二面体人换上了同情的那张脸，"不用几个小时，你们就会恢复过来，到时又是饱饱的啦——正好赶上吃晚饭。"

"我的天啊。"米洛无比悲伤地说，声音有气无力，"我只在饿的时候才吃饭。"

"这是多么奇怪的想法啊。"国王举起手中的铅笔手杖，将有橡皮的一端对着洞顶擦了几下，"接下来你会说你们累了才睡觉是吧？"他刚说完这句话，洞穴、矿工和十二面体人就忽然消失了，只剩下他们四个人站在国王的工作室里。

"我发现，"国王漫不经心地向几位昏头涨脑的客人解

这道菜与同义词包子、衣衫不整松饼和废话肉卷一起搭配特别美味。注意，不要吃太多，否则会被饿死。

由 123 国王和副厨师长诺顿·贾斯特制作。

3. "我发现，"……"要想从一个地方到另一个地方，最好的办法就是擦掉一切……"

123 国王偏爱的交通方式与漫画家克罗格特·约翰逊的童书《阿罗有支彩色笔》（1955 年）中意志坚定的小主人公所喜欢的几乎一模一样。

4. 奇怪的圆屋子

123 国王拥有一个欧几里得几何学者或建筑师梦想的空间——一个比设计图或者图表大两倍的房间。贾斯特对此的描述让人想起文艺复兴时期的大师，例如达·芬奇和扬·弗雷德曼·德·弗里斯的建筑题材画作及雕塑作品。

释道，"要想从一个地方到另一个地方，最好的办法就是擦掉一切，从头开始。啊，请不要拘束。"

"您一直都是用这种方式旅行吗？"米洛一边问，一边好奇地打量着这间奇怪的圆屋子。它有十六扇拱形窗户，就像指南针的表盘。圆屋子的四周标着从 0 到 360 的所有刻度。地板、墙壁、餐桌、椅子、书桌、橱柜和天花板上都挂满了标签，上面写着它们的高度、宽度、长度以及彼此之间的距离。屋子一端的画架上贴着一张巨大的便条，钩子和绳索上挂着比例尺、直尺、卷尺、砝码、带尺以及其他可以以各种方式测量任何东西的量具。

"倒也不是。"国王回答。这次，他举起铅笔手杖，用笔头的那一端在空中画了一条细细的直线，接着，他优雅地跨过这条直线，从屋子的一端走到了另一端。"很多时候，我只走两点之间的最短距离。当然，如果需要马上到好几个地方，"他一边说一边在便条上仔细地写下了"7 × 1=7"，"我就用乘法。"

屋子里一下子出现了七位国王，他们肩并肩站在一起，看起来一模一样。

"您是怎么做到的？"米洛吃惊地吸了一口气。

"如果你有一根魔杖的话，"那七个一模一样的人异口

198

同声地说，"这根本就是小事一桩。"接下来，其中六个人在自己身上划了一条删除线，立刻便消失不见了。

"但这也就是根长铅笔啊！"骗人虫有点不相信，用了用自己的手杖敲了敲国王的魔杖。

"没错，"国王没有否认，"但是一旦掌握了诀窍，就无所不能啦。"

"您能让东西消失不见吗？"米洛兴奋地问。

"那是自然。"国王大步走到画架前，"过来，走近一些才能看得更清楚。"

他给他们看了他的袖子、帽子还有后背，表示身上什么都没有藏。之后，他快速地写道：

$$4+9-2\times16+1\div3\times6-67+8\times2-3+26-1\div34+3\div7+2-5=$$

写完之后，他抬起头来满是期待地看着他们。

"17！"骗人虫大喊，他总是急不可待头一个报出错误答案。

"结果只能是 0。"米洛纠正说。 ⁵

"完全正确。"国王很夸张地鞠了一躬，整行的数字便从他们眼前消失了。"接下来，你们还有什么想看的吗？"

"有！"米洛说，"您能给我们看看世界上最大的数字吗？" ⁶

5. "结果只能是 0。"米洛纠正说。

　　这次米洛解题时表现得自信而有耐心，集中精神分析绕来绕去的数学表达式，最终得出正确答案。

6. 您能给我们看看世界上最大的数字吗？

　　《神奇的收费亭》这本书的创作起源于作者与一个同米洛年龄相仿的孩子的偶然对话，对话内容是可不可能得到最大的数字。这个问题也是无限概念的核心。在这个场景中，贾斯特还表明了清晰的语言有时对得出理想的数学结果很重要。

"非常荣幸，"国王说着，打开了一扇橱柜门，"我们把它珍藏起来了。当时用了四个矿工才把它挖出来。"

橱柜里面放着数字

3

，米洛从来没见过这么大的3，它几乎有两个国王那么高。

"不，我说的不是这个意思。"米洛摇头，"您能给我们看看世界上最长的数字吗？"

"当然。"国王又打开了另外一扇橱柜门，"就在这里，我们用了三辆手推车才把它弄到这儿。"

里面放着一个

8

，它的长度超出了人们的想象，几乎等于刚才那个3的高度。

"不，不，不，这也不是我想要看的。"米洛不知道该怎么说好了，只能无助地看着咔嗒。

"我想，你想看的是，"咔嗒一边说，一边挠着自己身上那个钟四点半的正下方，"世界上数值最大的数。"

"哎呀，你怎么不早说呢？"国王正忙着测量一滴雨水的边长，"那么，你能想到的最大的数是多少？"

"九万九千九百九十九亿九千九百九十九万九千九百九十九……"米洛气也没喘地往下背。

"很好！"国王点点头，"现在给它加个一，再加个一。"米洛一边加，国王一边继续道："再加一，再加一，再加一，再加一，再加一，再加一，再加……"

"我什么时候才能停下啊？"米洛恳求道。

"永远也无法停下。"国王微微笑了笑，"因为你想要的数字总是比前一个数字至少大一，它是如此之大，你说到明天也说不完。"

"你们从哪儿找这么大的数呢？"骗人虫嘲讽道。

"此外我们还有世界上最小的数字呢。"国王热心地回答，"你知道的，对吧？"

"那当然。"骗人虫答道，忽然想起什么似的去了屋子的另一头。

"一百万分之一？"米洛回答，他绞尽脑汁地思考着最小的分数。

"差不多。"国王回答，"现在把它除以二，再除以二，再除以二，再除以二，再除以二，再除以二，再除以……"

"我的天啊！"米洛大喊一声，绝望地用手堵住了耳朵，

7

7. 现在把它除以二，再除以二，再除以二……

　　贾斯特在这里生动地展示了什么是"无限倒退"。当一个人站在两面相对的镜子中间时就能看到这种现象——镜子中被反射的影像不断地重复下去，无穷无尽。

8. 窗台上系着一根线

在题为《要事》的笔记中，贾斯特这样写道："一根无限长的线逐渐松弛，当人们追赶它的时候，恐慌随之而来。"（莉莉图书馆，第6档案盒34号文件夹，第4条）最后，贾斯特决定没必要为了让读者更形象地理解"无限性"这一难以捉摸的概念而把这根线拟人化。

9. "沿着那条线一直走，"国王说，"走到尽头的时候向左拐……"

和其他很多段落一样，贾斯特在这里展示了一种理念，即建立在好玩的"逻辑反转"基础上的游戏或故事，这比不停地讲解一系列事实知识的教育效果要好得多。

"别跟我说这个也停不下来。"

"如果你能一直除以二的话，"国王说，"当然停不下来。最后，这个数字会变得很小很小，小到你刚要开始说，就已经结束了。"

"这么小的数，你们能把它放在哪儿呢？"米洛努力地想象那么小的一个东西是什么样。

国王停下手中的事向他简单地解释说："我们把它放在一个肉眼看不见的盒子里，这个盒子又放在一个肉眼看不见的抽屉里，这个抽屉又在一个肉眼看不见的梳妆台里，这个梳妆台放在一间肉眼看不见的房子里，这间房子在一条肉眼看不见的街上，这条街位于一个肉眼看不见的城市里，而这个城市又是一个肉眼看不见的国家的一部分，而这个国家所在的世界也是肉眼看不到的。"

然后国王坐下来，拿了块手帕边扇风边继续说："当然，我们还把所有这些东西又放在另外一个肉眼看不见的盒子里——不过，如果你愿意跟我来的话，我就告诉你在哪儿能找到它。"

8　　他们走到一扇小窗旁，窗台上系着一根线，这根线一直沿着街道向前延伸，根本望不到尽头。

9　　"沿着那条线一直走，"国王说，"走到尽头的时候向左拐，你就能看到无限之地了，那里保存着这个世界上最长、最短、最大、最小、最多和最少的一切东西。"

"可是我没有那么多时间。"米洛有点着急，"有没有近一点的路啊？"

"嗯，你可以试试走这段台阶，"他打开另外一扇门，向上指了指，"走这儿也能到那里。"

米洛跃过房间，三步并作两步冲上台阶。"等我一会儿。"他朝咔嗒和骗人虫喊道，"我一会儿就回来。"

1. 插画

费弗偏爱侧视图，比如这幅就画得简洁有力。这一技巧有利于让读者把注意力集中到画作主体的肢体动作上。这里米洛驼背的姿势一下子就让人感受到他有多绝望。费弗很少在背景中画太多细节，画面的留白和寥寥几笔代表楼梯的"之"字形线条突显了米洛探寻无穷性的存在主义本质。

1

前往无知山

米洛一路向上，一开始速度很快，后来便越来越慢，越来越慢。不知道爬了多久，那台阶还是望不到头。终于，米洛几乎迈不动腿了。这时他忽然意识到，虽然他已经筋疲力尽，但是台阶那头还是和最初一样遥远，而且他也没离开出发点多远。米洛又努力走了一会儿，直到用尽了身上最后一点力气，才瘫倒在台阶上。

"我早就应该想到的。"他一边含糊不清地咕哝着，一边休息已经软绵绵的双腿，拼命呼吸着新鲜空气，"这台阶就和那条望不见尽头的线一样，永远也走不到头。"

"你不会喜欢那个地方的。"一个亲切的声音响了起来，

2. 他们永远都入不敷出

"To make ends meet" 这一短语是一个更古老的表达 "to make both ends of the year meet" 的同义缩减版。据《世界英语俚语词典》记载，英国小说家托比亚斯·斯摩莱特在他的流浪汉题材小说《蓝登传》（1748 年）中首次使用这个表达。小说主人公一走进客栈，老板就兴高采烈地飚着拉丁语跟他打招呼，要请这位很有绅士风度的初来乍到者喝酒。旁白说道："在聊天的过程中，我们了解到这个滑稽的家伙还是一名老师，收入很低，但乐于请旅客喝一杯好酒，他自己却因此勉强收支平衡（to make the two ends of the year meet）。"（谷歌图书，34 页）

2 "无限之地极为贫瘠，他们永远都入不敷出 [①]。"

米洛的头还沉重地搭在胳膊上，循声抬起眼望去。他已经习惯了在最不可思议的地方和最不可思议的时间遇见最不可思议的人——这次，他也丝毫没有失望。挨着他站在台阶上的是一个身体从头到脚被一分为二的半边孩子。

"这么盯着你真是很抱歉，"米洛盯着小孩看了好一会儿才说，"但我从来没见过半个孩子。"

---
① 英文原文为 "make ends meet"，语含双关。

"准确地说是0.58个。"那孩子用他左半边嘴说，因为他只有左半边身子。

"什么？"米洛问。

"是0.58个，"小孩重复了一遍，"比一半要多一点。"

"你一直就是这个样子吗？"米洛颇不耐烦地问，他觉得强调那么一点点微小的区别简直就是小题大做。

"我的天，当然不是！"小孩认真地说，"许多年前我只是0.42个。哎呀，你不知道那个时候有多么不方便。"

"那你家的其他人都长什么样呢？"米洛开始有些同情这个孩子了。

"哦，我们就是普通的家庭啊。"男孩若有所思地说，"妈妈、爸爸，还有2.58个孩子——刚才我说过了，我就是那0.58个孩子。"

"只拥有一部分身体，一定感觉很奇怪吧？"米洛问。

"一点也不奇怪。"男孩说，"每个家庭平均有2.58个孩子，所以我的伙伴还不少。另外，每个家庭平均有1.3辆汽车，我家里只有我能开那0.3辆车，所以它就完全归我啦。"

"但平均值是不真实的，"米洛说，"它们只是理论上的假设。"

3. 是0.58个

战后的社会科学家、官僚以及广告经理沉迷于用现代统计分析法来准确描述人口数量和社会趋势。政府的统计学家判定美国家庭的孩子数量平均多于两个但少于三个，讽刺作家们对这一观点提出了批判，就像贾斯特这里的做法一样。

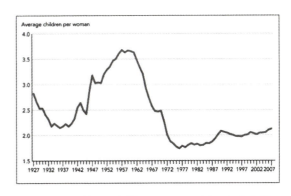

这张来自美国政府的图表记录了过去几十年来美国家庭规模的平均变化。

4. 哦，我们就是普通的家庭啊。

遵从只包括父母和子女的所谓"核心家庭"的生活规范是战后美国社会中产阶级最痴迷的事之一。

在《精灵鼠小弟》（1945年）中，E. B. 怀特故意不顾美国人对生出完美孩子的渴求，让一对典型的美国夫妇生的第二个孩子不管怎么看都是一只老鼠。这本书的受众是十一二岁的孩子，但是怀特充满讽刺的幻想也被一大批成年读者拥护，其中很可能包括婴儿潮时期疲惫不堪的父母，他们需要通过大笑来宣泄情绪。

"也许是吧，"男孩没有反对，"但是它们有时候非常有用。比如说，如果你身上一分钱也没带，但是正好和其他四个人在一块儿，而这四个人每人有十美元，那么你们每个人平均就会有八美元。你说对不对？"

"算对吧。"米洛有点底气不足。

"想想吧，有了平均值，你的处境会变得好得多。"男孩自信满满地解释道，"如果一整年都没有下雨，想想那些农民有多么可怜。要不是当地每年有三十七英寸的平均降雨量，农民的庄稼早就全枯死啦。"

这番话把米洛弄得迷迷糊糊的，因为在学校的时候，他这方面科目就一直不好。

"还有其他好处呢。"男孩继续说，"再比如说，有一只老鼠被九只猫堵住了，在老鼠眼里，每只猫是总量的十分之一，自己就是剩下的十分之九。如果你是老鼠的话，就会明白平均值有多好了。"

"那是永远不可能的。"米洛猛地站起身来。

"别说得那么肯定。"男孩耐心地对他说，"数学或其他任何你可能想学的东西里，最精彩的一个部分就是：许多人们认为绝不会发生的事情，却经常发生。你看，"他说，"这就像你想要去往无限之地一样。你知道它就在那儿，却不知道是哪儿——但是，并不意味着因为你永远都到达不了，它就没有探寻的价值。"

"我可没那么想。"米洛一边说，一边沿着台阶向下走去，"我要回去了。"

"这是一个明智的决定！"男孩赞同地说，"但是别放弃，哪天有机会的话再试试——也许你会更接近。"米洛向他挥手告别时，男孩温和地微笑着，他平均每天这么笑四十七次。

"这儿的每个人懂得的都比我多。"米洛一边想，一边跳下台阶，"如果想救出公主，我得更加努力。"

不一会儿，他就下了台阶，冲进了国王的工作室。咔嗒和骗人虫正兴致勃勃地观看国王的表演。

"啊，你回来了。"国王大喊着，友好地朝米洛挥手，"希望你已经找到自己想要的东西了。"

"恐怕没有。"米洛老老实实地承认，又极其沮丧地补充道，"数字国里的一切对我来说都太难了。"

国王理解地点点头，摸了摸下巴，温柔地说："你会发现，你能轻易做到的唯一一件事就是犯错，那几乎毫不费力。"

米洛很努力地消化着他听到和看到的一切。就在说话的时候，有一个问题一直让他感到无比困扰。他轻轻地问："为

5. 他轻轻地问："为什么……"

这里，米洛终于能明确地表达出自己对在未知之地所经历的这些令人疑惑的事情的看法。最重要的是，他意识到信息与知识不是一回事，基于错误前提得出的结论根本不可能产生理解和智慧。

5

6. 上个月，我给他写了一封非常友好的信

"我从来没想过 123 国王写给 ABC 国王的数字信要有什么含义，因为词语国没人能读懂。直到我收到读者的来信才意识到，因为无法'解码'这封信，他们满腹疑惑，有的甚至很生气。说起来实在有点惭愧。"（《N.J.笔记》第一卷，4 页）

什么那些正确的事经常看起来却不对呢？"

国王的脸上流露出无尽的哀伤，泪水充盈眼眶。周围变得很安静，好几分钟之后，国王才开口回答。

"这是多么令人难过的现实啊，"他整个人都倚在手杖上哽咽道，"自从韵律公主和理性公主被放逐，事情就变成这样了。"

"的确如此，"骗人虫开口说，"我个人也认为——"

"**这一切都是那个无耻的 ABC 国王造成的。**" 123 国王咆哮起来，脸上的悲伤已经完全被愤怒取代，这着实把骗人虫吓了一大跳。国王在屋子里大步踱来踱去，怒气越来越盛，"**这一切都是他的错！**"

"如果您和他谈谈的话……"米洛开口道，但是他根本没有机会把话说完。

"他太不可理喻了。"国王打断了米洛，"上个月，我给他写了一封非常友好的信，但是他一直都没有回，太无礼了。你们自己看吧。"

他把信的复印件递给米洛，只见上面写着：

4738   1919,

667   394017   5841   62589

85371　　14　　39588　　7190434　　203
27689　　57131　　481206。

5864　　98053，
62179875073

"也许他看不懂这些数字是什么意思。"米洛发现自己压根读不懂这封信。

"胡说八道！"国王大吼道，"每个人都懂数字。不管你说的是哪种语言，数字的意思都是一样的。七就是七，到了哪儿也是七，不会变成八。"

天啊，米洛想，人们对自己擅长的东西竟然这么敏感。

"其实，如果您同意的话，"咔嗒换了个话题，"我们非常愿意去救韵律公主和理性公主。"

"ABC 国王同意了吗？"123 国王问。

"同意了。"咔嗒向他保证。

"那样的话，我不同意，"他又吼道，"自从她们被放逐，我们的意见就没有统一过——我们永远也不会有统一的意见！"他重重地扔下这句话，表情变得阴暗凶恶。

"永远？"米洛不太确定地问。

"永远！"国王肯定说，"除非你能驳倒我，我就同意

7. 你们两个在不同意对方这件事上是一致的

　　在一阵混乱的诡辩中，米洛以智取胜，人们通常觉得只有骗人虫这种可疑的角色才干得出来这种事。

让你们去。"

　　"好吧。"米洛说。自从离开词语国，他就一直在很认真地考虑这个问题，"也就是说，只要 ABC 国王同意的事，您就不会同意，对吧？"

　　"正是如此。"国王带着一脸宽厚的笑容说。

　　"那么，只要 ABC 国王不同意的事情，您就会同意，对吧？"

　　"也没错。"国王打了个哈欠，事不关己般拿着手杖的铅笔尖剔起了指甲。

7　　"也就是说，你们两个在不同意对方这件事上是一致的。"米洛欢呼起来，"那么你们就对同一件事有相同意见，这难道不是意见一致？"

　　"你要我！"国王无望地叫起来。但不管他怎么想，米洛说得都很有道理。

　　"太棒了！"骗人虫高兴地说，"和我想的一模一样。"

　　"现在我们能去了吧？"咔嗒问。

　　123 国王有风度地接受了自己的失败，无力地点点头，然后把他们三个拽到了自己身边。

　　"这是一趟漫长而又艰险的旅程！"他轻轻地开口说，眉宇间全是担忧，"早在你们找到她们之前，恶魔就会知道你们的存在。"他大声强调，"一定要小心！不然等到恶魔现身，一切都晚了。"

骗人虫颤抖着瘫软下去，米洛感觉自己的指尖一下子变得无比冰凉。

"但是还有另外一个更严重的问题。"国王担忧地低语。

"是什么？"米洛屏住呼吸问，却有点害怕知道。

"恐怕只有等你们回来了才能告诉你们。来，"国王说，**8** "我给你们指路。"说着，他轻而易举就扛起三个人，立刻到了数字国的边境。他们身后是广阔的智慧王国，眼前却是一条狭窄的坑坑洼洼的路，一直通往黑暗的深山。

"我们的车可没办法走这种路。"米洛不开心地说。

"的确，"国王回答，"不过你们不用长途跋涉，很快就能到达无知山。接下来，如果想要成功，就得一步一步脚踏实地了。"

"我还想带上我的礼物。"米洛坚持说。

"当然得带上。"十二面体人的声音忽然响了起来。不知道他从哪里冒了出来，怀里塞得满满的，"这是你的望远镜，这是你的声音包裹，还有这个，"他不屑一顾地递给米洛最后一件东西，"这是你的词语盒子。"

"啊，还有最重要的，"国王补充说，"这是属于你的魔

8. 恐怕只有等你们回来了才能告诉你们。

123 国王的话完美地呼应了 ABC 国王的话（见 98 页"恐怕我只能在你回来的时候告诉你了"）。这种近乎完美的呼应也表明虽然两位国王没有意识到，却再次达成了共识。

杖。好好地利用，这个世界上没有它做不到的事情。"

他往米洛胸前的口袋里塞了一支闪闪发光的铅笔。这支铅笔和他自己的差不多，就是尺寸小了点。123 国王和十二面体人（十二面体人同一时间露出了啜泣、皱眉、痛苦、叹气的表情）最后又鼓励了他们几句，和他们道了再见，然后目送着三个小小的身影消失在无知山那令人生畏的阴影里。

光线很快消失了，危险的路一直蜿蜒着向上延伸，不知道终点在哪里。骗人虫浑身颤个不停，很不情愿地一步一步慢慢挪着。咔嗒还是像往常一样警觉地在前面带路，以防可能出现的危险。米洛把装满珍宝的背包挂在肩头，沉默而坚定地跟在他们身后。

"我们是不是应该派个人回去守着路啊？"不开心的骗人虫建议，并主动请缨，但是，这个提议完全被无视了，他只好闷闷不乐地跟上。

他们爬得越高，四周就越暗。这种暗不是夜晚的那种暗，倒像是潜伏的阴影和邪恶的意图从布满青苔的黏湿的悬崖上渗透出来，把光明完全遮盖了。

他们沿着这条令人头晕目眩的小径继续向上爬。小径

215

9. 这只鸟羽毛蓬乱、肮脏无比

贾斯特考虑过把这个角色叫作"红冠抢话者","正好说出你的心里话"。（莉莉图书馆，第 5 档案盒 34 号文件夹，标有"恶魔"的笔记第 1 条）

贾斯特曾在别处评价道："这是指从表面错误地理解一切事情，进而造成彻底的混淆。这个阴魂不散的抢话者，或者说肮脏无比的鸟，就是指那些不好好听人说话、将别人说的话'断章取义'的人。但是这些被多次断章取义的话语却变得更有趣了。"马克斯兄弟就深谙自由切换上下文的把戏，就像电影《鸭羹》中格劳乔·马克斯所饰演的角色鲁弗斯·T. 费尔弗莱大喊的那样："我特别想加入一家俱乐部①，然后打你的头！"或者如费尔弗莱和电影中的间谍奇科里尼这段经典而滑稽的对话：

费尔弗莱：我们为什么要有常备军②！

奇科里尼：因为我们得省着用椅子。[《马克斯兄弟：〈骗人把戏〉〈鸭羹〉〈赌马风波〉》（电影剧本），卡尔·弗伦奇作序，伦敦·波士顿：费伯－费伯出版社，1993 年，119 页]

10. 我们正在找过夜的地方

"Spend"的这一用法早在乔叟之前就已出现，他曾写过："因此他们在战斗中度过了漫长的一天。③"（《牛津英语词典》2956 页，杰弗里·乔叟《贤妇传说》，约 1385 年）

11. 也不是让你们花的

---

① 俱乐部的英文为"club"，也有"棍棒"之意。
② 常备军的英文为"standing army"，直译为"站着的军队"。
③ 英文原文为"And thus the longe day in fight they spende"。

的一边布满摇摇欲坠的尖利的石头，仿佛随时会掉下来；另一边则是一望无际的深渊，看不见边界，也望不到底。

"我什么也看不到了。"一团浓雾不知何时遮住了月亮，米洛抓住了咔嗒的尾巴，"我们要不要等天亮了再走？"

"很快黄花菜都凉了。"他们头顶忽然传来一个声音，随后是一阵惹人生厌的嘎嘎大笑，就像是被鱼刺卡了嗓子。

原来发出声音的是一只巨鸟，他正紧紧地贴在那些黏糊糊的石头上，几乎与石头融为一体。这只鸟羽毛蓬乱、肮脏无比，看上去就像一个脏污不堪的拖把。他的嘴尖而锋利，看起来十分危险，睁着一只眼不怀好意地盯着米洛他们。

"你是不是误解什么了，我们正在找过夜的地方。"米洛胆怯地开口，旁边的咔嗒发出了一声警惕的咆哮。

"夜晚可不是让你们过的。"巨鸟又发出了尖厉的声音，随后恐怖地大笑起来。

"这根本说不通，你看……"米洛打算解释一下。

"美元和美分也不是让你们花的①。"巨鸟趾高气扬地继续说。

---

① 英文原文为"spend"，上文中"过夜（spend the night）"和"花钱（spend money）"两个短语都使用同一个动词"spend"。

作者在这里想表达的是，不管"断章取义"一开始有多让人不愉快，也算是一种学习体验。对米洛而言，反复被这只脏鸟质疑自己的措辞和可能造成的误解，是一次自我解放的经历，如贾斯特所言，也是一次重新"驾驭"自己的"感知和反应的机会，甚至可能超出狭隘的反应范围：什么是预期，什么是逻辑，何为真实"。（《N. J. 笔记》第一卷，5-6 页）

"可我不是……"米洛坚持说道。

"当然是你的不是。"巨鸟打断他，闭上了刚才睁着的那只眼，睁开了刚才闭着的那只眼，"任何一个想要度过不属于自己的夜晚的人都有不是。"

"不要卖弄……"米洛绝望地再次开口。

"那就另说了，"巨鸟再次打断了他的话，面色稍微缓和了一些，"如果你想买的话，我倒是能卖给你，但是如果你们一直这样，最后非常可能拐进死胡同。"

"唉，怎么办。"米洛无助地叹道，巨鸟的断章取义，弄得米洛一头雾水，根本不明白他在说什么。

"是的。"巨鸟咂了咂嘴，"凉拌的不好吃。如果我是你的话，老早就撤了。"

"让我再试试。"米洛还在力争，"也就是说……"

"你还有话说？"这只鸟欢快地叫道，"好吧，不管怎么说，试试看。你先前说得就不怎么样。"

"你非得打断别人说话不可吗？"咔嗒烦躁地说，即使他性子好，也开始不耐烦了。

"没错。"巨鸟嘎嘎叫了一声，"这是我的工作，我把词语从人们的嘴里抢过来。我们之前没见过吗？我就是无处不在的夺词鸟，我认得你们那位甲虫朋友。"他大大地向前倾身，向骗人虫露出一个心照不宣的可怕微笑。

骗人虫个头太大，无处藏身，害怕地一动也不敢动，只能极力否认。

"无知山里的所有居民都像你这样吗？"米洛问。

"比我要糟糕多了。"巨鸟向往地说，"不过我不住这儿，我来自一个遥远的地方，那里叫上下文城。"

"你不认为你应该回去吗？"骗人虫鼓起勇气说，同时举起一条胳膊挡在身前。

"这是一个多么恐怖的提议。"巨鸟竟然害怕地浑身战栗起来，"你不知道那里是多么糟糕的地方，我拼了老命才

12. 我来自一个遥远的地方，那里叫上下文城

贾斯特评论道："作者（尤其是童书作者）的一个重要工作就是帮助读者理解看待事物的方法不止一种。其中一些方法很荒谬，还经常脱离上下文。

"这里有一个例子：

成年人喜欢数字。你告诉他们你交了一个新朋友，他们从来不会问你任何实质性的问题，比如：他的声音听起来怎么样？他最喜欢玩什么游戏？他收集蝴蝶吗？相反，他们会问：他多大了？他有几个兄弟？他有多重？他的父亲挣多少钱？只有通过这些数字，他们才认为对这个人有了全面了解。如果你对成年人说：'我看见一栋非常漂亮的房子，有玫瑰色的砖墙，窗下种着天竺葵，屋顶上落着一群鸽子。'那他们根本不知道这栋房子是什么样子。你得这样说：'我看见一栋值两万美金的房子。'那他们肯定会高呼：'哦，多漂亮的一栋房子啊！'

"这段话引自《小王子》，阐明了成年人和孩子的想法有多么不同。事实和信息对两者而言意味着完全不同的事物。同样重要的是，孩子没有什么实际经验来判断事实的'重要性'。所以'3×4=12'远不如'我床底下有一个沉睡的大家伙'或者'月亮是生奶酪做的'这样的事有意义、有意思。"

从那里跑出来。再说了，还有哪儿比这些脏兮兮的石头好呢？"

哪儿都比这儿好吧，米洛暗想，他把领子立了起来，然后问脏鸟："你是一个恶魔吗？"

"恐怕不是。"巨鸟难过地回答，几行污秽的泪水沿着嘴角滚落下来，"我努力过了，但最多是个麻烦精，就是成不了恶魔。"米洛还来不及说点什么，他就扇动着脏兮兮的大翅膀飞走了，灰尘、泥土和绒毛纷纷而下，像瀑布一样。

"还有重要的……"米洛喊道，他刚刚想到了好多要问的问题。

"我的体重是三十四磅。"脏鸟尖叫一声，消失在浓雾里。

"他一点忙也没帮上。"他们一行人又走了一会儿，米洛说道。

"所以我要把他撵走。"骗人虫一边喊一边使劲挥舞着他的手杖，"走吧，我们去找恶魔吧。"

"那可能比你想象的还要快。"咔嗒一边说一边回头看了一下忽然开始发抖的骗人虫。小路再次改变了方向，他们继续向上爬。

几分钟后，他们终于爬到了山顶，却发现前方还矗立

13

着一座更高的山，山那边还有几座山，而且一座比一座高，它们的顶峰都耸入旋涡般的黑暗里，根本无法看清。走了一段以后，路变得平坦开阔起来。忽然，前方出现了一位

14

举止优雅的绅士，正悠然自得地靠在一棵枯死的树上。

这位绅士穿着笔挺的黑色西装、熨烫过的衬衫，打着领带，鞋子锃亮，指甲洁净，帽子刷得亮闪闪的，胸前的口袋里还叠放着一块白色手帕。但是，他的表情有点单调，

13. 插画

这幅画令人回想起费弗于二十世纪五十年代末在威尔·艾斯纳工作室当学徒并协助创作《闪灵侠》的经历。费弗对时间杀手的演绎让人想起可怕的马克斯·斯卡尔（下图左），《闪灵侠》中的一个反派。他原本是一个德国银行家，后来成了一个管家（实际是一个乔装的杀手）。他身上有这个系列中另外两个恶棍的影子。这两个恶棍长得很吓人，像头足类动物，分别是章鱼博士（出现在1946 年 7 月 14 日至 1951 年 3 月 18 日之间的几期中）和乌贼（下图右，出现在 1942 年 1 月 18 日、2 月 15 日、4 月 5 日的三期中）。

©威尔·艾斯纳工作室

14. 一位举止优雅的绅士

这个陌生人就是时间杀手，贾斯特用自传式语言描述这一恶魔形象，他象征着"逃避应该做的事、费时费力的事或困难的事"（《N.J.笔记》第二卷，7 页）。考虑到《神奇的收费亭》是作者为拖延其他工作、转移注意力写的，时间杀手在米洛和伙伴们遇到的一系列恶魔中占据了第一的位置是当之无愧的。

15. 正好有三件事情要做。

贾斯特在这里采用了两种传统童话故事的写作手法：给主人公指派一系列似乎不可能完成的任务和围绕数字"3"展开情节。在《侏儒怪》《三只坏脾气的山羊》《灰姑娘》等很多古老的故事中，某个行为总会重复三次，最终达到所期望的结局。但是在这里，重复带来的只有不断加深的挫败感，这一点在接下来的章节里表现得很清楚。

事实上，他完全没有表情，因为他没有眼睛，也没有鼻子，连嘴巴都没有。

"你好，小男孩。"他亲切地和米洛握手，"这只忠诚的狗也好吧？"他结结实实地拍了咔嗒几下以示友好。"哦，这位长相非凡的先生是谁啊？"他礼貌地朝一脸高兴的骗人虫摘下帽子，"很高兴见到你们。"

能碰见像他这么友好的人，真是意外的惊喜，尤其是在这种地方。三个伙伴都在心里暗暗地想。

"我是否可以占用你们一点时间？"绅士很有礼貌地问，"我想让你们帮我做点小事。"

"当然没问题！"骗人虫高兴地回答。

"很荣幸！"咔嗒补充道。

"没问题！"米洛心里有点纳闷，一个没有五官的人是如何做到这样和蔼可亲的呢？

15　"那太好了！"绅士高兴地说，"正好有三件事情要做。首先，我想把这堆沙从这边移到那边。"他指着一个巨大的细沙堆，"可是我只有这些小镊子。"他把镊子递给米洛。米洛马上动手干了起来，一次夹起一粒沙子，仔细搬运着。

"然后呢，我想把这口井里的水汲出来，倒进另外一口

井里去，但是我没有水桶，你们得用这个滴管。"他把滴管递给了咔嗒。咔嗒开始用滴管把水从一口井运到另外一口井，当然，他每次只能运一滴水。

"嗯，最后，我要在这悬崖上钻个洞。拿这根针去吧。"兴致勃勃的骗人虫迅速投入到工作中去，用针一点点地扎着坚硬的花岗岩。

他们都开始埋头苦干后，那位和颜悦色的绅士又靠回枯树，继续茫然地盯着小路。米洛、咔嗒和骗人虫在一旁忙个不停。一个小时接着一个小时，一个小时接着一个小时，

一个小时接着一个小时，一个小时接着一个小时，一个小时接着一个小时，一个小时接着一个小时，一个小时接着一个小时，一个小时接着一个小时，一个小时接着一个小时，一个小时接着一个小时，一个小时……

不受欢迎的来客

骗人虫一边干活，一边愉快地吹着口哨，他从来没这 1
么高兴过，因为这活儿根本不用动脑子。大约好几天之后，
他终于挖出了一个大概能容下一根大拇指的洞。咔嗒把滴
管咬在嘴里，来回奔忙，但是那口井还是和开始时一样满，
井水一点也没有少的迹象。米洛的情况也没好到哪儿去，
他搬走的沙子还不能称作"堆"。

"好奇怪啊。"米洛说，但他手上一刻也没停，"我一直
在干活，但是一点也没觉得累或者饿。我想我能一直这么
干下去。"

"也许你真的可以。"绅士打了个哈欠表示同意，或者说，

1. 骗人虫一边干活，一边愉快地吹着口哨

  骗人虫在这种难熬的情况下，以出人意料的明智策
略来打发时间，正好与迪士尼动画片《白雪公主》中的
一个情节相呼应：当白雪公主和动物帮手们打扫七个小
矮人的小屋时，她会愉快地让它们吹口哨。在《神奇的
收费亭》临近出版的那段日子，百老汇的戏迷们，也是
后来的电影观众们正深深着迷于罗杰斯和哈默斯坦创作
的一首音乐剧歌曲《我用口哨吹了一支欢快的曲子》。
这首曲子把音乐剧《国王与我》（1951 年）中的一个重
要情节推向高潮：暹罗王的孩子们的新英语教师来到暹
罗宫殿后，向她自己的孩子保证以后的生活绝不会像一
开始看起来那么可怕。

2. 米洛……很快就算出

在救出韵律公主和理性公主之前，米洛就已经在运用基础数学这一理性工具来解决现实世界中的问题了。

他发出的声音听着很像打哈欠，因为看不到他的五官。

"我想知道我们还得多长时间才能干完。"咔嗒又一次从他身边经过时，米洛低声说。

"你怎么不用魔杖来算一算？"咔嗒嘴里虽然咬着滴管，但还是十分清楚地对米洛说。

米洛从口袋里掏出那支亮闪闪的魔杖。他很快就算出，按他们现在的效率，八百三十七年之后才能把活儿干完。

"很抱歉！"米洛用力拽了拽绅士的袖子，把一张写满数字的纸条给他看，"我们干完这些工作需要八百三十七年。"

"嗯，真的吗？"绅士随口回答，头都没回，"那你最好赶紧回去接着干。"

"但是似乎很没有必要。"米洛轻轻地说。

"没必要？"绅士愤怒地喊了起来。

"我的意思是，这可能不太重要。"米洛换了个说法，尽量保持礼貌。

"当然不重要，"绅士怒气冲冲地咆哮道，"要是重要的话，我就不会让你们去做了。"这次，他终于把脸转了过来，似乎很不高兴。

"那为什么还要做呢？"咔嗒问，他的闹钟忽然响了起来。

"那是因为，年轻的朋友们，"绅士不情愿地咕哝道，"还有什么比做不重要的事情更重要呢？只要你们做不完，就永远去不了想去的地方。"他语气加重，忽然发出一阵邪恶的笑声。

"那你肯定是……"米洛倒抽了一口凉气。

"正是！"绅士发出了胜利的尖叫，"鄙人就是大名鼎鼎的时间杀手，掌管琐碎事情和无价值工作的魔鬼，白费力怪物，惯性恶魔。"

骗人虫丢掉手里的针，难以置信地看着那个男人，米洛和咔嗒则慢慢地向后退去。

"别想逃跑。"绅士命令道，充满威胁地挥舞了一下胳膊，"你们要做的事情还多着呢，还要八百多年你们才能干完这第一份活儿。"

"可是，你为什么只做无聊的事情呢？"米洛问，他忽然想起自己以前每天也都会花很多时间做无聊的事情。

"想想这能省掉多少麻烦吧。"男人解释道，空白的脸看起来就像正在邪恶地笑——如果他能笑的话，"如果只做轻松无用的工作，那么就永远也不必为那些既重要又很困难的工作担心。你不会有那个时间的，因为手头总有事情

227

3. 他一边说一边踮着脚慢慢向他们走过来，张开手臂，继续用那种轻软、虚伪的语气低声说

时间杀手这里采用的手段类似于催眠，对于要控制的对象，他通过限制感官刺激来让他们平静下来，同时给出建议，让他们内化于心，使之变成他们新的行为习惯的基础。

显然作者很喜欢借这个机会来讽刺、同时也让自己摆脱这个充满恶魔的世界。

DEMONS

1. The word crested word snatcher - takes the worlds right out of your mouth —
   (maybe the name should be the many — word snatcher — implying interruptions or c-dences).

2. One who makes you
   a. find what you are not looking for
   b. hear what you are not listening for
   c. run after what you are not chasing

   ✳ (the senses taker) deprives people of properly—together sense

3. Use conformity, hate + prejudice.

4. twin demons: as tall as one was thats how short the other was, as round as one was thats how square the other was, as rough as one was, thats how square the other was. They are not at all alike, but exactly the same. THE TWIN DEMONS OF COMPROMISE.

5. The Terrible Trivium . makes people help him do useless Tasks.

6 - The word snatcher

贾斯特匆匆写下了他对各种角色的构思：他们如何使尽各种可怕又荒谬的招数来给米洛和他的朋友们使绊。其中一些恶魔就像这张手稿里描述的那样，还有一些被改进后写进故事，另一些则被删掉了。（莉莉图书馆，第 5 档案盒 34 号文件夹）

要做，没办法腾出时间来做应该做的事情。哼，要不是那根该死的魔杖，你永远也不会知道自己浪费了多少时间。"

他一边说一边踮着脚慢慢向他们走过来，张开手臂，继续用那种轻软、虚伪的语气低声说："好了，到我这儿来留下来和我待在一起。我们会有很多乐子的。有很多东西需要填满，很多东西需要掏空；很多东西需要撤走，很多东西需要收回；很多东西需要捡起来，很多东西需要放下。另外，我们还有铅笔要削、洞要挖、钉子要弄直、邮票要粘……要做的事情多着呢，简直没完没了。怎么样？你们要是留下来，以后就再也不需要思考了——只要稍加练习，你们也能像我一样成为惯性魔鬼。"

他们都被时间杀手那麻痹人心的声音攫住了，一动也不能动。正当时间杀手要用他那漂亮干净的手抓住他们的时候，一个声音忽然响了起来："跑！快跑！"

米洛以为是咔嗒喊的，忽地转身，冲上了小路。

"跑！快跑！"那个声音再次喊道。咔嗒以为是米洛喊的，马上跟了上去。

"跑！快跑！"那个声音继续催促。骗人虫根本不管到底是谁喊的，只是不顾一切地向他的两个朋友跑去，身后紧紧地跟着时间杀手。

228

"这边！来这边！"那个声音又喊道。他们循着那声音，十分艰难地沿着打滑的石头向上爬，几乎每向上一步都会向后滑一点。费了好大的劲儿，加上咔嗒用爪子相助，他们才终于到了山顶，但是也就比火冒三丈的时间杀手快一点点。

"这儿！来这儿！"那个声音还在招呼。他们没有丝毫犹豫，便冲进了一个满是泥的深坑里。他们的脚踝很快被淹没，接着是膝盖，然后是屁股。最后，他们感觉自己就像在一个齐腰深的花生酱池子里艰难前行。 4

时间杀手这时发现有一堆卵石需要数一下，便没再跟着他们，但他还是站在坑边晃着拳头，喊了些威胁的话，并发誓要唤醒山里所有的恶魔。

"多么险恶的家伙啊！"米洛上气不接下气地说，他又惊又累，几乎迈不开步了，"我希望再也不要遇见他。"

"我想他不会再来追我们了。"骗人虫一边说，一边转头向身后看。

"后边怎么样我倒是不担心。"他们从黏而腻的泥坑里爬出来后，咔嗒说，"我担心的是前面。"

"继续往前！继续往前！"当他们小心翼翼地在新的小

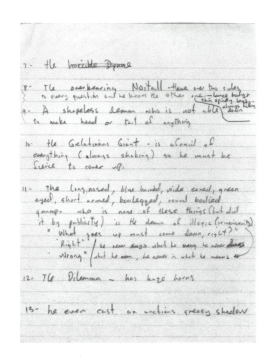

4. 感觉自己就像在一个齐腰深的花生酱池子里

在二十世纪五六十年代的冒险电影和电视剧中，要体现主人公在恶劣的环境中挣扎求生，让他们身陷流沙比陷在花生酱中要合适得多。不过贾斯特在这里故意忽视了当时读者的这一偏好。

5. 如果能清楚地看到

在关于恶魔的笔记中，贾斯特对这个话多又自满的角色做了如下描述："长鼻子、蓝头发、大耳朵、绿眼睛、短胳膊、罗圈腿、圆身体，这些特征他都没有（但他号称自己有）……逻辑混乱的恶魔，或者称为虚伪怪。他从来都是言不由衷，言行不一，说话从不作数。"（莉莉图书馆，第5档案盒34号文件夹，第11条）

6. 而米洛……取出望远镜

贾斯特再一次给出米洛已经达到让·皮亚杰认知发展理论中形式运算阶段的具体证据。在这个阶段，孩子可以像真正的科学家那样思考，有办法将之前的预期付诸实践来检验，同时还能保持开放的思维，接受得出与别人不同结论的可能性。

路上摸索的时候，刚才那个声音又响了起来。

"加紧步伐！加紧步伐！"那个声音又建议道。还没搞明白是怎么回事，他们就自动向前跨了一步，然后一起掉入了一个阴暗的深坑里。

"他说了向前！"米洛四仰八叉地躺在坑底，抱怨道。

"嗯，你们可别以为跟着我走，就哪儿都去得了。"那个声音开心地说。

"我们是出不去了。"骗人虫看着四周陡峭光滑的坑壁，绝望地呻吟道。

"这的确是对现状的准确判断。"那个声音无比冷酷地说。

"那你为什么还要帮我们？"米洛生气地大喊。

"哦，对其他人我也会这么做。"声音回答，"我的专长就是提坏建议。如果能清楚地看到我，你们就会知道，我长着长鼻子、绿眼睛、卷头发、阔嘴巴、粗脖子、宽肩膀、圆身体、短胳膊、罗圈腿和大脚丫——甚至可以说，我是这片荒野里最可怕的恶魔之一。有我在这儿，你们压根儿就别想逃。"说完，他慢吞吞地走到坑边，斜眼看着三个绝望的囚犯。

咔嗒和骗人虫害怕地转过了身，而米洛现在已经知道，

人们不一定是他们自己说的那个样子，所以他取出望远镜，准备好好地看一下。果然，站在坑边的怪物根本不是他刚才描述的样子，而是小小的、毛茸茸的，眼里满是担忧，嘴角挂着胆怯的笑。

"什么啊，你根本没有什么长鼻子、绿眼睛、卷头发、阔嘴巴、粗脖子、宽肩膀、圆身体、短胳膊、罗圈腿和大脚丫嘛——而且你一点也不可怕。"米洛气愤地说，"你是哪种恶魔？"

这个恶魔哭得像个孩子的行为进一步凸显了刚在米洛身上显现出的成熟。

这个小小生物知道真相被发现后十分震惊，他退出他们的视线范围，低低地啜泣起来。

"我是虚伪怪。"他啜泣道，"我说的跟心中所想不一样，我想的和做的不一样，我想的和实际上也不一样。许多人听了我的话都相信了，于是他们走错了路，就只能永远留在那儿。但是你和你那个可怕的望远镜把一切都毁了。我要回家了。"他歇斯底里地哭着，生气地跑开了。

"果然还是应该好好看清楚事物！"米洛一边小心地把望远镜收好，一边说。

"我们现在要做的就是爬出去。"咔嗒说。他的前爪尽可能高地攀在坑壁上，"过来，踩到我背上。"

米洛爬上了咔嗒的肩膀，骗人虫爬到米洛的头顶，总算用手杖钩到了一棵老树扭曲的根。他一边大声抱怨，一边牢牢地挂在那里，让米洛和咔嗒先爬上去。等米洛和咔嗒把他拽上去的时候，骗人虫已经头昏脑涨，全身乏力。

"我在前头带会儿路。"骗人虫打起精神，拍了拍身上的土，"跟着我走，咱们就能离麻烦远点。"

前面有五条狭窄的路，骗人虫带领着他们俩沿着其中一条向前走去，前方通向凹凸不平的高地。他们停了下来，打算休息一下，制订个计划。但是整座山忽然剧烈地摇晃

8. 插画

　　费弗喜欢捕捉鲁布·戈德堡式画面的不稳定感，并将之融入恰到好处的平衡动作中。

8

起来，然后猛地拔高，直耸入云。米洛他们也跟着急速升高。原来，他们无意间踏进了软塌塌巨人那满是老茧的手心。

"看我手里这是什么东西啊！"软塌塌巨人咆哮着，十分好奇地盯着手心里缩成一团的小东西们，舔了舔嘴唇。

巨人个头就算坐下来也非常惊人，他有一头乱蓬蓬的头发和两只鼓起来的眼睛，身形难以形容。事实上，他看起来就像是一大碗果冻，只是没有碗盛着而已。

"你们竟敢吵醒我！"他怒气冲冲地大吼，火热的气息把手心里的米洛他们吹得翻了好几个跟头。

"非常抱歉！"米洛礼貌地道歉，整整自己的衣服，"但是您看起来就像是山的一部分。"

"那是自然。"巨人缓了缓语气，但是听起来仍然像什么在爆炸，"我没有形状，所以才变成我附近的东西的样子。在群山之间，我就是一个孤高的山顶；到了海边，我就是一片宽广的沙洲；在森林里，我就是一棵参天的橡树；有时候到了城市，我就变成一栋豪华的十二层公寓。我讨厌引人注目，那太不安全了，你知道的。"说完，他又饶有兴趣地看着米洛他们，想知道他们尝起来味道怎么样。

"您这么大，应该不会害怕什么才对。"米洛赶忙开口，因为巨人已经朝他们张开了大嘴。

"才不是呢。"巨人说，一股轻微的战栗刹那间蹿遍他庞大的身体，"我什么都怕，所以才装出一副凶恶的样子。 9 如果被其他人知道，我就死定了。好了，别说话了，安静点，我要吃我的早餐了。"

他张开大嘴，举起手，准备把米洛他们吞下去。骗人虫紧紧闭上了眼睛，两只手牢牢抱住脑袋。

"也就是说，您并不是一个可怕的恶魔咯？"米洛不顾一切地问，他一心希望这个巨人接受过良好家教，说话时不会吃东西。

"嗯，大概是吧。"巨人垂下胳膊，回答道。骗人虫长 10 长地舒了一口气。"也许又不是。我的意思是，我比较可能是恶魔——换句话说，我大概可能是恶魔。但其他人怎么想呢？你看，"巨人气恼地说，"我甚至害怕说句肯定的话。所以请不要再问问题了，我都快没胃口了。"他再次抬起胳膊，打算一口吞掉他们三个。

"那您为什么不帮我们救出韵律公主和理性公主呢？那样的话，事情可能就好多了。"米洛喊道。他们就要成为巨人的腹中餐，从这个世界上消失了。

"噢，我可不会这么做。"巨人再次垂下胳膊，若有所

9. 我什么都怕

　　关于这个恶魔，贾斯特说道："我想他就是《绿野仙踪》中那个毫无可取之处的胆小狮子。这正好呼应了我在学校甚至之后的生活中想当个隐形人的愿望。"（《N. J. 笔记》第二卷，8 页）

10. 大概是吧

　　贾斯特充分利用了下面这张清单，仅这一段里就用了这七个词中的四个。（莉莉图书馆，第 5 档案盒 34 号文件夹）

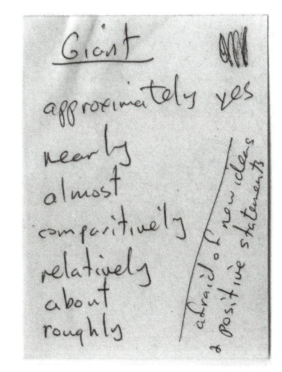

11. 插画

这个巨人看起来真的像"山体的一部分"：大大的脚丫、茶杯似的眼睛、乱蓬蓬的头发……他都可以当莫里斯·桑达克在他最著名的绘本《野兽国》（1963 年）里创作的怪兽的老亲戚了。

12. 插画

朱尔斯·费弗绘制的胶状巨人的草稿。

11

12

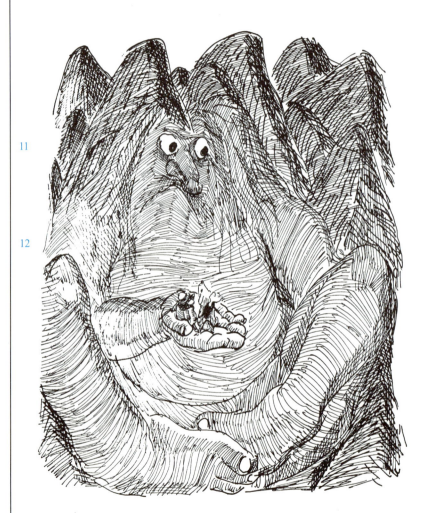

思地说，"我的意思是，为什么就不能不管那些事情呢？那些都是没用的。而且，我永远也逮不着机会。换句话说，我们应该让事情保持原样——改变太恐怖了。"他忽然变得有点病恹恹的。"我可能会只吃你们中的一个，"他不太高兴地说，"剩下的留着以后再吃。我现在觉得有点不舒服。"

"我有一个更好的主意。"米洛说。

"真的吗？"巨人已经完全没有吃他们的欲望了，"如果说有什么东西我无法一口吞下去，那就是主意，它们太难消化了。"

"我有一个盒子，里面有这个世界上所有的主意。"米洛一脸骄傲地举起了 ABC 国王给他的礼物。 13

光是想一想，巨人就受不了了，他开始发起抖来，像一块抖动的巨大布丁。 14

"求求你把我放下来，让我离开！"他苦苦恳求，一时间都忘了是谁抓着谁了，**"千万、千万不要打开那个盒子！"**

转瞬间，巨人就把米洛他们丢在旁边一个锯齿形的山顶，一脸惊恐地拖着沉重的步子离开了，好尽快把这个消息告诉大家。

不过消息可比他快多了。在这之前，那只脏兮兮的夺词鸟、时间杀手，还有那所谓长着长鼻子、绿眼睛、卷头发、

13. 我有一个盒子，里面有这个世界上所有的主意。
　　与其说是 ABC 国王给了米洛一个装满词语的盒子，不如说鉴于米洛最近表现出的发展性变化，很显然他已经有能力"在合适的地方好好运用"（99 页）那些词语，就像国王之前告诫他的那样。

14. 他开始发起抖来，像一块抖动的巨大布丁
　　贾斯特在笔记上构思的角色有些最后没有呈现在书中，其中一个就是"巧克力慕斯"，它"总是害怕自己的体重不够轻，或者在上甜点之前就被吃掉"。贾斯特似乎把那个角色的特质以明喻的方式呈现在了这里。（莉莉图书馆，第 5 档案盒 34 号文件夹，标有"ABC 国王和其他一些角色"的笔记，4 页，第 14 条）

阔嘴巴、粗脖子、宽肩膀、圆身体、短胳膊、罗圈腿和大脚丫的虚伪怪早已将警报传遍了充满邪恶的无知山。

恶魔们一个接一个地现身——从每个洞穴和裂缝里，每条沟壑和裂痕里，石头下面和污泥里。他们或是踏着沉重的步子走着，或是拖着庞大的身躯追赶，或是沿着山坡滑行，纷纷穿过黑暗的阴影，朝一个地方赶去。所有的恶魔心中都只有一个念头：摧毁入侵者，保护无知山。

站在山顶上的米洛、咔嗒和骗人虫可以看到恶魔们正源源不断地冲过来，虽然离他们还有一段距离，但是恶魔们走得很快。悬崖四周都是这些爬行、涌动、蠕动着的蹒跚身影，看上去就像是整座山都活了过来。有些恶魔的身影已经清晰可见，有些也能看到模糊的轮廓，还有更多的正不断从污秽的窝里钻出来，比预想中要快得多。

"我们最好快点，"咔嗒喊道，"否则肯定会被他们抓住的。"他沿着小路开始往上跑。

米洛深吸了一口气，跟在咔嗒后面跑了上去。骗人虫也明白了眼前的处境，恢复了精神，快速冲到前面。

空中城堡

他们一步一步向着高处爬去，搜寻着城堡和两位被放逐的公主——从一个山顶到另一个山顶，翻过一块又一块陡峭的石头，爬过可怕的悬崖，走过狭窄不堪的小路，不断向前。若是不小心失足，就可能摔得粉身碎骨。不祥的沉默就像幕布一样笼罩着他们，除了狂乱的脚步声，周围一片寂静。米洛根本没空考虑别的，他满脑子只有一个念头——恶魔就在后边，马上就要追上来了。

"他们来了！"骗人虫喊道，有点后悔刚才向后看了一眼。

"在那儿！"米洛同时喊道。他们的正前方出现一条细

1. 插画

这幅插画作为对一种喷墨控制应用技术的试验在全书中显得十分特别。费弗几年前就预测过有两位英国插画师——杰拉德·斯卡夫、拉尔夫·斯特德曼将使用这一技术，后来他们确实与此有了密切联系。

长的螺旋形台阶，它的起点是最高的山峰，终点就是空中城堡。

"看到了，看到了！"骗人虫喜出望外地喊了起来。他们沿着蜿蜒曲折的山间小路艰难攀登着，没有发现就在第一级台阶前蜷缩着一个小小的矮胖男人。那个男人穿着一件双排扣长礼服，静静躺在一个巨大的、已经很破旧的本子上。

他耳朵上摇摇欲坠地别着一支长长的羽毛笔，手上、脸上，还有衣服上都是墨汁，还戴着一副米洛见过的最厚的眼镜。

"小心点！"当他们终于到达山顶的时候，咔嗒低声提醒道。骗人虫轻手轻脚地绕过那个人，走上台阶。

"名字？"骗人虫刚刚踏上第一级台阶，矮胖男人就轻快地问了一句。骗人虫吓了一大跳。矮胖男人很快坐起身，把本子从身下抽了出来，接着戴上一个绿色的遮光眼罩，拿好笔等着骗人虫回答。

"啊，那个，我……"骗人虫结巴起来。

"名字？"矮胖男人又问了一遍，接着，他把账本翻到五百一十二页，刷刷地狂写起来。那支羽毛笔发出了极为恐怖的摩擦声，笔尖还老卡在纸上，弄得墨水飞溅。米洛他们报了自己的名字，矮胖男人很仔细地按照首字母顺序记了下来。

"好极了，好极了，好极了！"他自个儿嘀嘀咕咕地说，"我好长时间没有见到 M 打头的名字了。"

"你问我们的名字做什么？"米洛一边问，一边紧张地往身后看，"我们还有急事。"

"哦，不会占用你们多少时间的，"矮胖男人向他们保证，"我是官方的感觉采集官，在收走你们的**感觉**之前，我得先收集一些你们的信息。好了，现在告诉我，你们的出生时间、地点和原因，你们现在的年龄、刚才的年龄和再过一会儿

2. 我是官方的感觉采集官

此处列出的这个卡夫卡式工头的荒唐要求凸显了失控的官僚程序所带来的令人窒息的后果。贾斯特评价感觉采集官是个"喜欢让人分心且沉溺于没完没了的琐事的恶魔"。(《N.J. 笔记》第二卷，7 页)

3.

诺顿·贾斯特列了一个俗语清单，总共有九十个。它们表面看来没有什么共同之处，但每一条在某种程度上都作为潜在的故事素材激发了贾斯特的想象力。作者可能给这个挑别的感觉采集官赋予了一点点他自己的强迫症性格，却没有赋予他看出其中的幽默意味的能力。(莉莉图书馆，第 5 档案盒 34 号文件夹)

的年龄，还有你母亲的名字、父亲的名字、婶婶舅妈的名字、叔叔舅舅的名字、表兄弟姐妹和堂兄弟姐妹的名字，你在哪儿住，住了多长时间，你上过哪些学校，没上过哪些学校，你的爱好有哪些，电话号码是多少，穿多大的鞋、多大的衬衫、多大的衣领，戴多大的帽子，以及能证明以上信息属实的六个人的姓名和地址。好了，我们开始吧。一个一个来，请排好队，不要拥挤，不要聊天，也不要偷看。"

骗人虫是第一个，他几乎什么都不记得了。矮胖男人悠闲自得地分别在五个不同的地方记下了每个回答，不时停笔擦擦眼镜、清清嗓子、整整领带、擤擤鼻涕，看起来一点也不着急，还甩了可怜的骗人虫一身的墨水。

"下一个！"问完骗人虫，他非常有派头地喊道。

"真希望他能快一些。"米洛向前跨了一步，他看见第一个恶魔已经爬上山，正向他们冲来，估计没几分钟就会来到他们面前。

矮胖男人不停地写着，一副深思熟虑的表情。终于，他写完了米洛和咔嗒的信息，高兴地抬起了头。

"我们能走了吗？"咔嗒问。他敏感的鼻子捕捉到了一股越来越近的、令人憎恶的邪恶气息。

"当然。"矮胖男人欣然说，"不过请务必尽快告诉我以下信息：你的身高，你的体重，你每年读多少本书，没读多少本书，你每天用于吃饭、玩耍、工作和睡觉的时间分别是多少，你去哪里度假，每周吃多少个冰激凌，你家离理发店有多远，最喜欢的颜色是什么。然后呢，再填写这些表格和申请书——一式三份——啊，请务必小心，如果填错一处，就得全部从头开始。"

"我的天！"米洛无望地看着那堆文件，"我们根本填不完。"就在他说话的时候，恶魔们已鬼鬼祟祟地拥上山来。

"快点，快点！"感觉采集官自得其乐地咯咯笑着，"别占我一整天时间，我随时都有更多的拜访者呢。"

他们开始飞快地填那堆难填的表格。填完以后，米洛把表格放到矮胖男人的膝盖上。男人很有礼貌地向他们道了谢，摘下遮光眼罩，把笔别回耳朵上，合上本子，再次进入了梦乡。骗人虫一脸恐惧地向后看了一眼，飞快地跑上台阶。

"**目的地**？"感觉采集官突然喊道，再次坐起身来，戴上遮光眼罩，从耳朵上取下了笔，然后打开本子。

"可是我以为……"骗人虫震惊地抗议。

"**目的地**？"矮胖男人重复着，并在本子上做了几个记号。

4. 色彩艳丽的欢快马戏团

狡诈的感觉采集官恰到好处地用一个具有诱惑性的选择来让米洛分心。贾斯特在被马戏团生活的阴暗面吸引之前，已经和童书作者们心意相通了。在《托比·泰勒，或马戏团里的十个星期》（1880 年）中，詹姆斯·奥蒂斯讲述了一个十岁的孤儿托比·泰勒为了寻找更美好的生活跑去马戏团，却被残酷剥削的故事。在《木偶奇遇记》（1883 年）中，卡洛·科洛迪也是将任性的主人公推向了马戏团这条毁灭之路：当匹诺曹在乐土变成一头驴时，他立刻被卖到了马戏团。跟托比·泰勒一样，他在马戏团也受到了非人的对待。

5. 你难道不想闻一闻更加美妙的香气吗？

狗的嗅觉比人的要灵敏一千倍。狗的鼻子大约有两亿两千万个嗅觉感受器，而狗最好的朋友人类，却只有五百万个。

6. 骗人虫全神贯注地听起来，这声音只有他能听到

感觉采集官使用催眠术让骗人虫听到了虚拟的人群欢呼声，达到这种效果需要剥夺部分感官。上面三种邪恶的障眼法都让人想到所谓的"洗脑"，这个词通过理查德·康登的畅销小说《谍影迷魂》在冷战时期的美国家喻户晓。

"空中城堡。"米洛很不耐烦地说。

"何苦费那个劲儿？"感觉采集官指着远处说道，"我肯定你更乐意看看我即将给你们看的东西。"

4　听了他的话，他们都向上看去，但只有米洛看到了地平线上那色彩艳丽的欢快马戏团。那里有帐篷表演、露天表演、骑马表演，甚至还有动物表演——无论哪一样都能让一个小男孩目不转睛地看上几个小时。

5　"你难道不想闻一闻更加美妙的香气吗？"感觉采集官对咔嗒说。

咔嗒很快就闻到了一股绝妙的气味，除了他没人闻得到。这种气味能完全满足他那挑剔的鼻子。

"这里有一点东西，我想你会愿意听的。"男人向骗人虫保证。

6　骗人虫全神贯注地听起来，这声音只有他能听到——一大群人只为他欢呼、喝彩。

他们三个神情恍惚地站在那里，看着、闻着、听着感觉采集官给予他们的最特别的东西。他们已经完全忘记了要去哪儿，也完全忘记了后面还有一群杀气腾腾的恶魔正追来。

感觉采集官又坐了下来，浮肿的脸上浮现出心满意足

的笑容，他看着那群恶魔越来越近，面前的三个人下一秒就要惨遭毒手。

但是，米洛正沉迷在马戏团的表演里，根本无暇注意身边发生了什么事；咔嗒闭上了双眼，专注地闻味；骗人虫则不停地鞠躬挥手，脸上散发着幸福到极致的光芒，完全陶醉在喝彩声中。

矮胖男人圆满完成了任务。除了山峰下传来的让人听了极不舒服的爬行声，四周再次恢复了宁静。米洛依旧表情凝滞地望着远方，一不小心把他装礼物的包掉到了地上。装满声音的包裹打开了，霎时，空气中充满了快活的大笑。被这样的笑声感染，米洛也哈哈大笑起来，接着是咔嗒，然后是骗人虫，他们都大笑起来。束缚他们的魔咒解开了。

"这里根本没有什么马戏团！"米洛大喊，明白自己被骗了。

"也没有好闻的味道。"咔嗒吠叫起来，他的闹钟开始大叫。

"掌声也没有了。"骗人虫一脸失望地嘟囔。

"我警告过你们，我是感觉采集官。"感觉采集官冷笑了一声，"我可以帮人们找到他们没想找的东西，听到他们没去听的声音，追逐他们没打算追逐的东西，闻到周围根

7. 他们没想找的东西

作者在下图的笔记中写下的想法在本书第245、246、250 页中有所体现。

CASTLE IN THE SKY

1- use term cold light of reason stands to reason

2. Read between the lions - (pun to be used for social lions)

3. Its not what you say, its the say that you say it, for people can use the same words and mean entirely different things.

4. People only hear what they want to hear see what they want to see say what they want to say and make figures do whatever they want for without Rhyme + reason - honesty - anything goes

5. Rhyme. with a laugh everytime as the mailman's ring when you know there's a letter for you.

6. Just off the map bit - Milo. I'll bet you can see everything..... Oh no, see Kill - there are many things just off the map.

8. "只要你们还有笑声……就没什么可怕的了。"

感觉采集官承认的事表达了贾斯特的一个核心价值观。他曾在一次采访中说："幽默感是生活中必不可少的一种品质。当事情非常棘手的时候，我会用点'黑色幽默'。我妻子会说这个和那个'没什么可开玩笑的'，但我要说，正是那些不能开玩笑的事情才需要去开玩笑。"（《趣谈》，135 页））

本没有的气味。啊，还有，"他咯咯地尖笑了一声，快活地蹬着两条又粗又短的腿跳来跳去，"我会偷走你们的目标感，取走你们的使命感，破坏你们的分寸感。要不是那件东西，你们早就无计可施啦！"

"哪件东西？"米洛胆战心惊地问。

8 "只要你们还有笑声，"他很不高兴地抱怨道，"我就没办法拿走你们的幽默感——拥有幽默感，我对你们来说就没什么可怕的了。"

"可是我们拿他们怎么办？"骗人虫惊慌失措地大喊，因为这个时候，恶魔们终于爬上了山顶，正跳着冲过来，要抓他们。

他们争先恐后地往台阶上冲去，忙乱中撞倒了脸色阴沉的感觉采集官，还弄翻了他的本子、墨水瓶和遮光眼罩。骗人虫冲在最前面，接着是咔嗒，最后是米洛。米洛险些被抓到，因为已经有一条带鳞的胳膊扫过了他的鞋。

阶梯危险地在风中摇来荡去，让踩在上面的人头昏眼花。那些恶魔因为个个身体笨重，都不敢跟上去，只能在下面暴躁地咆哮、吼叫，大嚷着要报仇雪恨，无数双冒火的眼睛直勾勾地盯着他们三个小小的身影慢慢消失在云中。

"别往下看。"米洛看到骗人虫的腿一个劲儿地打战，差点掉下去，便警告道。

这阶梯就像一个巨大的螺丝锥，在黑暗中扭曲着，又陡又窄，也没有可以倚靠的栏杆。风猛烈地吹着，似乎要把他们三个撕裂，浓雾用湿冷的手指抚上他们的后背，带来阵阵寒气。他们始终互相扶持，坚持不懈地向着让人晕眩不已的高处爬去。终于，云层散开了，黑暗也消失了，金色的阳光洒在他们身上，仿佛在欢迎他们到来。城堡的门缓缓打开。他们走进一个大厅，站在一张像雪堆一样柔软的毯子上不安地等待着。

"请进来，我们正等着你们呢。"两个甜美的声音一齐说道。

在大厅远远的一端，一块银色幕布缓缓拉开，走出来两个年轻的姑娘。她们一身洁白，美丽得无与伦比。其中一位面色庄重沉静，眼里流露出暖意和宽容，另外一位则满脸欢喜，看起来十分活泼。

"您一定就是纯粹理性公主。"米洛向第一位姑娘深深地鞠躬。

她简短地回答道："正是。"但这就足够了。

"您是甜美韵律公主。"米洛又朝另外一位姑娘微笑

9. 一块银色幕布缓缓拉开，走出来两个年轻的姑娘

费弗和贾斯特对韵律公主和理性公主的形象都不太满意。费弗是因为这两位女性看起来太传统了，就像一对思想者举办的选美比赛的参赛者。而贾斯特则认为尽管二者是故事不可或缺的角色，但她们的性格"太像我读小学时班里的女生了——表现好、负责任、守秩序、充满正能量，但对于我儿时喜欢的混乱来说，她们可太扫兴了。当然，她们很重要，我们要做的就是把她们融进我们的生活，并且不让我们丧失对生活的热情、兴趣和冒险精神。"（《N.J.笔记》第二卷，8页）

10. 如果我没有犯那么多的错

理性公主对米洛的道歉做出了令人难忘的回应，贾斯特可能在索引卡上第一次写下了这一点。（莉莉图书馆，第 5 档案盒 34 号文件夹）

着说。

她的眼睛里迸出明亮的光芒，笑着回答了他，那悦耳动听的笑声就像是邮递员送来你期盼已久的信时摇响的铃铛。

"我们是来救你们的。"米洛严肃地说。

"恶魔就在后边呢。"骗人虫担忧地说，他还在为刚才的痛苦磨难而颤抖不停。

"我们必须尽快离开！"咔嗒建议道。

"别担心，他们不敢来这儿。"理性公主温柔地说，"我们很快就下去。"

"坐下来休息休息吧，"韵律公主建议，"你们肯定很累。是不是走了好长时间？"

"好多天了。"筋疲力尽的咔嗒叹了口气，蜷在了一块毛茸茸的毯子上。

"是好多个礼拜了。"骗人虫纠正道，然后扑进一把舒服的扶手椅里，自在地休息去了。

"确实是一趟很长的旅行。"米洛边说边爬到公主们坐的长沙发上，"不过如果我没有犯那么多的错，我们应该可以更早一些来到这里。都是因为我，都是我的错。"

"千万不要怕犯错，更不要因为犯错而沮丧。"理性公

主温柔地安抚他，"只要能从错误里汲取教训就好。比起出于错误的理由而做对了事，出于对的理由而犯错要有益得多，从中也能学到更多的东西。"

"可是要学习的东西太多了。"米洛若有所思地皱起了眉。

"没错。"韵律公主说，"但是，光学习是不够的，关键 **12** 是你要知道学这些有什么用，以及为什么要学这些东西。"

"我就是这个意思。"米洛说。此时，咔嗒和疲倦的骗

11. 插画

米洛坐在韵律公主和理性公主中间，与其说他累，不如说他充满困惑，就像费弗笔下典型的角色那样，陷入了困境，进退两难，不知道该选哪条路。

12. 光学习是不够的，关键是你要知道学这些有什么用，以及为什么要学这些东西

韵律公主的这句话听起来像是美国进步主义教育的提倡者。这种教育观念的支持者赞成银行街教育学院的创立者露西·斯普拉格·米切尔的观点，即"关联思维"优于传统的死记硬背。

13. 比如家蝇扇扇翅膀，全世界就会吹起微风

贾斯特在这里举了一个动力学系统中的例子，即有时一件看起来很不起眼的小事能引起意想不到的结果——这是后牛顿派研究的主题，也是后来著名的混沌理论尤其关注的。这一概念在一九五二年已经开始流传，当时雷·布拉德伯里发表了科幻小说《一声惊雷》，这是一部关于时间旅行的短篇小说，讲述了一只蝴蝶在时间旅行者穿越到过去的途中意外被碾碎，由此引发的一连串事件，给当时世界的语言、建筑及政治带来了变化。巧合的是，在一九六一年，也就是《神奇的收费亭》出版的那年，爱德华·洛伦茨首次用计算机分析天气系统得出了惊人的发现，并使用"蝴蝶效应"来概括这一发现。

人虫已经进入了梦乡。"好多东西我得学，但是又觉得它们没用，我完全不知道为什么要学它们。"

"你现在可能还看不出来。"理性公主理解地看着米洛困惑的脸，"但是，你要知道，我们学习任何东西都会有其作用，我们所做的一切都会影响到周围的人和事，哪怕只是一丁点的影响。比如家蝇扇扇翅膀，全世界就会吹起微风；就算只是一粒灰尘掉到地上，整个星球的重量也会增加一点；当你跺脚的时候，地球就会轻轻地偏离原来的轨道；无论何时，只要你大笑，快乐就会像池塘里的涟漪一样散播开来；当你伤心的时候，任何地方的人都不可能真正地快乐。知识也是这样，你每学到一点新东西，这个世界就会变得更加丰富多彩。"

"还有，要记住。"韵律公主补充说，"你想看的许多地方在地图上都是没有的，你想知道的许多事都在你看不见或是够不着的地方，但是未来你也许会把它们全部找到。因为你今天所学的知识，一定会帮你发现明天那些了不起的秘密。"

"我想我明白了。"米洛心中还是充满了问题和想法，"但最重要的是……"

这时，远处的一阵震荡打断了他们的谈话。声音响起，

250

14. 我会把每个人都带下去。

法国哲学家加斯东·巴什拉在《空间的诗学》中说道："常识就在底层。"长期以来，理性总是在比喻意义上与基础、根本之类的词相关，就像短语"down to earth[①]"。希腊神话中，伊卡洛斯公然挑衅理性，用蜡做的翅膀飞翔，结果当他飞得离太阳太近时，双翼融化，他飞速坠落丧生。相比之下，米洛和他的伙伴们有韵律公主和理性公主在身边，所以能够平安返回陆地。

整个屋子和屋子里的一切都稀里哗啦摇晃起来。原来，下面那黑黢黢的山顶上，恶魔们正拿着斧子、锤子和锯子要拆毁通向空中城堡的阶梯。没过多久，阶梯就坍塌了，发出巨大的声响。受惊的骗人虫一下子蹦了起来，正好看见整个宫殿慢慢地向空中飘去。

"我们飘起来了！"他喊道。大家都意识到了这显而易见的事实。

"我想我们最好赶紧离开。"韵律公主轻轻地说，理性公主点了点头。

"可是，我们怎么下去呀？"骗人虫看着下面阶梯的残骸咕哝道，"没有了阶梯，城堡会越飘越高，我们离地面就越来越远了。"

"嗯，时间过得飞快，是不是？"米洛问。

"很多情况下是。"咔嗒叫了一声，急切地跳了起来，"我会把每个人都带下去。"

"你能把我们都带上吗？"骗人虫问。

"一小段距离还可以，"咔嗒想了想说，"公主们可以坐在我的背上，米洛抓住我的尾巴，你就抓住米洛的脚踝好了。"

"空中城堡怎么办？"骗人虫似乎对这样的安排不甚

14

① 这个短语意为"务实的"，"earth"意为"土地"。

满意。

"就让它飘走吧。"韵律公主说。

"总算能摆脱它了。"理性公主说，"不管它看起来有多美，对我们来说都和监狱无异。"

咔嗒往后退了三步，然后助跑一段，带着他的乘客一下子从窗户跳了出去。之后就是漫长的降落滑行。公主们坐得笔直，毫无畏惧，米洛拼命地抓着咔嗒的尾巴，最后面的骗人虫剧烈地摇晃着，就像风筝的尾巴。他们穿过黑暗，向着下面的高山和恶魔坠落。

1. 妥协三恶魔

贾斯特关于妥协恶魔的笔记如下:"双胞胎恶魔,一个有多高,另一个就有多矮;一个有多圆,另一个就有多方;一个有多粗糙,另一个就有多光滑。他们长得一点都不像,却是完全一样的妥协双胞胎恶魔。"(莉莉图书馆,第5档案盒34号文件夹,第4条)

"必须承认,我设计这两个形象是为了折磨朱尔斯。"(《N.J.笔记》第二卷,8页)为了不轻易被折磨,费弗选择把妥协三恶魔留给读者去想象。

韵律公主和理性公主归来

飘过三座最高的山峰后,他们猛地降落在恶魔包围圈上方的地面上。

"快!"咔嗒催促道,"跟着我!我们得快跑!"

咔嗒背着公主们一口气冲下满是石头的小路——他们一秒都不能耽搁,因为住在无知山的所有恐怖生物正焦躁不安地捶打着山脊等待着他们,到处都是腾起的灰尘和令人毛骨悚然的尖叫。

他们借着黑暗的掩护飞快地向前奔跑,厚厚的黑云就悬在他们头顶。米洛往后看了一眼,发现那些恐怖的身影正逐渐靠近他们。左后方不远是妥协三恶魔,其中一个又

1

高又瘦，另一个又矮又胖，第三个看起来和前两个都很像。他们就如往常一样围成一圈前行，因为，他们总是一个说"这边"，另外一个说"那边"，而第三个人则无条件地服从前两个人。他们解决争议的方法就是做三个人都不愿做的事，所以他们基本上哪儿也去不了，基本上也没见过什么其他人。

那个在石头上笨拙地跳来跳去、伸着弯曲的爪子乱抓的就是莽撞鬼——最让人讨厌的家伙之一。他的眼睛长在背后，屁股却长在前面。他总是不看就跳，从来不在乎到底要去哪儿，只知道不应该再去他到过的地方。

最可怕的是，怨恨魔正从正后方追上来。他们就像一群大型软壳蜗牛，眼睛里发出炽烈的光芒，嘴角淌着贪婪的口水。他们的移动速度比想象中要快得多，爬过的地方留下黏腻的痕迹。

"**快，快！**"咔嗒喊道，"他们追上来了。"

他们飞快地向山下跑去，骗人虫一只手按着帽子，一只手不顾一切地四处扑打，米洛从来没跑这么快过，就算如此也还是比恶魔稍逊一筹。

万事通怪一边喋喋不休，一边从右后方追过来，他那沉重的球形身体全凭细细的不堪重负的腿支撑着。这个可怕

2. 怨恨魔[①]

在希腊神话中，"Gorgon"是一个以蛇为头发的可怕妖怪，凡是看到她眼睛的人都会变成石头。荷马在《伊利亚特》和《奥德赛》中只提到了一个蛇发女妖，而后来的希腊作家证实了蛇发女妖是三姐妹，其中两人有不死之躯，最小的妹妹美杜莎没有。

---

① 英文原文为"the Gorgons of Hate and Malice"。

3. 插画

　　这是全书中费弗最喜欢的创作之一，部分原因是它跟费弗一贯的风格——大量留白完全不同。十九世纪法国有一位高产的雕塑家和插画师古斯塔夫·多雷，他的作品热烈奔放，如史诗般壮丽。在创作这幅构图复杂的画时，费弗从他的画中汲取了灵感。

古斯塔夫·多雷为弥尔顿《失乐园》（1866 年）所绘的插画。

3

257

4. 骑在别人背上跑过来的是借口大王。

一九九六年，莫里斯·桑达克评论道："美国社会正在快速肤浅化。贾斯特笔下的讽喻怪兽形象太真实了，无知山的各种恶魔、浮夸魔……还有破衣烂衫的借口大王，都在智慧王国的城墙内。而怨恨魔、万事通，尤其是妥协三恶魔已经遍布全世界的高官要职。"（莫里斯·桑达克为《神奇的收费亭》美国 35 周年纪念版所作的鉴赏文章，1996 年）

的恶魔浑身上下就一张嘴，随时准备着就各个问题提供错误信息。他经常重重地摔在地上，但是遭殃的从来不是他自己，而是那些被他压在身下的可怜虫。

在他后面一点的是浮夸魔。他外形诡异，举止极其令人生厌，只看他一眼都是一种折磨。他那两排邪恶的牙齿专门用来扭曲真理。一旦谁被他逮着，可就倒大霉了。

4　　骑在别人背上跑过来的是借口大王。他个头很小，而且看起来有点可怜，因为他的衣服破破烂烂的。他一直叽叽咕咕地重复着同样的话，声音虽低却很有穿透力："其实，我生病了——可是这一页被撕掉了——我没赶上公车——可是别人也没有做到——其实，我生病了——可是这一页被撕掉了——我没赶上公车——可是别人也没有做到。"他的样子看起来友好无害，但是一旦谁被他抓到，就绝无可能再跑掉。

恶魔们越来越近，互相挤撞、推搡，满脸愤怒地挥动着爪子，哼哼唧唧。咔嗒的脚步都不稳了，但他还是带着韵律公主和理性公主勇敢地向前冲；米洛跌跌撞撞地沿着小路跑，他觉得自己快要无法呼吸了；骗人虫的速度有点慢，落在了后边。快到山脚的时候，路变得宽阔又平坦，并向智慧王国延伸而去。光明和安全近在咫尺——但对他们来说还是有点遥远。

恶魔从四面八方冲了过来。这些生于黑暗、长于黑暗的疯狂生物，不顾一切地向他们的猎物冲去。在恶魔部队的后方，时间杀手和摇摇晃晃的软塌塌巨人正兴奋地催促着前方的恶魔们。丑陋的犹豫不决恶魔一下子冲了过来，他喷着响鼻，蹄子用力踏着地面，一心想把人抓到他那长长的角尖，好看看他们左右为难的样子。

筋疲力尽的骗人虫摇摇晃晃地跑着，他那橡皮一般的腿已经没有什么力气了，他那因痛苦而扭曲的脸上现出一丝渴望的神情。"我觉得我……"正当他喘着粗气说话的时候，一道闪电划破了天空，他的声音淹没在了轰隆隆的雷声中。

恶魔们越来越近，眼看疯狂追逐就要到头了，他们一鼓作气，打算先吞掉骗人虫，然后吞掉小男孩，最后吞掉那只狗和两位公主。他们一齐跳了起来——

忽然，恶魔们猛地停下了，就像被冻住了一样一动也不动，只是满脸惊恐地望着前方。

米洛慢慢地抬起疲惫不堪的头，向前看去。原来，智慧王国的大部队正在不远处待命。他们的剑和盾折射着太

5. 丑陋的犹豫不决恶魔[①]

"Dilemma"源自希腊语的一个复合词，意为"两个理所当然的前提或事情"。这个词最初是辩论领域的术语，表示一种修辞陷阱，只留给对方辩手两种可能的回应，但每一种又都不理想。中世纪的哲学家把这种困境称为"左右为难的争论"（拉丁语为"*argumentum cornutum*"，英语为"horned argument"）。最终，这个意思演化为今天更为人熟知的表达"进退两难（caught on the horns of a dilemme）"。（《词源词典》和《世界英语俚语词典》）

---

① 英文原文为"the ugly Dilemma"。

6. 米洛在旅行中遇到的每个人都来帮忙了

　　贾斯特把所有人都搬上了大结局的舞台。他本想把设想的所有角色都纳入故事中，但最终没这样做。曾有过一个叫作"就在那一刻"的人物，贾斯特为他做了大量笔记，这个人物会为这些事情着迷："1. 从清醒陷入沉睡的那一刻；2. 水结成冰的那一刻；3. 前进转为后退的那一刻；4. 好变成坏的那一刻。他看起来就像你关电视时出现的光点一样"（莉莉图书馆，第1档案盒1号文件夹，顶端写着"就在那一刻"的笔记）。

阳明亮的光芒，鲜艳的旗帜骄傲地在风中飘扬。

　　一瞬间，周围一片死寂。接着，一千个喇叭响了起来——然后是另外一千个——排成长队的骑士海浪一样向前行进，开始速度还比较缓慢，后来越来越快，到最后就像狂风骤雨般冲向那群被吓坏了的恶魔。震耳欲聋的马蹄声和喊叫声在米洛听来宛若音乐一般动听。

　　冲在最前面的是ABC国王，他那亮光闪闪的铠甲上装饰着各种字母；旁边的123国王正用力挥舞着一支新削的铅笔魔杖；噪音医生从小车里接连丢下一个又一个炸弹，让声音守护人十分开心；吵吵则忙个不停，因为他得赶紧把声音收集起来。这时，色彩大师也来助威，他的交响乐团奏出了绚烂的色彩。米洛在旅行中遇到的每个人都来帮忙了——在市场遇到的男人、数字国的矿工，还有居住在山谷和森林里的善良的人们。

　　拼写蜜蜂兴奋地在空中飞来飞去，大声喊着："加油——g-o, go！加油——g-o, go!"胆小的万能人从结论岛赶来，就是为了证明自己也可以变得十分英勇。就连都有罪警长也来了，他趾高气扬地骑在一只长而矮的腊肠犬上，一脸冷酷地向前飞奔。

　　无知山的恶魔们害怕地哭喊起来，那声音是如此恐怖，

6

7

7. 插画

　　当费弗要给前一页描述的"排成长队的骑士"这一场景配图时，他告诉贾斯特他不想画马，然后画了一张士兵都骑在猫背上的素描。贾斯特很不开心。为了安抚贾斯特，费弗不情愿地画了一匹马的侧影，还用尽可能最简单的方式多画了几笔，以表示旁边还有两匹马，想就这样了事。值得注意的是，士兵都没佩剑，文中提到的"鲜艳的旗帜骄傲地在风中飘扬"的画面也没出现。而且，士兵比马要多一个。

8. 让我们欢呼吧！ ①

尽管理解次长并没有向米洛和他的朋友举起酒杯，但他所说的这个祝酒词还是很恰当的。喝酒之前碰杯的习惯在中世纪就已经很普遍了，部分原因是为了将藏在酒杯中的恶魔或者妖怪碰出去。

让人听过一遍就再也忘不了。恶魔们狂乱地掉头，向着他们来的地方——那阴暗潮湿之处奔去。骗人虫长舒了一口气，米洛和公主们则准备去问候打了胜仗的军队。

"干得好！"定义公爵走到米洛跟前，抓住他的手说。

"太棒了！"意义部长接着说。

"很不错！"内涵侯爵跟着说。

"祝贺你！"本质伯爵也称赞道。

8

"让我们欢呼吧！"理解次长提议。

这正是人们现在最想做的，所有在场的人都大声欢呼起来。

"我们想要感谢——"当四周的喊叫声渐渐平息下来的时候，米洛开口说，但是，他还没来得及说完，五位内阁大臣就展开了一个巨大的羊皮纸卷轴。

在热热闹闹的喇叭声和鼓声中，他们大声宣布：

"自此——"

"从此刻起——"

"我们向全世界宣布——"

"韵律公主和理性公主——"

"再次统治智慧王国！"

两位公主优雅地鞠躬致意，接着又热烈地亲吻了她们

的兄弟。他们一致同意这是一个了不起的奇迹。

大臣们继续宣读：

"此外，男孩米洛——"

"闹钟狗咔嗒——"

"以及甲虫，即骗人虫——"

"在此被授予——"

"'国家英雄'的称号！"

人群爆发出一阵又一阵的欢呼。被这么多人注视、赞美，就连骗人虫都有点不好意思了。

9. 竞技、游戏、欢宴和戏剧①

"Folly"一词在此意为"以娱乐为目的的戏剧表演"。

定义公爵最后宣布：

"为了表彰他们的英勇事迹，我们将为他们举行盛大的庆祝会！让游行遍布所有的城市吧，让我们狂欢三天三夜吧！届时将有各种竞技、游戏、欢宴和戏剧，让我们尽情狂欢吧！"

这五位大臣把羊皮纸卷了起来，然后一边鞠躬一边挥手，慢慢退了下去。

英勇敏捷的骑士们很快将这个消息传遍了大街小巷。长长的游行队伍蜿蜒着穿过乡村城镇，所经之地的人们也都兴高采烈地加入进来，队伍越来越长。家家户户的窗口都悬挂着五彩斑斓的花环，美丽的花瓣像地毯一样铺满了所有街道。就连空气似乎也因为这样的欢乐而闪着细小的微光，尘封多年的百叶窗忽然打开，迎接着阔别已久的炫目阳光。

米洛、咔嗒和安静得不同寻常的骗人虫骄傲地与 ABC 国王、123 国王以及两位公主一起坐在皇家马车上，他们前后的游行队伍都有几英里长。

人们的欢呼还在继续，喜悦和感激之情溢于言表。这时，韵律公主轻轻碰了碰米洛的胳膊。

"他们是在为你欢呼呢。"她微笑着说。

① 英文原文为"follies"。

"但是如果没有大家的帮助，"米洛回答，"我永远也无法完成这个任务。"

"也许是吧。"理性公主郑重地说，"但是，你有勇气去尝试，这是难能可贵的，而且很多时候，你能做到什么往往取决于你会去做什么。"

"所以，"ABC国王说，"那件非常重要的事情，我说只能等你回来才能讨论的事……"

"我记着呢。"米洛急切地回答，"快告诉我。"

"你们不可能营救出韵律公主和理性公主。"ABC国王看着123国王说。

"完全不可能！"123国王看着ABC国王。

"难道说……"骗人虫结结巴巴的，忽然觉得有点晕。

"是的，就是这样。"两个国王一起说，"但是如果那个时候我们就把这事告诉你，你可能就不会去了——不过你也发现了，这么多事情都变得可能，就是因为你们不知道它们是不可能的。" ¹⁰

米洛许久没有说一句话。

最后，他们到达了宽阔的平原。它恰好位于词语国和数字国中间，右边一点是寂静山谷，左边一点是森林。排成长队的马车和骑士都停了下来，准备在这里举行盛大的狂欢。

10. 这么多事情都变得可能，就是因为你们不知道它们是不可能的

　　作者用这个句子来表达"我觉得我能行，我觉得我能行"。这也是被读者们引用最多用来鼓舞人心的段落之一。

11. 插画

《神奇的收费亭》出版几个月后，朱尔斯·费弗又创作了一部漫画，主角是一个民谣歌手，他唱着民谣调侃圣诞老人。（刊载于《解说者》，1961 年 12 月 21 日，273 页）

BUT VIRGINIA WAS **STILL** NOT CONVINCED. SO SHE WROTE TO SANTA CLAUS_"IS THERE A SANTA CLAUS, O SANTA CLAUS?"

© 朱尔斯·费弗

12. 摩天轮

桥梁建筑师小乔治·华盛顿·盖尔·费里斯设计出了世界上第一个摩天轮，在一八九三年的芝加哥世博会上吸引了众多目光。同时，它也是芝加哥对巴黎埃菲尔铁塔的回应。贾斯特的故乡纽约布鲁克林区的一位游乐园经营者想买下芝加哥的这一地标，装到科尼岛上，但是没能成功。于是这位狡猾的游乐园老板自行造了一个小一些的摩天轮，还立了一块牌子，声称这是"全世界最大的"摩天轮。

13. 喧嚣①

这个词是"Bethlehem（伯利恒）"的缩写，在希伯

① 英文原文为"bedlam"。

11

颜色鲜亮的条纹帐篷和大棚从四处冒了出来，工人们就像蚂蚁一样奔走。没过多长时间，平原上就出现了跑道、看台、舞台、点心摊、游乐场、摩天轮和彩旗，喧嚣和混乱一直没有停歇。

12、13

123 国王不停地制作出美丽绝伦的焰火。这些惊人的焰火都是用可以爆炸的数字乘以或除以数字得来的——那缤纷绚丽的色彩当然是由色彩大师提供的，而声音则出自高兴到发狂的噪音医生之手。声音守护人为大家带来了无尽的音乐

和欢笑，当然，这些热闹的声音里还会穿插一点点寂静。

阿列克架起了一个巨大的望远镜，邀请每个人去看月亮的另一边；骗人虫在人群里闲逛，一边享受着人们的欢呼和祝贺，一边不厌其烦地讲述他的英勇事迹，当然，那故事已不知被夸大了多少倍。 14

每个晚上太阳一落山，就会举行盛大的宴会。每件事物都让人惊叹。ABC 国王特意准备了风味各异的甜美词语，还为那些喜欢异国情调的人准备了多种外语词；123 国王则提供了好多盘除法饺子，但是米洛小心翼翼地挑出来没有吃。因为不管吃多少，只要一吃完，盘子里就会出现更多的饺子。

晚宴过后，精彩绝伦的表演开始了。人们或唱歌，或朗诵史诗，或演讲，来赞美他们的公主和拯救了她们的三个伟大冒险家。ABC 国王和 123 国王保证，他们每年都会带领军队到无知山剿灭恶魔，直到一个不剩。人们都说，智慧王国从来没有过这么快乐的时候，也从来没有举行过这么盛大的庆典。

再美好的日子也有结束的一天。即使不乐意，第三天下午，人们还是把帐篷和其他东西收了起来，准备离开。

来语中意为"面包房"，最初与伯利恒的圣玛丽医院有关。圣玛丽医院建于一二四七年，最初是一座修道院，位于伦敦的主教门街，一三三〇年成为一家医院，大约一四〇〇年，开始接收有痼疾的病人。在今天，那些疾病会被归为精神类疾病。三个世纪后，它被官方指定为精神病收容所。至十七世纪晚期，这个词也用来表示相当吵闹或者混乱的场面。

14. 不厌其烦地讲述他的英勇事迹

在最终打印版草稿中，贾斯特划掉了"冒险（adventures）"，以用深色加重强调的"英勇事迹（exploits）"一词取而代之。（莉莉图书馆，第 3 档案盒 31 号文件夹，179 页）

"我们该走了。"理性公主说，"要做的事情还多着呢。"听了她的话，米洛猛地想起了他的家，现在他恨不得立即回到家里，但是，他又有点舍不得离开这里。

"好了，你该说再见了。"韵律公主温柔地拍着他的脸说。

"和所有人吗？"米洛不太开心地说。他转过头，慢慢地看向他所有的朋友，他看得非常用心、仔细，想把他们的样子都记在心里，这样以后永远也不会忘记。但是，他看得最多的还是咔嗒和骗人虫——与他分享冒险、危险、恐惧以及胜利的好朋友。再也找不到比他们更忠实的朋友了。

"你们能跟我一起走吗？"他问咔嗒和骗人虫，虽然他早已知道答案。

"恐怕不能，老兄。"骗人虫回答说，"我很想和你一起走，但是我已经安排了一系列巡回讲座，这估计会占用我好多年的时间。"

"这里也还需要一只闹钟狗。"咔嗒也悲伤地说。

米洛走上前拥抱骗人虫，这只甲虫以他一贯的粗鲁含糊地说："走吧！"但是湿润的双眼却暴露了他的真实心情。然后，米洛又抱住了咔嗒的脖子，有好长一段时间，他们只是这样紧紧地抱在一起。

"谢谢你们，谢谢你们教会我那么多事情！"米洛向每

15. 他恨不得立即回到家里

　　与《绿野仙踪》中找到了奥兹国的多萝西不一样，米洛不需要别人告诉他如何才能回家。

16. 但是，他又有点舍不得离开这里

　　"米洛的离开就像夏天结束时要我离开夏令营一样，离开有一群特别的朋友的魔法世界，回归现实，直面所有问题（但是更有能力解决它们了）。"（《N. J. 笔记》第二卷，11 页）

17. 他看得非常用心、仔细

　　这里米洛像是在按照他拜访现实城和幻觉城时所吸取的教训行事。

18. 你该不会觉得数字和词语一样重要吧？

"一旦取得胜利，除了让米洛回家，也没什么其他可做的了。这是一场伟大的胜利，但是我不想说这是一场永恒的胜利。这是一场硬仗，得一次又一次去打赢。"
（《N.J.笔记》第二卷，10–11页）

一个人道谢，泪水沿着他的脸颊滚落下来。

"我们也谢谢你，你也教会了我们许多！"ABC国王说完，拍了拍手，有人把小汽车推了过来，它已经焕然一新。

米洛走进车里，最后看了一眼所有的人，然后发动汽车离开了。身后每个人都在挥手向他道别。

"再见！"他喊道，"再见，我会回来的。"

"再见，"ABC国王也朝他喊，"要记得词语的重要性。"

"还有数字！"123国王有力地补充道。

18 "你该不会觉得数字和词语一样重要吧？"远处传来ABC国王的怒吼。

"不是吗？"123国王回答，不过声音越来越小，"你看嘛，如果……"

"我的天！"米洛头疼地想，"真希望他们可别再惹什么乱子了。"不一会儿，所有人都从视野里消失了。米洛下了坡，掉个头，向家的方向开去。

米洛的新生活

美丽的乡村风光从身边呼啸而过，风扫过挡风玻璃，发出吹哨子一样的声响。米洛忽然意识到，他可能已经离开好几个星期了。

"我希望大家没有太担心。"他加大油门，让汽车更快一些，"我从来没有离开家这么长时间。"

下午的太阳逐渐从鲜亮耀眼的黄色变成了温和散漫的橘红色，看起来就和米洛一样疲累。拐过几个不明显的弯道后，眼前的路米洛就非常熟悉了，远处渐渐浮现出那个孤独的收费亭，这是多么让人欣喜的景象！很快，米洛就到达了终点。他投下硬币，把车开了过去。还没有反应过来，

1

1. 米洛的新生活

《神奇的收费亭》出版四十四年后，贾斯特创作了一本绘本，名为《神奇的窗子》，讲述了一个女孩去看望祖父母的故事。故事里祖父母温馨的家中，一楼有一扇窗户，在三个人充满爱意的游戏和活动中起了关键作用。

克里斯·拉希卡是《神奇的窗子》的绘者。这本绘本获得了二〇〇六年的凯迪克奖。

诺顿·贾斯特在家和孙女托丽一起读《神奇的窗子》。托丽是他创作这本书的灵感来源。

他就已经坐在自己的房间里了。

"才六点啊。"他打了个哈欠，紧接着，就有了一个非常有趣的发现。

"现在竟然还是今天！我只离开了一个小时！"他惊奇地喊，没想到他竟然在这么短的时间里做了那么多的事。

他已经累得不想说话也不想吃饭了，所以，他一声不吭地爬上床，盖好被子，最后看了一眼自己的房间——这个房间与他记忆中相比似乎变了很多，然后沉沉睡着了。

第二天上学时，时间过得飞快，但又有点漫长，米洛满脑子都是旅行计划，眼睛除了收费亭什么也看不见。他不耐烦地等着下课。等铃声终于响起，他迫不及待地跑回了家。

"我要再去旅行！去旅行！我要马上出发！他们见到我肯定高兴得不得了，我……"

米洛一路狂奔到自己房间门口，猛地刹住了脚步——收费亭不见了。他疯狂地搜遍了整个房间，也没有找到。就像来时一样，它又神秘地消失了——在它原来所在的地方躺着一封亮蓝色的信封，上面简单地写着：**给已经返回的米洛**。

米洛马上拆开，信上写着：

亲爱的米洛：

多亏收费亭的帮助，你现在已经完成了旅行。我们相信你已心满意足，也希望你能谅解，我们必须带走它，因为还有很多其他孩子在等着使用它。

当然，你还有许多地方要去（有些甚至地图上都没有），还有许多东西要看（可能还从没有人想象过），但是我们坚信，只要你真的想去做，就会自己找到通向它们的路。

你真挚的朋友

下面的签名已经模糊不清了。

米洛伤心地走到窗前，窝在长椅里。他感到非常孤独和寂寞，他想起了好多的人和好多的事——骗人虫有点笨但是很可爱；咔嗒一直在身边，总是给他令人欣慰的支持；吵吵很古怪而且很容易兴奋；还有小小的阿列克，希望他有一天能长到地面上；韵律公主和理性公主，没有她们智慧王国就衰落了；还有其他许多人，他会一直记着他们。

就在想这些事情的时候，米洛发现，天空的蓝是如此让人心旷神怡，白云如同迎风前行的船只。树木的顶端长

这封温柔的告别信就像《爱丽丝漫游奇境》结尾的那封信一样令人印象深刻，强调了小米洛的敏锐和洞察力。他去远方旅行又回到现实，现在的他可以更从容地应对接下来的生活。

3. 我有好多想做的事情

出了浅色的幼小嫩芽，树叶则是浓绿色的。窗外有那么多可以看、可以听、可以触摸的东西——他可以去散步，去爬山，去花园里看毛毛虫闲逛。很多声音和谈话都令他感到新奇，等着他去聆听。每一天都那么特别。

他坐着的这间屋子里，就放着许多可以引领他走向神秘殿堂的图书，许多需要创造、制作、建造和拆掉的东西，以及数不清的难题和未知带来的兴奋，这些都是他以前不知道的——他可以弹奏音乐，可以唱歌，可以想象一个终有一天会成为现实的世界。他的大脑中盘旋着许多想法，周围的一切看起来是如此新鲜，而且都值得一试。

"嗯，我的确想开始另一段旅行，"米洛兴致勃勃地跳了起来，"可我不知道时间够不够，我有好多想做的事情。"

3

4. 插画

　　费弗以一种有趣的方式来描绘米洛的房间。他没有描绘房间里的具体物品，而是把它画成一个布莱克式的场景，就像一种潜在且真实存在的能量旋风。

4

附录

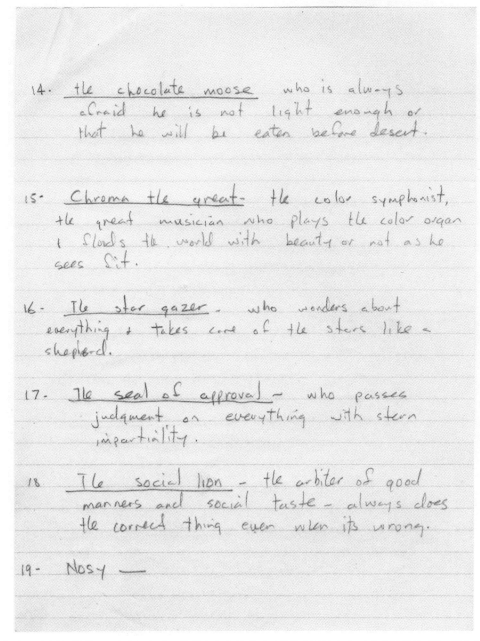

14. <u>the chocolate moose</u> who is always afraid he is not light enough or that he will be eaten before desert.

15. <u>Chroma the great</u> the color symphonist, the great musician who plays the color organ & floods the world with beauty or not as he sees fit.

16. <u>The star gazer</u> who wonders about everything & takes care of the stars like a shepherd.

17. <u>The seal of approval</u> ~ who passes judgment on everything with stern impartiality.

18. <u>The social lion</u> - the arbiter of good manners and social taste - always does the correct thing even when its wrong.

19. Nosy ~

诺顿·贾斯特酷爱列清单、做笔记。这张没标注日期的角色名单就列于写稿的百忙之中。（莉莉图书馆，第 5 档案盒 34 号文件夹）

279

20 - the animals no one has heard of - who appear throughout the story -

21. the inventor - who never leaves well enough alone and is always trying to improve things or invent new ones that haven't any use yet - he invents straight bananas & square oranges for easy packing - a spherical car, etc -

22. the hitch-hiker - who always leads Milo into doing things the easy way — they jump to conclusions together and have a very difficult time getting back - ~~As~~ As in all learning he is the hanger on who wants results without effort.

23. the optomitrist - who fits the rose colored glasses.

24 Fascimile - the character who can be just like anything else.

<u>Words for use</u>

1. ambiguous - ambiguity
2. alliteration
3. quagmire
4. grotesque
5. flabbergast
6. claptrap
7. ballyhoo
8. shenanigan
9. upholstery
10. fanfare
11. gargoyle
12. bamboozle
13. tantamount (name of mountain?)
14. humbug — (insect)
15. slipshod
16. ✱✱✱ Serendipity. the art of finding what your not looking for -
17. thingamabob thingamajig.
18. Syllabus & omnibus
19. Somersault
20. use of words which when not negative change meaning
    unkempt — kempt
    uncouth - couth
21. bedlam.

这张清单显示了贾斯特对语言发音和节奏的着迷，以及他对用独特字眼激发读者想象力的执着。最终，贾斯特只用到了其中几个有吸引力的动词。（莉莉图书馆，第 5 档案盒 35 号文件夹）

22 curmudgeon (miser, churl or avaricious)
23 expunge
24 filibuster
25 gauntlet
26 gymnasium
27 melancholy
28 intransigent
29 meander
30 sarcophagus
31.   hearse + rehearse
        treat + retreat
        main + remain
32. Parjandrum - petty pompous official.

not just once in a while, but all the time

Milo never knew what to do with himself
"It seems strange for an eight year old
boy to be so uninterested in things," thought
his parents, but as hard as they tried there
simply wasn't anything he really liked to do.
     "It seems to me that almost everything
is a waste of time", Milo would say as he
sat staring out of the window at nothing—
"There is nothing to do and nothing to say"—
and he said nothing and did nothing.
     NOW, of all the things Milo didn't like to
do, going to school was what he didn't like to do
most do least, and each day he sat dreamily
in the classroom learning as little as possible.
     "I just can't see the point in learning
sums or subtracting apples or where Madagascar is
or how to spell February", and since no one
bothered to tell him otherwise (a somewhat
unhappy lack in the educational system) he
continued to regard the process of amassing
knowledge as an ~~serious~~ inconvenient interruption
to the important business of daydreaming.

but as unpleasant as the class room was

早期手写稿，第一章第一页。（莉莉图书馆，第 5 档案盒 37 号文件夹）

himeself —

Not just sometimes, but always. When he was in school he longed to be out and when he was out he longed to be in. On the way he thought about coming home and coming home he thought about going. Where ever he was he longed to be somewhere else and when he got there he wondered why he'd bothered. Nothing interested him — especially the things that should.

"It seems to me that almost everyth is a waste of time", he said one day as he walked dejectedly home from school.

"I just can't see the point of learnin large sums or subtacting apples or where Australia is or how to spell February." And since no one bothered to explain otherwise he regarded the process of seeking knowled as the greatest waste of time of all.

As he and his unhappy thoughts hurried through the streets (for while he was never very anxious to be where he was going, he liked to get there as quickl

诺顿·贾斯特请母亲用打字机打印出来的第一版完整手写稿的第一章第一页。这里米洛抱怨的是得学习"澳大利亚",而不是出版版本中的"埃塞俄比亚"。贾斯特总是会在不同写作阶段不停地摆弄某些词语,使节奏听起来最悦耳。(莉莉图书馆,第5档案盒47号文件夹)

284

CHAPTER I.

There was once a little boy named

Milo who didn't know what to do with himself——Not just sometimes, but always.

When he was in school he longed to be out and when he was out he longed to be in. On the way he thought about coming home and coming home he thought about going. Whereever he was, he longed to be somewhere else, and when he got there he wondered why he'd bothered.

Nothing interested him—especially the things that should.

"It seems to me that almost everything is a waste of time," he said one day as he walked dejectedly home from school.

"I can't see the point of learning large sums or subtracting apples, or where *Madagascar* is, or how to spell February." And, since no one bothered to explain otherwise he regarded the the process of seeking knowledge as the greatest waste of time of all.

As he and his unhappy thoughts hurried through the streets (for while he was never very anxious to be where he was going, he liked to get there as quickly as possible) it seemed a great wonder that the world which was so large could sometimes feel so small and empty.

"There is nothing for me to do, no place for me to go and hardly anything worth seeing," and he punctuated this *last* thought with such a sad, deep sigh that a crested poppenjay singing nearby, stopped, and rushed home to be with his family.

- 1 -

这张草稿原本被认作是交给贾森·爱泼斯坦的那一版，但据其文字风格，应属于写作后期。（莉莉图书馆，第 5 档案盒 56 号文件夹）

285

PLOT SYNOPSIS OF REMAINING CHAPTERS

Chapters one through seven represent about one third of the book. The remaining chapters concern Milo's adventures as he and Tock and the Humbug who accompanies them as guide, leave Dictionopolis and set out for Digitopolis to make peace between words and numbers.

Since Digitopolis lies at the opposite end of the country, they must first visit the places that lie in between:

1. "The Land of Sound" where they meet the Soundkeeper, visit the great storage vaults of past sounds and speeches and rescue present and future sound which has been imprisoned in the old fortress, thereby saving the people from a life of silence.

2. "Conclusions," an island in the sea of knowledge which can only be reached by jumping. It is easy to get to but very difficult to return from, and so is densely populated. While there they meet Alec Bings, who seems through things, a little boy with X-ray vision who literally and figuratively can see through everything, but can't see what's in front of his nose.

3. "The Kingdom of Colors," where Milo meets Chrome the Great who composes the world's colors on his magnificent color organ. While there Milo is allowed to try it, with some startling results.

4. "The Land of Tomorrow," where Milo meets the men who invented progress and sees how new things come to be and what happens to the things that are not needed like square oranges, straight bananas and answers for which there are no questions.

贾斯特完成了手写稿后，明妮·贾斯特把故事大纲打印出来交给了兰登书屋的贾森·爱泼斯坦。（莉莉图书馆，第 5 档案盒 63 号文件夹）

They finally reach Digitopolis where Milo meets the Mathemagician, his assistants J. Remington Rhomboid, Peter Paradox and the Adding Machine, a friendly robot. They pay a long visit to Infinity and a shorter one to the town of Averages where they meet the average man and the average woman and learn a lesson in logic.

The Mathemagician is pleased to see them but is as stubborn as AZAZ and so they finally decide to make the dangerous trip to the Castle in the Sky and rescue Rhyme and Reason themselves.

They go forth into the mountains of Ignorance, trick the slow witted but terrible Gelatinous Giant and climb the long stair to the Castle. There they meet the two princesses and their pets, the Seal of Approval and the Social Lion, rescue them and return in triumph to WISDOM.

Milo then says goodbye to his friends, heads for home and after one more detour in the land if Illusions he reaches the tollbooth and his room. The next day when he eagerly rushes home from school to take another trip he finds that the booth has disappeared as mysteriously as it came. In its place is a letter which tells him that there are many other little boys and girls who have to use it also and that now he must find the lands beyond by himself. At first he is very unhappy but then he realizes that he doesn't have time to be because there is so much to do.

《神奇的收费亭》书评选录

伊丽莎白·贝恩科普夫，《波士顿环球报》，1961 年 12 月 24 日。

C.H. 主教，《共和国》，1961 年 11 月 10 日，186 页。

《美国童书中心快报》，1960 年，第 15 卷第 7 期，112 页。

约翰·克罗斯比，《童书》，《纽约先驱论坛报》，1961 年 9 月 22 日，23 页。

波莉·古德温，《芝加哥论坛报》，1961 年 12 月 17 日，7 页。

约翰·霍姆斯特姆，《新政治家》，1962 年 12 月 21 日，332 页。

夏洛特·杰克逊，《大西洋月刊》，1961 年 12 月，120 页。

简·雅各布斯，《书》，《村声》，1961 年 12 月 7 日，9 页。

安德鲁·莱斯利，《词语及其他》，《卫报》，1962 年 11 月 16 日，6 页。

马西斯·米里亚姆，《图书馆杂志》，1962 年 1 月 15 日，332 页。

埃米莉·马克斯韦尔，《世界上最矮的巨人和最高的侏儒》，《纽约客》，1961 年 11 月 18 日，222 页。

安·麦戈文，《智慧之路》，《纽约时报书评》，1961 年 11 月 12 日，35 页。

《纽约先驱论坛报》，1961 年 11 月 12 日，14 页。

莫迪凯·里奇勒，《旁观者》，1962 年 11 月 9 日，732 页。

《旧金山纪事报》，1961 年 12 月 10 日，48 页。

《星期六文学评论》，1962 年 1 月 20 日，27 页。

《时代》，1961 年 12 月 15 日，89 页。

《泰晤士报文学增刊》，1962 年 11 月 23 日，892 页。

伊莎贝尔·温斯罗普，《当代卡罗尔？》，《校长》，1962 年 11 月 30 日。

简·伍德，《纽约日报》，1962 年 2 月 17 日，25 页。

摘录《神奇的收费亭》的精选集

《巨人，侏儒，胖子，瘦子》，帕梅拉·波拉克编辑的《兰登书屋儿童幽默读物》，纽约：兰登书屋，1988 年。

《青少年经典名著·第五卷》，芝加哥经典名著研读基金会，1992 年。

《米洛和 123 国王》，克利夫顿·法迪曼编辑的《数学喜鹊》，纽约：西蒙－舒斯特出版公司，1962 年。

《米洛引导黎明》，戴安娜·韦恩·琼斯编辑的《幻想故事》，纽约：翠鸟出版社，1994 年。

《皇家盛宴》，埃里克·S.拉布金编辑的《幻想世界》，纽约：牛津大学出版社，1979 年。

《皇家盛宴》，《新基础读者》，芝加哥：斯科特·福尔斯曼出版社，1965 年。

《睡鼠说了什么》，埃米·加什编辑的《教堂山》，北卡罗莱纳州：阿尔冈昆图书，1999 年。

《词语市场》，贝内特·瑟夫编辑的《贝内特·瑟夫的满堂欢笑》，纽约：兰登书屋，1963 年。

《神奇的收费亭》在世界各地的第一版

美国（英语）：爱泼斯坦 & 卡罗尔出版社，1961 年

英国（英语）：柯林斯出版集团，1962 年

瑞典（瑞典语）：伯尼尔出版集团，1967 年

意大利（意大利语）：蒙达多里出版社，1971 年

瑞士（德语）：本齐格出版集团，1976 年

以色列（希伯来语）：兹莫拉·比坦·莫丹出版集团，
1977 年

德国（德语）：罗沃尔特出版社，1978 年

荷兰（荷兰语）：克里多出版社，1983 年

西班牙（加泰罗尼亚语）：巴卡诺瓦编辑出版社，1998 年

日本（日语）：PHP 研究所，1998 年

西班牙（西班牙语）：安纳亚出版集团，1998 年

巴西（葡萄牙语）：巴西文学出版公司，1999 年

墨西哥（西班牙语）：艾维尼西亚出版社，2000 年

美国（西班牙语）：海星出版公司，2001 年

波兰（波兰语）：塔斯曼传媒出版集团，2001 年

克罗地亚（克罗地亚语）：莫扎伊图书公司，2002 年

法国（法语）：阿歇特出版社青少年部，2002 年

泰国（泰语）：民意出版社，2002 年

俄罗斯（俄语）：伊诺斯特兰卡出版社，2005 年

希腊（希腊语）：凯德罗斯出版社，2006 年

中国（简体中文）：吉林文史出版社，2007 年

土耳其（土耳其语）：亚皮克莱蒂出版社，2008 年

韩国（韩语）：欧克堂图书，2009 年

立陶宛（立陶宛语）：保尔托斯兰克斯出版社，2010 年

中国台湾（繁体中文）：圆神出版集团，2011 年

图片来源

www.antiqueradios.com（156 页）

© 爱德华·阿迪宗，1951 首版签名版（100 页）

约翰·凯恩梅克（33 页）

儿童文学研究作品集，明尼苏达大学（VII 页）

斯蒂芬·孔格拉 – 巴特勒（I 页下，11 页）

威廉·华莱士·登斯洛（116 页）

古斯塔夫·多雷（256 页）

© 威尔·艾斯纳工作室（221 页）

朱尔斯·费弗（XIV 页，XVI 页，XXXIII 页，15 页，44 页，188 页）

© 朱尔斯·费弗（XV 页左，22 页左，31 页，150 页，265 页）

福特基金会（I 页上）

© 乔治·格罗兹，经 VAGA 和现代艺术博物馆许可使用(58 页)

诺顿·贾斯特（II 页，III 页上、下，IV 页，V 页，IX 页，左上、右下，X 页，XI 页，XXXII 页，XXXV 页，13 页，103 页，117 页，271 页）

美国国会图书馆（VI 页，XIII 页，37 页，52 页）

莉莉图书馆（XXIII 页，XXIV 页，XXV 页，39 页，136 页，162 页，228 页，229 页，237 页，241 页，246 页，248 页，279 页，280 页，281 页，282 页，283 页，284 页，285 页，286 页，287 页）

伦纳德·马库斯（XVII 页）

玛丽·艾伦·马克（XVIII 页）

马克思玩具博物馆（3 页）

理查德·米切尔森画廊，马萨诸塞州北安普敦（19 页，94 页，167 页，236 页）

纽约公共图书馆表演艺术分馆音乐部（122 页）

在兰登书屋允许下使用的（XX 页，XXI 页，XXX 页，133 页）

E.H. 谢泼德（5 页，102 页）

瑟伯财产（22 页右）

美国政府（207 页）

耶鲁大学图书馆的手稿和档案（125 页）

参考文献

书

阿米德·阿米迪,《现代卡通:20世纪50年代的动画风格和设计》,旧金山:编年史出版社,2006年。

克里斯蒂娜·阿默尔,《美国传统习语词典》,波士顿·纽约:霍顿·米夫林出版公司,1997年。

约翰·艾托,《词语起源词典》,纽约:拱廊出版社,1990年。

加斯东·巴什拉,《空间的诗学》,玛丽亚·乔拉斯译,波士顿:灯塔出版社,1994年。

莱曼·弗兰克·鲍姆,《绿野仙踪(百年纪念注释版)》,W. W. 台斯罗绘,迈克尔·帕特里克·赫恩编辑、注释,纽约:诺顿出版社,2000年。

约翰·凯恩梅克,《温莎·麦凯的人生与艺术》,莫里斯·桑达克作序,纽约:阿比维尔出版社,1987年。

杜鲁门·卡波特,《高地之屋》,乔治·普林顿作序,纽约:小书房,2002年。

刘易斯·卡罗尔,《爱丽丝漫游奇境(注释版)》,约翰·坦尼尔绘,马丁·加德纳作序、注释,纽约:诺顿出版社,2000年。

贝内特·瑟夫,《我与兰登书屋——贝内特·瑟夫回忆录》,纽约:兰登书屋,1977年。

《牛津英语词典(缩印本)》,纽约:牛津大学出版社,1971年。

克里斯托弗·库奇,斯蒂芬·韦纳,《威尔·艾斯纳的同伴》,丹尼斯·奥尼尔作序,纽约:DC动漫,2006年。

莫里·迪瓦恩等,《哈佛大学有影响的书籍指南》,纽约:哈珀与罗出版公司,1986年。

贾森·爱泼斯坦,《图书业务:出版的过去、现在与未来》,纽约:诺顿出版社,2001年。

朱尔斯·费弗,《后退前进——朱尔斯·费弗回忆录》,纽约:南·A.塔利斯出版社/双日出版社,2010年。

朱尔斯·费弗,《克利福德全集》,西雅图:幻图出版社,1988年。

朱尔斯·费弗,《解说者:〈村声〉连载漫画全集(1956-1966年)》,加里·格罗思作序,西雅图:幻图出版社,2008年。

朱尔斯·费弗,《费弗的孩子们》,堪萨斯·纽约:安德鲁斯·麦克米尔-帕克出版社,1986年。

朱尔斯·费弗,《伟大的漫画书主角》,纽约:戴尔出版社,1965年。

朱尔斯·费弗,《帕斯莱娜及其他故事》,西雅图:幻图出版社,2006年。

卡尔·弗伦奇等,《马克斯兄弟:〈骗人把戏〉〈鸭羹〉和〈赌马风波〉》,伦敦:费伯-费伯出版社,1993年。

莫琳·弗尼斯等，《查克·琼斯：对话》，密西西比州杰克逊：密西西比大学出版社，2005年。

沃克·吉布森等，《语言的界限》，纽约：希尔与王出版社，1962年。

罗伯特·亨德里克森，《世界英语俚语词典》，纽约：事实档案出版社，1997年。

德雷珀·希尔，《詹姆斯·吉尔雷的讽刺蚀刻画》，纽约：多佛出版公司，1976年。

简·雅各布斯，《美国大城市的死与生》，纽约：兰登书屋，1961年。

诺顿·贾斯特，《智者阿尔伯里克和其他旅程》，多梅尼科·尼奥利绘，纽约：万神殿出版社，1965年。

诺顿·贾斯特，《点与线》，纽约：兰登书屋，1963年。

诺顿·贾斯特，《神奇的窗子》，克里斯·拉希卡绘，纽约：迈克尔·迪·卡普阿出版社/许珀里翁出版社，2005年。

诺顿·贾斯特，《可恶的食人魔》，朱尔斯·费弗绘，纽约：迈克尔·迪·卡普阿出版社/学乐出版集团，2010年。

诺顿·贾斯特，《劳动的喜悦：美国乡村女性，1865–1895》，纽约：维京出版社，1979年（再版书名为《女性的地位：美国乡村女性的过往》，科罗拉多州戈尔登：支点出版社，1996年）。

加里·H.林德伯格，《美国文学中的骗子》，纽约：牛津大学出版社，1982年。

卡罗尔·K.麦克，戴娜·麦克，《关于恶魔、仙女、堕落天使和其他破坏性幽灵的田野指南》，纽约：拱廊出版社，1998年。

伦纳德·S.马库斯等，《趣谈：与戏剧作者的对话》，马萨诸塞州萨默维尔：烛芯出版社，2009年。

伦纳德S.马库斯等，《童书守护人：理想主义者、实干家与美国儿童文学的成形》，波士顿：霍顿·米夫林－哈考特出版集团，2008年。

罗伯特·M.马丁，《这本书的书名有两个错误：一本关于哲学困惑、难题和悖论的原始资料》，多伦多：博观出版社，2002年。

哈勃·马克斯，罗兰·巴伯，《哈勃说纽约》，E.L.多克托罗作序，纽约：小书房，2000年。

刘易斯·芒福德，《城市发展史：起源、演变与前景》，纽约：哈考特－布雷斯世界出版公司，1961年。

弗拉基米尔·纳博科夫，《说吧，回忆：自传追述》，纽约：克诺夫出版社，1999年。

茱蒂丝·奥沙利文，《美国百年连载漫画史》，波士顿：布尔分奇出版社，1990年。

罗伯特·菲利普斯等，《爱丽丝面面观：批评家眼中的刘易斯·卡罗尔梦中的孩童》，纽约：复古出版社，1977年。

史蒂文·平克，《思维之所倚：语言是通向人性的窗口》，纽约：企鹅图书出版集团维京分社，2007年。

诺曼·罗斯滕，《身边的故事》，纽约：乔治·布拉齐尔出版社，1986年。

亚瑟·H.萨克森，《P.T.巴纳姆：一个传奇的男人》，纽约：哥伦比亚大学出版社，1983年。

彼得·J.施密特，《回归自然：美国城市中的田园神话》，纽约：牛津大学出版社，1969年。

苏斯博士，《戴高帽的猫（注释版）》，菲利普·内尔注释，纽约：兰登书屋儿童图书，2007 年。

肯尼思·西尔弗曼，《重新开始：约翰·凯奇传记》，纽约：克诺夫出版社，2010 年。

杰罗姆·L. 辛格，《白日梦：内心体验之实验研究的介绍》，纽约：兰登书屋，1966 年。

C. P. 斯诺，《两种文化与科学变革：瑞德讲坛》，纽约：剑桥大学出版社，1959 年。

弗朗西斯·斯巴福德，《书籍塑造的孩子：读书人生》，纽约：大都会出版社，2002 年。

乔纳森·斯威夫特，《格列佛游记》，约翰·罗斯作序、编辑，纽约：霍尔特－莱因哈特－温斯顿出版社，1948 年。

玛利亚·塔塔尔，《着魔的猎人：童年时期故事的魔力》，纽约：诺顿出版社，2009 年。

约翰·特贝尔，《封面之间：美国图书出版简史》，纽约：牛津大学出版社，1987 年。

谢里尔·蒂宾斯，《二月之家》，波士顿·纽约：霍顿·米夫林－哈考特出版集团，2005 年。

J.R.R. 托尔金，《托尔金读本》，纽约：巴兰坦出版社，1966 年。

罗伯特·文丘里，丹尼斯·斯科特·布朗，史蒂文·艾泽努尔，《向拉斯维加斯学习：建筑形式领域中被遗忘的象征主义（修订版）》，马萨诸塞州剑桥：麻省理工学院出版社，1977 年。

伏尔泰，《老实人》，罗克韦尔·肯特绘，纽约：兰登书屋，1928 年。

加布里埃尔·怀特，《爱德华·阿迪宗：艺术家及插画家》，纽约：肖肯出版社，1979 年。

专栏文章

吉尼亚·贝拉凡特，《郊区狂欢》，《纽约时报书评》，2008 年 12 月 24 日，23 页。

乔安娜·凯里，《流动的灵感》，《卫报》，1999 年 10 月 26 日，2 页。

埃米·L. 科恩，《〈神奇的收费亭〉之我见》，《号角图书（父母版）》，第 8 卷第 4 期，1987 年秋，3 页。

迈克尔·迪尔道，《喜剧之夜》，《华盛顿邮报图书世界》，1998 年 8 月 16 日，15 页。

彼得·迪克斯，《两种文化》，《纽约时报书评》，2009 年 3 月 22 日，23 页。

迈克尔·凯斯，《众多大部头：与迈克尔·夏邦在图书馆》，《纽约邮报》，2001 年 8 月 26 日，48 页。

埃里克·戈德沙伊德，《走近诺顿·贾斯特》，《波士顿环球报》，2001 年 7 月 5 日，2 页。

凯伦·格林菲尔德，《音乐家谈阅读》，《华盛顿邮报图书世界》，1999 年 12 月 12 日，16 页。

史蒂文·赫勒，《一千多笔画带来的灵感》，《纽约时报》，2010 年 1 月 3 日，WK3 页。

史蒂文·赫勒，《朱尔斯·费弗：史蒂文·赫勒访谈录》，《大师系列：朱尔斯·费弗》（纽约视觉艺术学院展览册），2006 年秋，3—19 页。

《格林威治村要搬到高地了吗？》，《布鲁克林高地新闻》，1957 年 1 月 31 日，1 页。

埃里克·克林格，《白日梦的力量》，《今日心理学》，1987 年 10 月，36—44 页。

伯纳德·克里舍，《高地风景：新来者恋旧，感受此地即为前沿的象征》，《纽约世界电讯报 — 太阳报》，1957 年 1 月 25 日，1—2 页。

托马斯·拉斯克，《重演（青少版）》，《纽约时报书评》，1959 年 11 月 1 日，59 页。

托马斯·拉斯克，《重演（青少版）》，《纽约时报书评》，1960 年 11 月 13 日，54 页。

托马斯·拉斯克，《对旧爱之新见》，《纽约时报书评》，1960 年 5 月 8 日，34 页。

托马斯·拉斯克，《重演（青少版）》，《纽约时报书评》，1961 年 11 月 12 日，62 页。

阿比盖尔·利普森，《通往数字国之路：解决问题的冒险》，《学校科学与数学》，第 95 卷第 6 期，1995 年 10 月，282—289 页。

"窥镜图书馆书讯"，《纽约时报书评》，1959 年 11 月 8 日，17 页。

戴维·马戈利克，《勒文在冬天》，《名利场》，2008 年，168—178 页。

劳拉·米勒，《一本好书足以让你潸然泪下》，《纽约时报书评》，2004 年 8 月 22 日，12 页。

刘易斯·尼科尔斯，《书内书外》，《纽约时报书评》，1961 年 5 月 7 日，8 页。

刘易斯·尼科尔斯，《书内书外》，《纽约时报书评》，1961 年 12 月 17 日，8 页。

《奥利弗·史密斯喜欢"优雅生活"的高度》，《布鲁克林高地新闻》，1957 年 2 月 21 日，1 页。

詹姆斯·皮尔，《音阶与光谱》，《内阁》第 22 期，2006 年夏，22—28 页。

艾伦·鲍尔斯，《米洛：精神操纵者》，《建筑设计》，2002 年 6 月 7 日。

安娜·昆德伦，《书架不嫌多》，《纽约时报》，1991 年 8 月 7 日，A21 页。

《兰登书屋儿童新书》，《出版人周刊》，1959 年 4 月 6 日，29 页。

罗塞塔·斯通，《〈神奇的收费亭〉作者诺顿·贾斯特采访录》，underdown.org/juster.htm，2004 年 9 月 11 日。

凯瑟琳·沙因，《谈书》，《巴纳德》，1994 年冬，26 页。

布鲁斯·韦伯，《伟大的政治漫画家大卫·勒文去世，享年 83 岁》，《纽约时报》，2009 年 12 月 30 日，B9 页。

戴夫·魏希，《打破期待的诺顿·贾斯特》，Powells.com，2002 年 4 月（见 Powells.com/authors/juster.html）。

凯瑟琳·惠特莫尔，《神奇的收费亭》，《波士顿环球杂志》，1994 年 12 月 4 日。

鸣谢

在本书写作过程中，我得到了很多人的帮助。他们向我分享所需信息，并授予我权限访问所需资料，为此我向他们表示感谢：凯瑟琳·阿伦斯、让·阿尔巴诺、伊戈尔·阿列克西克、克里斯廷·安杰尔、罗恩·巴尔巴加洛、霍齐亚·巴斯金、珍妮弗·贝尔特、露丝·布莱克、萨拉·博丁、艾利森·布鲁斯、约翰·凯恩梅克、克莱利亚·卡罗尔、凯瑟琳·凯斯利、劳拉·塞西尔、尼克·克拉克、克里斯蒂娜·克莱门丝、埃尔兹西·戴阿克、萨拉·杜克、贾森·爱泼斯坦、朱迪·费弗、梅雷迪思·吉利斯、戴维·R.戈丁、灰岛佳里、伊丽莎白·哈米尔、谢尔顿·哈尼克、劳拉·哈里斯、盖尔·B.霍克曼、芭芭拉·霍根森、斯凯勒·胡克、卡伦·纳尔逊·霍伊尔、小岛直美、玛丽·克林克、莉莉·劳斯、米里·莱谢姆－佩利、已故的大卫·勒文、尼科莉特·A.洛迪科、梅雷迪思·卢、玛丽·艾伦·马克、玛丽安娜·梅罗拉、理查德·米切尔森、水户部由美、戴安娜·马尔德、明玉美、艾德尔·尼瑟拉－斯通、莎琳·诺弗姆、辛西娅·奥斯特罗夫、英厄马尔·佩鲁普、爱丽丝·普莱坦、金伯莉·蒂什勒·罗森、多米尼克·桑迪斯、卡兰·西克、乔·施特鲁布、洛里·施蒂勒、南·A.塔利斯、霍利·汤普森、罗斯玛丽·A.瑟伯、弗朗西斯·特纳、贾森·特纳、艾伦·沃里斯和约书亚·怀特。

在本书调研阶段，以下机构的档案保管员和其他职员为我提供了帮助和指导，我对此也深表感谢。这些机构有：明尼苏达大学安德森图书馆、爱德华·阿迪宗版权代理公司、艺术资源公司、牛津大学阿什莫林艺术与考古博物馆、纽约大学博斯特图书馆、勃兰特＆霍克曼艺术公司、布鲁克林历史学会、布鲁克林公共图书馆、艾瑞·卡尔绘本美术馆、劳拉·塞西尔文学社、坎伯兰珍本图书馆、乔治·伊斯门书屋、威尔·艾斯纳版权代理公司、福特基金会档案室、芭芭拉·霍根森版权代理公司、《号角》杂志、国会图书馆、玛丽·艾伦·马克图书馆／工作室、理查德·米切尔森画廊、现代艺术博物馆、布法罗大学音乐博物馆、纽约公共图书馆、马克思玩具博物馆、童书作家与画家协会、斯特林·洛德文学公司、南·A.塔利斯出版社、视觉艺术和画廊协会以及耶鲁大学图书馆。

我还要感谢印第安纳大学莉莉图书馆的原稿管理员彻丽·威廉姆斯和她的同事们。在我去布卢明顿研究诺顿·贾斯特的文件时，他们能迅速找到研究材料，并且态度十分友好。另外，对我复制图片的要求，他们不仅很快回应而且处理得细心妥当，对此我向他们深表谢意。

插画师朱尔斯·费弗耐心地回答了我关于他在为《神奇的收费亭》绘制插画时的问题，以及他早年作为布鲁克林艺术家和作家圈中一员的工作生活。我还要感谢他同意我复印他已经出版或者尚未出版的艺术作品。在我参观费弗那让人感到不可思议、充满艺术气息的家时，他和他的妻子珍妮弗·艾伦，还有档案保管员凯蒂·P.科曼以及他的助手迈克·詹姆斯热情招待了我。在那里，《神奇的收费亭》未收录的插画已被遗忘多时，现又再度成为宝藏。

诺顿·贾斯特很慷慨地为本书付出了大量时间和精力。感谢他一坐数小时接受我的采访，感谢他回忆并记下了几页故事背景信息给我用，感谢他借给我他的家庭照片、未出版的插画以及他文件中的其他研究材料，尤其要感谢他让我开怀大笑。我还要衷心感谢诺顿的妻子珍妮·贾斯特，她帮忙收集参考书目的相关信息、回复电话留言，并让我在马萨诸塞州的访问成为最难忘的美好回忆。

我要向兰登书屋的各位表示真诚的感谢，感谢他们对本书的投入以及为此付出的各种努力。向我的编辑米歇尔·弗雷以及她的超能编辑团队成员米歇尔·伯克和凯利·德莱尼表示感谢，感谢他们的坚定不移和超强的判断力，使我们得以一起掌控这个超级复杂的大项目。还有美术编辑伊莎贝尔·沃伦－林奇以及设计师凯茜·博巴科，感谢他们为版式设计提供的建议，让它看上去优雅且与众不同，且与这本书中的新旧元素毫无违和感。我还要感谢执行文字编辑阿蒂·贝内特，他用鹰一样的眼睛处理用词，这无疑会被词语国的人们嫉妒。

一如往常，我要感谢我的经纪人——斯特林·洛德文学公司的乔治·M.尼克尔森和他的助手埃丽卡·兰德·西尔弗曼，他们判断清晰，建议明智，对我的支持从未动摇。

我要感谢我的妻子埃米·施瓦茨，感谢她的爱和鼓励。我还要感谢我的儿子雅各布，感谢他能顺应自己的天性，并且已经懂得"此刻要做的事情有很多"①。

——伦纳德·S.马库斯

---

① 英文原文为"there's just so much to do right here"，此处语含双关。

THE ANNOTATED PHANTOM TOLLBOOTH by NORTON JUSTER
Text © 1961 by Norton Juster. Renewed 1989. Illustrations © 1961 by Jules Feiffer.
Renewed 1989. Introduction and Annotations © 2011 by Leonard Marcus.
This edition arranged with BRANDT & HOCHMAN LITERARY AGENTS,INC.
through BIG APPLE AGENCY,LABUAN,MALAYSIA.
Simplified Chinese edition copyright © 2022 THINKINGDOM MEDIA GROUP LIMITED
All rights reserved.

著作版权合同登记号：01-2021-2586

图书在版编目（CIP）数据

神奇的收费亭：典藏版 ／（美）诺顿·贾斯特著；
（美）朱尔斯·费弗绘；（美）伦纳德·S.马库斯编注；
张加楠译 . -- 北京：新星出版社，2022.5
ISBN 978-7-5133-4465-4

Ⅰ．①神… Ⅱ．①诺… ②朱… ③伦… ④张… Ⅲ.
①儿童小说－长篇小说－美国－现代 Ⅳ．① I712.84

中国版本图书馆 CIP 数据核字 (2021) 第 261949 号

神奇的收费亭 ： 典藏版
THE ANNOTATED PHANTOM TOLLBOOTH

[美] 诺顿·贾斯特 著　　[美] 朱尔斯·费弗 绘
[美] 伦纳德·S.马库斯 编注
张加楠 译

责任编辑 汪　欣
特约编辑 秦　方　李　言
封面设计 江宛乐
内文制作 王春雪
责任印制 李珊珊　史广宜

出　　版 新星出版社　www.newstarpress.com
出 版 人 马汝军
社　　址 北京市西城区车公庄大街丙 3 号楼　　邮编 100044
　　　　　　电话 (010)88310888　　传真 (010)65270449
发　　行 新经典发行有限公司
　　　　　　电话 (010)68423599　　邮箱 editor@readinglife.com
法律顾问 北京市岳成律师事务所

印　　刷 河北鹏润印刷有限公司
开　　本 710mm×980mm　1/12
印　　张 29
字　　数 360千字
版　　次 2022年5月第一版　　2022年5月第一次印刷
书　　号 ISBN 978-7-5133-4465-4
定　　价 118.00元